U0659140

〔清〕朱緒曾 輯

金陵詩徵

②

江蘇地方詩文總集叢刊

廣陵書社

金陵詩徵卷十三

上元朱緒曾編

明三

倪謙

謙字克讓一字靜存上元人誠弟正統戊午舉人己未進士第三人及第官編修使朝鮮歷至翰林院學士己卯主試順天遭讒言謫戍開化成化初復舊職與子岳同日入史局纂修英宗實錄進禮部右侍郎轉南京禮部右侍郎晉南禮部尚書卒贈太子少保謚文僖崇祀鄉賢有玉堂上谷歸田南宮等稿遼海編朝鮮紀事文僖曾祖啟國初由錢塘徙應天之上元祖德潤父子安文僖生有奇質目光如電體有四乳才思敏捷當時罕有能及者碑版金石之文雲涌川溢沛不可禦奉使朝鮮郎席命筆略

不構思國人以爲神梓行其文景泰中入直文華殿凡應制賦詩中官立候以進居南京有火厄子岳手掇舊稿以出收拾散亡合爲百七十卷其間文僖自校訂者八百九十篇別爲三十二卷用刻以傳長沙李東陽爲之序稱其雄才絕識學充其身而形之於言典正明達卓然館閣之體子岳作跋宏治癸丑秋八月也文僖德量寬洪誠信無僞嗜學不倦立朝多所建明長子岳次阜次皇阜字舜薰一字東岡成化丁未進士庶吉士歷官至四川右布政使有弔燕湖陶參軍詩

顧文莊公曰公曾孫翰儒舉公腰帶圍可容中人四軀居在鐵作坊坊隘巷夾道鐵工列肆公與從出入鐵工皆起起立公呼至前語之曰汝吾鄉人毋爲我出入防汝作務第坐爲之後復起立再語之始坐而不起後有某御史亦世居巷內授職後怒居民倨坐執送巡城欲加以罪巡城御史詰問爾等小民何敢如是居民曰小民俱爲倪尚書所誤備述前事且云實不知御史又尊于向書也巡城盡釋之次日謂某御史曰聞居民言令我亦慙後文毅公岳在南兵部每往部遂步出街始登車

題蘭寄潘景瑞

浦城潘君景瑞爲吾應天教授節菴李先生之壻也景瑞爲館甥時嘗與予講學於玉兔泉東書樓之上

情好甚洽尋以遭乃尊鴻臚府君喪扶柩還閩遂爾別去邇來十有餘年矣每一思之未嘗不引睇南望也適其姻婭余正衕考績來京始得詢其起居之詳然予聞之古人之交友有曰金蘭契者蓋取易同心之語也茲正衕歸無以贈景瑞因求中書希純吳先生作爲墨蘭并題數語於上託正衕以寓景瑞庶以附於古人交契之義而伸久別之忱云予之所望將必有徵于他日也

叢蘭在幽谷濯濯冰雪姿霜筠共貞操楚楚琅玕枝光風汎疏頴白露凝華滋清芬被百草豈謂無人知我欲結爲佩采芳薦彤墀悵悵隔灃浦路遠莫致之悠悠十年別迢迢千里思含情託毫素永固同心期

雙節行爲華靖賦

曾姬正青年嫁作朱家婦三歲喪所天一女方在哺解一辛苦奉姑嫜育女已及笄貳室得賢壻絲蘿幸有依解二夫壻亦云亡呱呱遺弱子子母共居嫠矢心如白水解三子今長能孝[illegible]

毋與外姑雙節厚民彝咄哉首鼠徒四解

萬里江山圖爲浦友謙賦

乾坤渾沌始二氣相蕩摩盤古未首出浩渺知如何一從高下奠淸濁山岳峙立流江河至今山作漾沙勢水載厚地無停波百川萬折競趨海連峯迤邐堆靑螺嗟我閒情本好遊一官束縛如繭窠天生好景在人世未得放棹窮經過老彭翛翛江海客胸蟠造化誰能識醉握毛錐寫作圖萬里分明歸咫尺風雨溟濛元氣俱林靄陰森鬼神泣今我披圖思爽然怳若掀篷倚秋壁高者何爲如削玉峨眉熊耳通巴蜀低者何爲如伏象灔澦瞿塘雪濤漲遠如羣龍飛上天近如萬馬奔飲泉深壑幽沉積蒼翠淺渚洄洑涵淸漣巫峯十二淨可摘瑤篸散擲夔門邊漢皋春晚客遺佩湘浦曉涼人刺船

山長水遠望不極滿目但見浮嵐烟錫山浦君最瀟灑不愛黄金偏愛畫得此何殊席上珍白玉明珠喜盈把君不見生平李謫仙千載馬子長足跡所到皆文章芳名不逐草木腐直與山水爭輝光甯知此興亦不淺撫卷爲君歌慨慷還君之畫停我筆呼童捉酒澆詩腸

陳貞女詩未嫁夫亡自縊而死

陳家有女年正芳修容毓秀居蘭房詩書女誡過目誦保抱諸弟淑且良父母生平最鍾愛明珠在掌門楣光一朝許爲舒氏婦夫壻賢美年相當通名納采幣行久及時待叶于飛祥宦遊浙上甫堪羡客死淮陰殊可傷蓬山願結連理樹丹穴竟作孤栖凰含悲扼吭氣頓絶從一以殁禮所防寸心貞烈貫金石萬古大義扶綱常玉環擊斷痛莫續寶劒誤分終

其藏始知至性本天賦況乃茂族由冠裳英靈颯爽骨不朽鎮重富媪摩穹蒼事君攜貳反不逮泯滅何異露與霜更生有傳我欲繼作詩聊爲先揄揚

萬壑蒼烟卷爲鄒允達賦

金陵鳳凰臺之西有勝地焉鄒君允達先塋之所閟也塋之外嘗闢别墅以當山水之會有古松數萬株望之鬱然相繆若蛟龍蜿蜒拏雲攫石交綰爭奮人其中翠濤滿耳蒼雪灑衣林霏澗靄爽人心目不知塵氛之侵暑氣之及而身之在人世間也允達樂之恒避俗藏修其間秋官郎中周公善繪事乃請爲髯叟寫眞既成因命之曰萬壑蒼烟要予賦之久之未有以復也今春會試來京謂予曰此圖必得子詩與之爭蒼古可也予愧其意勉爲一歌書以爲先容若予者豈能發後凋之奇然允達英邁有氣節磊落不羣觀其志足以知其人矣歌曰

君不見泰山之巔盤老龍高蓋偃蹇排寒冬參天自是隔風雨胡乃坐累秦人封又不見匡廬之厓霜雪盛馬鬣麈尾枝

交映已從方士資養生更向桑門作談柄何如鳳凰之西千萬栽一一長身封綠苔貞姿高潔負奇氣磥砢總是明堂才乍疑森森劍佩羽林客怒氣衝冠鐵衣澁又疑翩翩雲罕紛前驅翠葆碧幢攢列戟大株小株鱗甲堅正直豈畏藤蘿纏露滋雨洗淨如沐但見萬壑搖蒼烟道鄉之孫我之友愛隱松闕與松偶城市紅塵沒馬深誰解尋盟歲寒叟秋官放筆寫作圖墨華滿紙烟模糊經雷蜕骨縮入瘦拔地怪柯編虎鬚披圖浩歎對君酌青雲絕勝蒼烟壑上苑霏微烟更多來遊好控巢松鶴

孤皇吟

呂氏爲趙氏婦四歲喪其夫方當盛年能守志不易以養其姑育其子趙氏賴以不墜其節堅其孝篤誠世所鮮及者矣朝廷旣旌其門君子又多爲詩文以美之呂氏之志足以白于天下矣故予作孤皇吟以

述其志云

鳳凰巢丹穴雙飛復雙棲生雛甫三歲鳳去竟不歸孤凰失偶鳴聲悲欲隨鳳死念雛饑況鳳遺老母風雨巢傾危葺巢養哺母與雛誓言不逐他鳳飛母健喜有託雛成毛羽奇海水可竭山可移孤凰之志終不虧百鳥慕節孝上達帝天知天帝知其巢千古萬古聲名垂

爲易太守題日本僧所作田廬圖 易名蓁江甯人

在昔尋仙聞祖龍欲度弱水求瀛蓬徐生樓船載男女滄溟遠泛將焉窮海洲駐節不復返至今有國扶桑東君民舉國奉夷教詩書亦沾鄒魯風一人在御重柔遠梯航萬里車書通來賓重譯貢方物授館致餼恩優隆使臣筆底曉詞翰丹青繪事兼能工始知文化洽殊俗意匠彷彿荊關蹤禮曹郎

官靑瑣客溪藤數幅陳南宮召之放筆恣揮灑風景寫出江南同野橋百尺跨溪水旗亭一簇依林叢長途策蹇過行旅隔岸騎牛來牧童居民比屋事耕稼郊原禾黍方芃芃豈其經行寫所見家山回首勞形容郎官出守分虎銅攜圖謁我幽軒中爲言此畫非所重以出遠人聊見崇爲君乘興寫長句日華正照東窗紅

大藤賊謠

東莞陳君敏任廣西平南訓導成化改元春大藤峽有賊焚劫縣治擄君及妻王妾孫十數日去駐鹿見山王訴於賊言夫親老乞釋歸養取銀收贖賊從之乃屬夫贖女以出比賊起營入峽堅執不行王與孫皆被害君收其遺骸葬之鶴塘縉紳表曰賢烈茲君來敎京衞武學予聞其事傷其抱節而死足以勵婦德也爲作大藤賊謠以哀之

天地有沴氣鍾此大藤賊峽深路復險憑恃爲窟宅禀性若

豺虎吞噬乃其德官軍不能制時出寇城邑成化改元乙酉春賊入平南燒縣門入財驅劫如豕奔羣聚鹿兒山下存嗟哉儒官陳廣文傳經講習師道尊一家妻女十數口同時被虜罹妖氛厚邀金帛贖性命殺人爲戲輕雞豚陳君有妻王義不受賊辱訴賊釋夫養父母語夫攜金將女贖一身自分不苟活夫女得歸甘瞑目賊入峽紛起營迫王去堅不行賊怒殺之妾亦殞生二婦並貞烈昭暎冰壺清千秋萬春揚令名安得上帝遣六丁下剷疊嶂如坻平賊失所恃無欺淩夫婦相保民永寧

悲哉雙鳳皇吟

東莞陳公世珍從戎於廉重義輕財樂於周卹人以德公稱之成化改元秋城爲廣西流賊所破公與妻胡氏皆被虜驅至大蟲埠孫貢攜金往贖遇他賊奪而殺之賊議欲釋其一公夫婦哭讓不忍舍遂皆被

害其子平南訓導敏求得屍歸葬之廉城鶴塘茲敏來京教京衛武學聞其二親死於非命爲之傷痛不已乃作悲哉雙鳳皇吟以哀之

悲哉雙鳳皇雙棲復雙翔雄鳴雌應之雝雝向梧岡覽德一出爲世祥翼覆百鳥無羸尪豈知羣梟夜突出肆侮驅逐離故藏山深醜類多摶啄毛羽傷何異魯郊麟頓踣遭鉏商雙鳳皇良可悲雌雄相讓不忍離雌爲雄死雄亦隨眼中見義不見害肯圖苟免虧天彝雙鳳皇悲罔極灑淚向天天亦泣鳳幸有孤雛文采備五色恨不磔惡梟其奈弱無力含痛負鳳歸瘞之鶴塘側雛兮儀舜韶遠向天池集帝憐鳳義恤雛孝會有天恩下褒錫雙鳳皇悲罔極

靜誠先生輓詩陳蔡侍郎之父

九霄雲盡六龍飛啟沃深勞補萬機鳳駕屢迴諸葛徑魚竿

獨慕子陵磯朝端勛舊俱丹轂馬上山人尙白衣完璧莫傷
歸夢早聖皇諭祭古今稀

輓葛節潤

予與句容葛節潤節文兄弟交非一日矣皆文雅篤行誼節文商於江湖客死陝右予哭之前年予過句容嘗主節潤今別甫二載其子濂來京始知其已於去歲卒矣又得不哭之慟乎故賦此以寄予情之哀

君家兄弟玉連枝何事霜風數見欺客路舊憐歸櫬晚鄉關
今痛訃音遲一朝永訣成千古兩地相違僅二期有酒莫澆
原上土鳳毛相對不勝悲

送童軒給事還南京

金榜香名擅甲科爲郎三載近鑾坡青年賈誼才華富素悃
匡衡諫疏多兩袖天香丹鳳闕一帆春水白鷗波錦遊鄉國
眞堪羨把酒臨歧奈爾何

樂清軒詩爲沙士清題

門枕清溪畫不如杜陵新卜浣花居蘭英繞砌清宜佩柿葉垂簷綠可書磬折奴顏羞媚世羽輕仙骨欲憑虛洛城多少行窩內爭候堯夫駐小車

轂擊蹄奔耳不聞一軒幽僻離塵氛吸殘竹葉杯中月夢斷梅花帳底雲古畫品高煩客定新題韻險向人分年來久抱濂溪拙誰讀宗元乞巧文

日出城東未啟扃捲簾山色送遥青萍池水煖魚留子苔徑風喧鶴墮翎冉里高歌垂釣檻子雲晏坐草元亭只愁秋晚秦淮上太史應占有客星

題畫

移家白雲深靜枕清溪曲日暮門不開茶烟颺蘿屋

避暑天界寺禧上人西菴號天祥

西菴避暑遠尋盟灑面松風夾道迎竹塢披襟心骨爽石牀欹枕夢魂清庭前樹古知僧臘林下雲閒識宦情大地蒼生望霖雨憑誰呼起老龍行

雪景爲毘陵陳公懋賦

江天雨雪路盡迷層峰壁立瓊瑤梯蒼松㰒合玉髯老翠篠寒壓銀梢低屋底幽人常閉戶最愛銀華絕纖汙碧窗半啟捲書幃手把青編映輕素村南有客隱者倫一肩壺榼來叩門遙知相對飲五斗紅光滿面春風溫人閒此景良不惡林泉似傍蘭陵郭會須乘興訪元龍共倚江天招白鶴

賀　確

確字存誠上元人自號友菊處士崇祀鄉賢有友菊

詩集劉覺岸存徵錄云賀布衣確先世隴西徙四明再徙金陵家焉行脩學博少事舉業試有司一不利即棄去曰是不足以盡吾儒之學益肆力學問六經三史以及天文地理醫卜之書無不覽究爲文章有古風視世事若無足以當其意者周學士敘以其有史才薦修宋遼金三史力辭不就年九十三卒有友菊詩集八卷

嘗以菊有隱操篤愛之因自號曰友菊處士石溪周敘移南翰林學士求得南都能詩者十八訂曰南都吟社以友菊爲首次若王公麟羽士卲以誠布衣嚴景相與酬倡

城南雅集

勝地供幽賞朋來喜盍簪開門山納翠掃徑樹留陰好鳥能招飲清泉亦解吟本非賢達者敢說鑑湖心

遊靈谷寺次周學士韻

先皇此地闢禪關御筆曾書第一山龍虎風雲霄漢上金銀樓閣畫圖間休因劫火憐煨燼且就涼飈振珮環昭代於今

重元老不妨親覽暫乘閒

送別

銷魂最是古長亭一曲驪歌柳色青花落漫驚春已去愁來
卻值酒初醒也知絮語行難挽無奈萍踪淚易零珍重尺書
相慰藉西窗夜雨不堪聽

蔣用文

用文名武生以字行一字靜學句容人薦授御醫陞
院判贈院使賜謚恭靖有靜學齋集倪文僖公云蔣
安中魏州人金
國子助教以直諫不聽棄官隱居楊之儀眞明醫道
一傳爲埜山處士又傳爲靜隱公元揚州路醫學教
授又傳爲伯雖元進士入國朝用薦爲翰林修撰辭
以疾出爲蘭陽丞又傳爲用文徙居句容龍潭以文
學德行歷事三朝遂家南京生四
子主善太醫院使主敬主孝主忠
明詩傳云用文六歲賦萬年松詩師爲
避席事獻陵於東宮即位後特賜謚

當仁宗監國時適論囚一日當殺數百人公入朝從容言其可矜上悉宥之嘗論保和之要對曰在養正耳正氣完邪氣無自入焉又嘗問鼎于醫效孰緩何也對曰善治者必固其本急之恐傷其本是以聖人戒欲速也楊文貞公稱其能隨事盡規不專以醫也居南京全節坊夫人像紗帽宮裝仁宗所賜宮女也長子主善繼父醫亦賜宮人莊氏李氏宮女二人嘉靖中又有許紳者以工部尚書掌太醫事値宮人王金蓮之變世宗危甚紳用藥下血而愈加宮保亦金陵醫家最顯者也

暮春遇雨

暖風吹雨浥輕塵滿地飛花斷送春莫上高樓凝望眼天涯芳草正愁人

鞏　珍

珍字國寶上元人有西洋番國志

盧龍山夜眺

北斗挂城頭長江日夜流獅王蹲不動鯨吼海天秋

鄒　幹

幹字宗盛江甯人正統己未進士官至禮部尚書贈太子少保謚康靖 康靖父濟字汝舟其先嘉興人徙餘杭洪武十五年以通經儒舉授餘杭訓導歷平度知州博學修行能文章永樂初薦修高廟實錄陞儀制郎中永樂大典總裁征安南參贊軍事授廣東參政坐事改考功郎中獻陵留守南京改右庶子進少詹事是時宫僚多得罪濟積憂成疾卒獻陵悼念舊學贈太子少保謚文敏建祠春秋祀之遣其子幹入應天府學月給米幹後官至禮部尚書贈太子太保見吾學編

題畫

青山繞屋竹編門彷彿江南烏桕村急欲挂冠買舟去片帆落處卽家園

張　諫

諫字直卿句容人宣德甲寅舉人正統己未進士官順天府尹直卿孫笏字用敬當以蔭得官不往結廬胄山下偕邑中諸老爲華陽雅集有胄山別業詩

陶貞白像

不將圖讖博公卿樓上松風入耳清太息踏空兒作佛青絲白馬到臺城

張　瑄

瑄字廷璽晚號安拙翁江浦人居金陵正統辛酉舉人壬戌進士授刑部主事洊陞右副都御史巡撫福建晉南刑部左侍郎尋陞尚書崇祀鄉賢有香泉稿粉署餘閒凝清集閩汴紀巡錄南征錄安拙類稿明史有傳廷璽父俊永樂朝舉楷書任左府都事忤近臣謫戍後薦起德清知縣廷璽在吉安俗信

鬼刻木肖像被以衣冠諠聚送迎命投之水寘首倡于法無何遘疾郡人皆謂神之祟請復之不可疾尋愈郡人服其剛正居官五十年自奉如寒士吉安閩廣皆立石以紀功天性孝友年七十一致仕又七年而卒廷璽居南京子綱廕通判紡成化丙午舉人孫鉞嘉靖甲午舉人官通判皆京學生

惠濟寺

勝境湯泉甲一方白雲深處有僧房梅花落訝初飛雪草色濃疑未著霜雲母屏開珠箔潤博山鑪暖水沉香春來賸有新題詠盡付奚奴古錦囊

王　濬

濬字文通上元人正統癸亥舉人任山東敖山衛教授擢北雍博士天順初廣西提學僉事以母老致仕有嘉遯子集文通爲敖山教授濱海教法未備以十事聞於朝有旨頒行天下爲武衞學式子希臯字北山知名孫堂

述懷

通明玩畫牛季鷹忽思鱸文繡僤爲犧烟波乃吾徒白雲覆親舍登山望踟蹰不如歸去來豈復留斯須高堂幸强健鳩杖不用扶三復白華詩此中眞宴娯

張紳

紳字仲書句容人正統乙丑進士授行人陞南京雲南道御史復陞陜西按察僉事布政司參政改山東布政司參政宏治句容志云張仲書崇德鄉人官御史清理屯田處置有方在陜西賊犯邊給饋軍餉安撫邊氓有功進階奉政大夫在山東峻潔敢爲上下推服

遊茅山白雲觀

白雲終日護茅山樓觀參差杳靄間知我老來無著處時來相伴道人間

沈　琮

琮字廷器上元人旗手衛籍正統丁卯進士授御史出爲四川按察使僉事有休齋稿廷器其先汝南人洪武中祖死王事賜葬入應天籍在風憲敢言在蜀威望甚著平黑虎諸寨璽書褒美卒葬鳳臺岡

劒閣

亂山如劒擁仰面費攀躋馬足臨厓怯猿聲急夜啼風雲通鳥道日月倚天梯苔繡銘難讀時濤絕鼓鼙

凌　錦

錦字日章句容人正統中授百戶景泰初進副千戶天順初進指揮同知忤曹石謫戍涼州詔復職告歸自號無默子北山詩話凌日章代父天壽戍興州嫻騎射好書史後屢著戰功爲英廟所知告歸放浪江湖十餘年買西山田三百畝以濟貧乏築堂累石長身偉髯言論慷慨坐卧其中年九十九

讀史

皁雕風捲九邊秋，猿臂將軍對簿羞。誰似威名驚塞外，至今人惜不封侯。

王　韶

韶字思舜，句容人，景泰庚午舉人，任湖廣蘄州同知，改四川合州同知，晚號歸閑道人，有容山鍾秀集六卷，輯句容志。宏治句容志云：移風鄉人，因次子陵選爲楚府儀賓，改四川，持身端謹，行政平易，歷官兩郡，民皆戴德，暮年歸老于家，詩酒自樂，飄然忘其世慮。陵字仲高，荊州府都昌王奏選授亞中大夫宗人府儀賓，配楚望縣主，亦能詩。

頌王侯祈雨有感 長興王侯涖政時又有嘉禾五穗紅榴並蒂之瑞

聖皇御極文運開，浙東自古多賢才。兄是三槐舊門第，天私雨露新栽培。尊甫登科耀金紫，政舉彰彰播人耳。家學淵源信有才接武雲霄誇令子銅章榮綰來句容覃敷惠澤蘇疲癃愷悌慈祥政平易光明正大心謙沖承流宣化布君德奉法循理盡臣職愛人節用惠己周正本清源尤警惕四扁高題當縣門匪徒觀美誇吾民正欲常常接平月此心此念恆操存撫字勤勞罔敢逸咸願羣黎安衽席何期旱魃苦經旬頓使琴堂動憂戚三時正爾農務興田疇入望烟塵生老稚徬徨更何訴高低焦灼難爲耕躬禱雲壇瀝誠懇此心自許通幽隱阿香晴晝轟雷車頃刻陰雲迷遠近滂沱百里誰之休精虔一念徯之謀莫高匪天德可動既沃惟壤金何酬三農渴望頓蘇息四野呻吟轉怡懌桔橰戸戸獲潛踪耒耜人人堪致力灑空素練水如川匝地緑茵秧滿田喜聽蛙聲卜嘉兆毋勞雞骨占豐年老我歸閒無負郭尚有塵襟資滌濯

追陪弗克效勤渠忻汴胡爲徒踴躍吾民欲報何所安多收田穀先輸官酒釀新芻祝侯福室家方慶無飢寒君不見唐有貢卿職風紀平原辨獄隆甘雨吾侯仁政格天心他日勳名堪並擬又不見晉有束晳通神明請天三日甘雨傾吾侯感應亦神速同期宇宙垂芳聲

童軒

軒字士昂一字雪厓鄱陽籍父碧瑄徙家金陵入應天欽天監籍軒景泰辛未進士以南吏科給事中撫川寇謫知壽昌縣久之薦改僉事督雲貴學政拜太常寺少卿轉正卿掌欽天監以右副都御史總制松潘進南吏部右侍郎進禮部尚書卒贈太子少保有清風亭稿天一閣書目清風亭集八卷明童士昂著李澄編集劉瑚張弼評俞澤重評慈谿張

楷序稱童黃門詩類玉川云陶
元素項麒俱有序張弼跋後
士昂疏止南京采辦翠毛魚魫諸物掌欽天監事敎
諭余正已言歷法之差公上言歲差置閏其來已久
正已乃謂天地有自然之冬至以至朔望置閏皆非
人力可爲是不知古人成法以數求天之術以小智
亂成式宜正其妄顧公璘作鄉正篇稱其擇地而
蹈擇言而出吐辭濡翰必軌其方遺腹子紫楚

楊柳枝

細雨染鵞黃絲絲拂水鄉遊人出門去惆悵惜春光纔看葉
鬬眉又見花飛雪只恐秋風生長條不堪折

春曉曲

妖紅軟綠含朝陽鶯吟燕語愁人腸苔痕漬露翡翠濕杏花
撲雪臙脂香

竹枝詞

家住東吳白石磯門前春水浣羅衣朝來繫著木蘭棹閑看

鴛鴦作隊飛

西湖荷葉翠盈盈露重風多蕩漾輕荷葉團團比儂意露珠不定是郎情

松泉雲壑圖

長風吹雲度澗壑上有千尺青松枝飛泉百折走其下倒影欲赴蜿蜒垂秋空月白羣籟寂翠濤隱隱生漣漪天生八物自奇拔肯與灌木爭榮萎盤根錯節飽霜雪卻憶移種徂徠時蔦蘿蒙翳若纏縛服食未許飡流脂政如蛟龍卧巖穴飛騰有待雷雨期又如大臣値國難冠劍廷立相扶持紫鱗乾澀裂苔蘚屈鐵交錯排旌麾信知磈砢始生怪不怪豈易知其奇明堂屢建不收用無乃材大難爲施良工筆挽造化力滿紙圖出烟雲姿王生雪蕉竟何謂蕭郎雨竹空離披何如

此圖神且古古稱韋偃眞其師李侯持之索題句我見百色生鬚眉安能爲君一叱起毋令偃蹇荒山陲

竹溪淸隱卷爲吳崑王益題 并序

吳崑王益淸脩力學士也所居戴溪之傍種竹數千挺以資吟賞之娛每溪水生風碧雲蕭颯萬玉皆作鳳鸞聲坐而聽之使人悠然有遺世獨立之意因題曰竹溪淸隱間索予詩爲賦此章

黃陵日暮愁雲綠千頃寒波蕩人目何人笑把金錯刀剪碎湘羅千萬束君家住向東吳東縮地誰移錦韠龍春風迸出玉萬箇琅玕繞屋聲玲瓏羨君習隱溪亭裏時放扁舟渡溪水掀篷長嘯碧雲低一片瀟湘響秋雨歸坐幽窻月色涼紅塵不到水雲鄉夫容風颭翠蛟舞千尺冰簾搖冷光頗似求羊散稍類稽阮狂煮茶燒筍幽懷好拄笏看山淸興長浩歌淇澳詩閑傾桑落酒世間萬事等浮漚兩綬通侯不須有君

不見長安甲第連雲起衛霍金張耀朱紫洞房月夜度歌鍾
綺窗曉日聽鶯語一朝事異人亦非蒼苔滿地客遊稀蠨蛸
冐壁蟲吟戶廢址淒涼對落暉何如君家舊竹溪年年淸趣
樂無涯花深紫燕巢書屋波暖銀魚墜釣絲予生偶被浮名
掛甯堪作吏金門下卜隣願借屋頭溪長日鈎簾共淸話

呂氏節孝卷

金陵呂氏家本吳少膺姆教如羅敷伊昔笄年美且姝嫁得
良人君子徒雙飛宛轉鸞鳳雛胡期一朝鏡影孤懷中弱嬰
聲呱呱高堂況有白髮姑昨者與君爲歡娛何忍背棄如路
途矢心淸白永不渝寸扃皎若秋霜俱朝課兒書夜辮纑膏
沐不御淚眼枯天胡不弔姑且痛籲天求代頻號呼天愈姑
病不負吾而今春秋雪滿顱天書褒異下淸都節孝大扁題

門閭我愧爲儒七尺軀行年四十百行無聞毋高誼敦薄夫爲作歌詩付董狐

襄陽懷古

疋馬南歸望古城半林殘雨夕陽明雲邊岫接秦山色樹裏河流漢水聲墮淚有碑苔色古攔街無曲酒旗橫那堪回首成陳跡笳鼓西風愴客情

九日

予以幽憂之疾閉門不出者動閱數旬眉宇向秋凄然愁絕故人尚寶司宋公忽有冶城登高之約辭不能赴因誦杜子重陽獨酌杯中酒抱病起登江上臺之句不勝幽興滿懷於是想像冶城風物爲賦律詩四章詩成會鄉友傅德脩攜公登高詩卷來遂用書之於左

授衣又値景荒涼澤國砧聲夜有霜病後欲尋元亮隱愁來無復孟嘉狂樹連涼館迷秋色潮落橫塘冷夕陽卻憶冶城

山上約不勝清興攬吟腸涼館橫塘俱建康地名

雁下菰蒲宿雨收登高有客上林邱池荷卷翠花皆老江樹翻紅葉盡流白下蕭條偏近晚新亭凋獘不宜秋艮辰無那成虛擲孤負黃花酒滿甌

蕭蕭木葉下高枝又是深秋九日期黃菊酒香人病後白蘋風冷雁來時參軍帽落誰同調宋玉詩成益自悲有約不能逢一笑看山窗下獨搘頤

幽亭結構號飛龍風景蒼蒼入望中鴻雁去來時序換江山登眺古今同綠荷淺水棲寒雨黃葉虛窗戰晚風秋興滿懷禁不得倚闌搔首歎飛蓬

寄賀友菊先生

窮巷蕭條坐掩關冠纓塵滿謾思彈半生杜甫空懸室十載

楊雄不徙官世事眞成棋局換生涯無奈硯田乾鏡湖詩叟聞應笑信有人間行路難

暮春舟中感懷

春色三分大半非可堪遷客正懷歸江離漠漠豚魚上岸草青青燕子飛潘岳多愁雙鬢短馮唐易老壯心違君親恩重何由報佇立東風淚滿衣

九月十三日夜夢繡衣康用和握手論舊覺而聞雨有感詩以寄之

宦遊歲月易蹉跎青鏡流光兩鬢皤客夢不知江水遠鄉心偏傍雨聲多張衡有詠唯愁在燭武無能奈老何爲問舊游驄馬客別來誰與共鳴珂

滇城早秋有懷沈啟南

遠塞風烟接海陬蕭條踪跡此淹留西風黃葉塡沙岸落日青山繞郡樓孤館不眠惟聽雨異鄉多病厭逢秋何因共醉吳門酒一洗胸中萬斛愁

倉鼠謡

太倉有粟崇如京太倉羣鼠穴自營羣鼠穴倉得所憑舊穀既没新穀升大者如狐小者豚矗矗白晝兼人行羣翻聚囓巧鬭聲狸奴坐視不敢驚君不見三秋無雨禾稻枯皇皇菜色愁田夫倉中有粟官不發縣吏打門猶索租老羸旦夕且溝壑羣鼠飽食人所無於虖羣鼠汝勿喜會有張湯來磔汝

和韋蘇州寄金椒山中道士

兀坐郡齋裏遠憶黃冠客洞口采芝歸羣羊臥白石風吟落葉秋雨翳殘鐘夕攜酒欲相尋山深斷行迹

謝龍太守惠墨

徂徠斵碎青松骨竹屋篝烟香馥馥道人曉起探牀頭掃得元霜二三斛空山鐵杵聲相鳴日暖風和擣應熟忽看滿案走蛟龍疑有虹光射人目文章太守才且賢贈我韻重黃金錢開緘捧櫝發長歎瑩然至寶眞堪憐我慚無才將奈此鎮日臨池弄池水盾端草檄屬何人醉後濡頭竟誰氏有時窗下試一磨淋漓雲霧生江波興來枝戟老鴉手塗抹稍類隸與科恨無山陰九萬紙練裙多年不堪洗呼僮掃壁且題詩苔色滿牆秋正雨

春雨臥病書懷

春半連朝雨空齋睡起遲閉門回俗轍煮茗瀹詩脾小菜生新甲閒花發舊帷翛然成吏隱虛負盛明時

一室朝慵掃遺經自討論枯蝸寒綴壁黠鼠靜翻盆調古誰
同賞時清道益尊閒將貧富態書向翟公門
避地營書屋蕭然一二椽官閒非逐客病久似癯禪犬吠南
中雪蛙鳴井底天物情徒自爾吾且守吾元
積雨空齋裏春寒未袚衣道窮知己少鄉遠去人稀柳溼紙
吟檻苔深澁舊扉自慙無勁翮不是惡羣飛
門巷春泥滑山川曉霧昏莫言猶豹隱端勝類鴟蹲掃逕除
花纈編籬護竹根平生憂憤志惆悵與誰論
密雨隨風急虛齋日晏眠詩瓢高挂壁茶竈冷炊烟飲乏高
陽侶貧無負郭田悠悠淸夢裏吟遍衍波箋
澹薄眞無事迂疎百不能守株思得兎點墨誤成蠅行古從
人笑家貧免盜憎居然叨素食渾似戒州僧

勿訝非吳下深慚令海鹽舊琴蛇腹斷新筆鼠鬚尖詩苦非
因債官清不爲廉窗前山色好終日坐鈎簾
用世才偏拙治生計益窮接䍦巾倒著榾柮火初紅病喜聽
琴愈書因看劒工茫茫天壤内何必楚人弓
狡兔謀三窟寒烏借一枝浮名知底用薄俗不堪醫竹色團
書屋芸香落硯池投閑聊爾遣知命復何疑

閒居漫興

未老已偷閑蕭蕭屋數間杯傾螺殼紫冠製鹿皮斑隱几聞
啼鳥鈎簾見遠山秋來無一事衣佩盡紉蘭
自識清堪樂誰云俗可汙泉烹建溪茗香爇博山鑪月冷梅
魂瘦風清鶴夢孤近來疏懶甚簪組意俱無
鎮日掩柴扃長歌醉復醒草生元亮井竹覆子雲亭腰玉龍

棋局秋金鑄硯屏都將舊遊事一笑晚山青

次韻鄒允達懷仙吟

松花酒熟潑銀缸邀得羣仙醉石窗十二欄杆秋色靜笛聲吹斷落梅腔

霧閣雲窗藨碧虛黄粱枕上夢蘧蘧鶴翻松露無人到近得麻姑一紙書

山擁芙蓉面面開紅塵元自隔丹臺洞簫一曲雲間下知是羣仙跨鶴來

六銖衣上繡雲輕月下時時奏五英回笑人間兒女夢紅塵一枕不分明

星冠鶴氅日翩翩名注元都作散仙不用金莖承抗瀣黄精芝草滿丹田

瑶玉山前奏鳳簫彩雲飛珮下松喬夜深驚起潛蛟聽石澗星河影動搖

勾陳樹底醉流霞果列金櫻飯熟麻雞犬數聲春色暮一溪流水汎桃花

南行秋興

皇華才詠出神州澤國砧聲已報秋江上西風吹短髮天涯明月送孤舟仲宣自笑貧猶客李廣甯知老未侯世事悠悠何足問且將吾道付滄洲

鬢邊華髮幾絲秋老大心情不解憂杜甫詩名空短褐元龍豪氣尚高樓思家斜月三更夢去國青山萬里舟壯志未銷身尚健幾回燈下看吳鈎

關山月

關山月揚清光塞上征人望故鄉故鄉千里音塵絶幾回見月傷離别枕戈夜卧草頭霜彎弓晨走林間雪愁雲茫茫塞草寒月痕斜挂白狼山一聲羌笛淒風急多少征人念未還

車遥遥

征夫將早適起拂車上霜澹月殘星白遥思路正長驅車出門遠少婦腸空斷不見車上人但聆鐸聲轉鐸聲去悠悠聞道戍涼州不識涼州路空懷萬里愁愁來不能禦魂逐車輪去願作石尤風吹折車前樹

山水圖爲沙士清題

青山一片知何處雲際依稀辨江樹春來泉壑盡爭妍翠雨濵濛飛薜荔山下茅茨凡幾家小橋流水竹林斜陰陰蘿逕留啼鳥寂寂柴門掩落花故人家住錢塘曲彷彿當年舊書

屋望海樓頭夕照明富春郭外平蕪綠西湖高柳拂晴烟載酒時乘賀監船鷲嶺朝涵霞氣潤鷗波夜逗月華圓竭來旅食秦淮邸回首湖山渺何許詩興常尋仙姥雲夢魂幾聽胥江雨南宮先生筆有神畫圖重見李將軍晴窗暇日一披玩萬壑千厓盡在門

田家雜興

東風扇和氣百草萋以綠林間倉庚鳴正爾春景燠田夫喜春到相率殖嘉穀時雨夜來過新苗青簇簇老翁負薪回稚子飯黃犢幸逢官府閒近日少徭役努力事耕耘毋爲饑空谷

步履出南郭南風溪午時偶來松樹下佇立澹忘機野老見我至情親語依依桑柔蠶已浴麥深雉初飛俯仰玩物理逍

遥詠而歸寄謝王艮子虛名徒爾爲

田家無外求所願營一飽今秋幸少豐處處熟禾稻租賦輸官倉里胥夜不到張筵會賓朋雞黍雜梨棗相對陶一觴頽然玉山倒

茆簷冬日暖懷抱艮不惡柴門晝始開雞犬散籬落今朝無客至婦子相聚樂牀頭熟新酒聊復共斟酌高歌亦自慰焉知死溝壑

秋江晚眺圖爲曹憲副廷璋題

金門畫史小李徒何年寫此秋江圖斜陽杳杳下林杪隔岸幾點青山孤時當深秋八九月紅葉似錦烟中鋪清霜肅肅悴高柳淺水獵獵涵疏蒲茅亭一箇傍山麓人跡不到堆寒蕪就中豈無高尚者皓皓甘作林泉枯江頭二二客久不去氣

岸頗似黄與蘇抱琴何處覓知己矯首眺望何踟躕磯邊舴
艋差可渡似欲放浪爲歡娱水清沙白秋正肅佳趣彷彿君
山隅斷霞留影帶殘雨連雁欲下相驚呼前村有酒可剩酤
亦有巨口松江鱸江山若此不一醉歲月幾何空負吾望中
疑是尚書宅青紅樓閣相縈紆書聲隱隱起林壑劍氣煜煜
騰天衢年登百頃刈雲子歲晚千頭收木奴地靈豈徒富物
產人才項背無時無鳳池烏府相照耀山川鍾秀信不誣君
家世業有如此輞川赤壁焉能逾何時許我載輕舸與君汗
漫登蓬壺

長安道

長安在何許定鼎燕薊北周道千里平商邑四方極金臺玉
壘何雄哉重關設險從天來黄道祥光直南見紫薇中宫正

北闕天連閣道星辰拱日射觚稜金碧聳百尺文樓五鳳飛九重魏闕雙龍擁長樂鐘聲曙色寒千官劍履集朝端龍函捧勅頒三殿象輦駝琛響八鑾皇家制度超前古文物聲明播寰宇白雉遥聞貢越裳龍媒又見來西土太平治道軼唐虞彬彬多士皆文儒楊雄已奏甘泉賦司馬還陳封禪書葱籠王氣浮丹扆垂露金莖靄雲起紫禁彤墀月似銀玉河金水花如綺九陌香塵拂面飛鳴珂初散午門西王侯第宅施行馬公子亭園爭鬬雞王侯公子多如雨大道青樓聯戚里玉簫吹月鳳雙飛繡幙圍春鸚並語雕鞍寶蓋日過從片言出口生華風始見金張初賜第俄聞衛霍又旌功六街三市相連絡佛舍飛甍絢丹艧百貨都歸大内東人才盡入平津閤御史臺前烏欲啼將軍營裏馬頻嘶教坊夜月人如玉上

苑春風錦作畦風光節物年年在萬世山河長不改罷官廷
尉自書門遷仕中丞彌映彩莫言李廣不封侯誰惜馮唐易
白頭青史功名今已矣江湖高起見京樓

湖上隴樹圖　不肖孤晃奔走仕途心切邱隴吴門沈石田嘗繪湖上隴樹圖以致感南京禮部尚書童公子佩賦七言古詩錄如右按此詩清風亭稿不載從于晃隴樹圖采入

湖山蒼蒼湖水碧望裏松楸森鬱鬱問誰葬者少保公芳草
晴雲閟元室昔公正色立朝端蔚然聲價疇能攀文章不在
歐蘇下功業高居丙魏間逢時肆展經綸志大節精忠照天
地委身報國不辭難甯知竟墮權姦計權姦不軌那能久衆
怒應知天假手火炷堪然董賊臍襪縑可塞元凶口公乎雖
死名益芳想見騎箕升帝傍聖明佑德思元老諭祭褒恩來
故鄉夫人內相多賢德瘞玉當年同此穴英魂清夜幾來遊

啼斷空山子規血春秋霜露自年年宰木相樛狐兎烟東風翁仲蘚痕緑路人猶説于公阡即今有子官京兆偉器雄才堪繼紹哀思寫作隴岡圖長日羹牆寓純孝

曹景

景字廷璋句容人義之從子景泰庚午舉人辛未進士授福建道監察御史陞福建僉事復陞雲南副使宏治句容志曹廷璋承仙鄉人執政嚴肅治獄明允剛直不阿父琛

竹里山

巉巖石筍怒如抽説到翻車我亦愁鮑照吟餘空峴晚寄奴戰罷野場秋北來山勢連京口西下潮聲到石頭羨殺龍潭無釣客不關風雨住扁舟

曹晃

晃字廷瑞句容人義之子以能書選入四夷館習字授鴻臚寺序班內餘辦事陞中書舍人有可齋藁高穀

送中書舍人曹晃省親英英五采立朝端因拜西掖最好官通志已書曾被寵封章遽上得承歡春擁寶樹親顏悅誥捧金花御制寛歸到庭闈稱慶罷還將五字向人看

遊柳汧

山勢中茅接風光愛柳汧雲深難辨樹谷靜自鳴泉白鹿思閒適蒼龍認蜿蜒披沙吾未暇小歙藉莎眠

送道會經永常歸青元

一尊相對酒頻賒疏柳長亭日易斜天上恩光新雨露山中風景舊煙霞去登白鷺洲邊棹歸看元都觀裏花我欲尋師問丹訣肯將消息說河車

王謹

謹字約士，上元人，景泰壬申貢。郡志科貢表貢生自景泰二年至天順八年，此十四年中貢生上元江甯僅天順元年有童鏞一人，其脫誤如此。約士曾祖一居，永樂中充太常寺贊禮郎。宣德初舉南郊之禮，儀度詳雅，遷太常寺少卿。正統十四年死土木之難，年七十六，追贈正卿，崇祀忠義鄉賢。娶應天府丞張執中女，生子崗，字鎮華，早世。生向智，字淵度，京庠生。約士即淵度子也。孝友有文名，隱居教子。淵弟年八十十二。子問政，字尊五，太學生。孫鼐，字調公，嘉靖十七年貢，慈溪訓導。曾孫淵，字獻齋，由南醫院吏目歷御醫院判，掌太醫篆。世宗末，京師大疫，奉命調治，全活無算，加太僕寺卿以旌之。

答友人

彥倫作宦猿生怨，彭澤歸家鳥覺遲。
溪水將生勤織網，山風欲起急編籬。
吾生役役誠何益，世路茫茫不可知。
參得南華齊物論，一杯花下自哦詩。

雍　熙

熙字緝光上元人景泰癸酉舉人官知州

盧孝子墓芝圖

陟彼岵兮言采其芝父兮不見哀我人思

莊　徹

徹江甯人景泰癸酉舉人秀水知縣陞薊州知州嘉興府志天順四年任秀水縣修葺學校九年考滿陞薊州但以爲進士與江甯府志不合

答李貞伯見贈

宦何知巧拙同是老書生病骨逢秋健詩懷入夜淸青燈諳世味白髮見交情料得長干壁淋漓醉墨傾

金陵詩徵卷十三終　江甯鄧嘉緝校字

金陵詩徵卷十四

上元朱緒曾編

明四

湯允勣

允勣字公讓南京人東甌襄武王曾孫應天府庠生授錦衣衛百戶轉千戶景泰中從楊善趙榮通使問上皇起居還進署指揮僉事天順中爲校事者摺拾下獄謫爲民編籍常州成化初復官充參將守禦延綏孤山堡力戰死之祟祀忠義祠有東谷集東甌襄武王封信國公居城南古桐樹灣今謂之信府河洪武二十年辭歸鳳陽賜第襄武子鼎先卒孫晟未及嗣封亦卒晟子文瑜文瑜子傑皆病廢傑子倫倫子紹宗宏治中得爲南錦衣衛指揮使嘉靖十一年封紹宗爲靈璧侯紹宗之後曰佑賢曰世隆曰之誥曰國祚據此公讓乃文瑜之兄弟輩由巡撫周忱薦舉非世職

也公讓爲諸生與府尹不合題詩學門有從今袖卻經綸手且向江頭理釣絲遁居丹徒又卒少年入江陰縣署縛縣令狀其罪送之上官收下獄會赦而出爲周忱所薦詩豪邁奇崛揮灑如風雨王元美云湯公讓如淮陽年少斗健作嗾人狀

樵嶺

遲日轉輕陰驚風發疏冷何處斧丁丁千山白雲暝

秋懷

紺髮青瞳未有涯雲山交付兩芒鞋乏財原憲貧非病荷鍤劉伶死便埋有趣不須詩過巧無謀方覺事多乖秋深更值連宵雨一霽苔痕總上階

無題次劉虞部韻

梨花宿酒半腔存自壓春風紫蔗盆血沁臂鞲牙有迹酥凝乳酪爪無痕金塘水暖魚跳子玉陛塵清鶴弄孫回想宮人

斜畔路幾家寒食未招魂

水月舫爲奚川錢竹深賦

太乙眞人蓮一瓣飄飄萬里來天漢移入江南錦繡窠蘭橈桂槳空凌亂長鯨對舞碧紗窗缺兔潛窺紫絲幔委蘘浮香春可斟蒲帆颶彩風堪喚老興閒攄曲數謳幽情綫發琴三嘆古跡多因潮洗平遠山忽被雲遮斷曩時螃蟹落錢昆今日鱸魚到張翰莫令惠子識逍遥且拉盧生遊汗漫冰壺影裏塞鴻飛海鏡光中沙鳥散好天良夜屬君多大壑深溪留我半乾坤正之濟川才忍敎獨繫黃蘆岸

爲錢理容題美人月琴圖

芙蓉小院秋如海涼月半空凝素彩羊車軋軋過西宮一失君恩不堪悔綠銅古阮鵾絃溜胸寫襟懷三五奏血色深紅

軟繡墩唾花淺碧香羅袖先及關雎後麟趾雅調雍雍塞人耳曲終閒倚太湖峰驚風掉落櫻櫚子

錢舜舉海棠爲孫二公子題

錦雲凌亂韶光暮鉛華洗盡燕支露唐宮妃子殢餘酣生怕東風苦相妬并刀剪水籠高燭銀箏欵度清平曲一痕淡月轉回廊拭淚看春看不足苕霅才人情思巧海山駐節迎花鳥紅萍壓水赤烏鳴香霧揭開天地曉

巨俠

才有曹丕十倍多慼鱗鎩羽怨誰何買絲欲繡張忠靖增上文山正氣歌

聽秋軒

老桂無香露華溼涼月半庭草蟲泣白茆灰冷黑猊坐擁

孤衾百憂集西鄰小娃夜舂黍落葉喧階隔人語何處一聲金翦刀萬玉琅琅敲急雨笑擲殘書起推户暫冒簾旌遲鶴步明河灧灧斗杓横興來錯誦歐陽賦

聽潮軒爲金山僧霔題

鼇背東風滚雪花餘波轉眼没鷗沙越軍怒發摧山弩漢使驚回犯渚槎午枕欲抛鐺正沸夜經纔輟鼓頻撾老禪不厭喧雙耳笑倚虛闌閲歲華

立春後作

市橋連日雨聲繁花信風來第幾番郭外有田三十畝角巾扶醉插山茶

斷頭船子小於梭綠柳隄邊拍櫂過綽約酒旗風外捲隔花時聽一聲歌

霏霏小雨作春寒，酒盞新來不放乾。家近碧山招飲洞，可能黃髮老江干。

梅花卷

夢裡仙人水月容，步搖斜颭玉龍鬆。六銖衣薄霜風老，吹落瑤臺第幾重。

遊仙

花氣晴烘玉女窗，飛泉觸石響淙淙。武夷山主來登會，鸞鶴周攢七寶幢。

洞口桃花望欲迷，春光正萃武陵溪。白雲萬頃誰耕破，一一都開種玉畦。

冉冉紅雲覆紫臺，春風可散碧桃開。麻姑昨夜曾相約，去測東溟淺處來。

日照雲中絳節高龜臺阿母召餐桃乞來斗大無瓊核剖作雙杯捲翠濤

月照參差海上峰颷輪度處滅行踪元冥宮裡留宵宴傳得新方解擾龍

掛樹元猿朗朗呼蘚侵石壁字模糊癡龍頷下珠如月照見寰中五岳圖

鶴氅斜披出市喧青霞窟裏聽啼猿半酣騎著壺公杖直溯黃河到水源

若木枝頭露未乾五雲噴水浴鴉翰須臾轉過金鼇背九點齊烟鏡裏看

巨俠

獵火茫茫照四山青衣小隊射生還貂裘幾點輕盈雪月照

城門未上鐶

梅莊

惡風吹碎瓊花島仙人一夜愁催老黃鵠銜空刼火灰珠樓十二間春早白頭徵士口無肉恥向東籬弄疏菊笑分慳署一筐金種出樞岩半坡玉紅兒按拍青兒舞明月滿空啼翠羽一聲鐵笛振江干香雪紛紛落如雨醉語山童好封植等閑莫遣春狼藉孫枝翌日子纍纍留與君王充鼎食

李應楨

應楨名甡以字行一字貞伯上元人景泰癸酉舉人授中書舍人歷南兵部郎中尚寶司卿太僕少卿有李氏遺集貞伯祖籍長洲徙南京入南雍中官牛玉請爲塾師固拒之以工書侍直成化中命寫佛經抗疏上言臣聞天下國家有九經不聞有佛經也不受命幾獲罪由是自兵部至冏卿皆在南京

引年致仕好古博學篆楷俱入能品卒之日無以斂友人文林史鑑買地以葬焉江甯府志甡訛作珏

按李貞伯不附權璫不信釋教危言危行清節凜然當補祀鄉賢以勵風化　判襄流民相聚朝議恐爲亂欲逐散之乃上言流民墾田築舍爲定居逐之祗益亂不如因而撫之後增置鄖縣如其言　棻范文正之爲人題其所居曰范齋氣象嚴峻若不可親然喜交遊好汲引朋友死經紀其喪顧華玉稱其一介不取與文如銛戟利劍掉以淮陰之雄可謂介而文焉

東禪寺　明詩綜止四句

松杉滿院風瓜豆一籬綠不聞車馬過時得高人宿日暮還獨歸悵望城東曲

和邱時雍太守

解印歸來草結庵逢人便欲口三緘髩將半禿難忘世骨未全銷尙畏讒別墅貯春常載酒晴湖泛月不張帆年時種得梅千樹要看花開雪滿巖

成化戊戌十二月十六日與吳原博史明古張子靜游陽山入雲泉庵觀大石聯句陽山一名雁門山在上元城東六十里

巖巖者大石李 奇觀人所誦遐想十載餘吳 初遊四人共舍舟始登陸張 杖策不持鞋是時日當夕史 茲山氣逾滃入門信突兀李 拾級駭空洞落星何破碎吳 靈鷲宜伯仲仰觀神欲飛張 俯瞰心屢恐鱗皴苔蘚剝骨立冰雪凍史 神驅道攜呵李 鬼劈文錯綜尊嚴懍君臨吳 張拱儼賓送環列盡兒孫張 擁護等僕從欲假愚公移史 諒非雍伯種臥鼓慨梓亡李 對曰怯杵重猊吻訝未收吳 龍鬣怒難控凝血疑痡鞭張 立肺詎冤訟上漏還啟窗史 中通自成衖大惟補天功小可砭肌用分矢肅慎來李 浮磬泗濱貢張 廉利並攢劍兀隉側倚甃嶧山辱嬴秦吳 艮嶽遺汴宋截彼民具瞻張 壯哉客難奉

史落照紅抹赭歸雲白流汞張僧講點頭詹李將射沒羽中
麈緣契三生吳陣圖懷七縱張在懸太師攀攻玉詩人諷仙
羹充腹饑史俗指免腰痛瑤琨產維揚吳琅玕出乃雍高題
少室名李怪作東坡供半空見玉蝙千仞附青鳳張栖禪餘
百年問僧僅三眾憑虛園曲闌吳架壑出飛棟史竹幽補堂
坳樹古嵌匡縫竇黑炊烟熏李坎平鐘乳壅盤盤棧道危吳
㵟㵟水泉動張登頓足力疲眺望眼界空史松露髮欲濡潭
月手可弄吳窮攀任生皴李醉吟微帶酡列坐對彎跧張大
呼應鍠硡嗜癖牛李愚史詩戰鄒魯鬭吳拜奇得顛名史戞
墜成噩夢吳試與叩山靈儻售捐薄俸

楊　洪

洪字宗道六合人都督僉事進都指揮使佩鎮朔大

將軍印鎮宣府贈潁國公謚武襄明史有傳楊武襄祖政明以功爲漢中百戶父璟戰死靈璧武襄性好文學嘗請建學宣府教諸將子弟子傑俊嗣從子能字文敬封武強伯能弟信鎮大同封彰武伯贈侯謚武毅子瑾嗣六合縣北五里有楊家將臺相傳武強伯楊能點兵處又縣東北三里兩臺相連有洪家將臺俗云古將王陶王鉞築陶鉞無考疑即楊洪家將臺也同邑有季璘字饒瑞正統戊午舉人鄂陵郟縣教諭有送詹艮弼之永春令詩

軍中

殺賊歸來氣未平呼聲雷動萬人驚捷音飛上甘泉殿昨夜燈前露布成

蔣主孝

主孝字宗倫一字務本句容人院判用文長子有務本齋詩樵林摘稿倪文僖公云務本先生以儒醫鳴凡抱奇疾莫能識者胗視無不愈急於拯人雖雪夜炎天有求必赴疏內經以示學者或勸之仕曰醫可以濟人奚必仕喜吟詠與弟主忠

及王貞慶諸人結詩社後與賀存誠張友菊相倡和愛臨古帖精鑒古碑襟度灑落於日夕必焚香鼓琴作文弄楚歌之曲自製有樵林操人多傳習之篤於友愛理家尚質婚嫁恐有定規葬祭無不周備房幃無華飾曰我等不耕蠶而得飽煖可不與天地節無益之費乎遇孤貧則賙卹無所惜妻史氏獨醉先生瑾女也長子論次子誼誼舉進士授杭州府推官戒之曰不儉則不能廉試看貪官皆由不儉故也誼居官有廉能名先生成化壬辰卒年七十六葬都城南鄉祖塋

思昔

昔日輕王猛而今重管甯烟塵猶浩蕩豪傑故飄零客況風中絮交遊水上萍空懷乞米帖愁絕老橫經

旅邸有懷

風雨茅齋夜青燈照客眠故人霄漢上歸思楚江邊短角吹殘夢長歌感昔年自憐身老大何以繼前賢

無題 明詩綜載首句及六七八句爲絕句

鳳輦朝遊繡嶺宮村花野柳笑春風自懷白璧無田種莫信蓬山有路通孤館暮雲迷舊夢閑庭小雨落殘紅貞元朝士知誰在一曲琵琶月正中

春宫曲

荳蔻花開蛺蝶飛晚妝樓上換新衣吳王不解琵琶怨只道新傳緩緩歸

大隄曲

垂柳陰陰遶隄綠二八嬋娟唱新曲映水荷花眩晚霞隔岸芙蓉障紅玉彈絲吹竹當路旁使君駐馬索酒嘗臨流卷幔對君語十二巫山春夢長春夢長兮月將落湖上東風玉䠥脫自矜纖手摘蘭芽紅淚雙雙爲君閣背人偷整玉搔頭摇蕩春情燕子樓回首可憐歌舞散綵雲零落渚花秋

渭城少年行

長安道上春水早梁苑梨花啼小鳥小鳥啾啾不住聲滿地落花春已老可憐遊子客遼西昨夜書來不敢啼章臺楊柳空摇翠幾陣東風葉盡低東風獨吹楊柳樹撩亂飛花不知處化作浄萍逐浪漂渭水秦川向東注渭城樓閣感繁華鬥雞走馬足豪奢朝持金彈遊戚里夜抱閒花醉酒家酒家銀燭照歌舞來報城頭起更鼓娟娟明月懸青天豈識深閨別離苦別離有恨將奈何笑顏不及愁顏多一曲琵琶兩行淚背看燈影顰雙蛾

車遥遥

君有萬里行妾有長相思君行不顧妾妾思君不知關山盤盤多鳥道君行漸遠車聲小不得隨君萬里行願身化作催

歸烏

五王擊毬圖

毬門高結春如海紫陌垂垂翦雙綵薛王力倦宋王來興慶宮前花正開侍兒弄笛申王醉更有岐王擁花睡春風不動草如鋪兄弟怡怡入畫圖黃門擁入五花帳官奴慢鼓花奴唱博山火爇水沈香官貴從來自天降遲遲春日下龍樓花萼聯輝雨氣浮大被漸寒歌管歇三郎別領阿環遊

漁父

朝駕滄浪舟暮泊滄浪曲得魚即沽酒不知榮與辱蘆花兩岸秋醉枕蓑衣宿

題鍾馗

虎口虯鬚眞可怪如何不解縛人妖偷花竊笛渾閒事忍見

三郎萬里橋

春俠詞

金鞍赤馬紫羅袍錦橐銀棚插佩刀不道黃鶯解人意隔花偷啄白櫻桃

春日陪周功敘學上遊朝天宮

曉露滋瑶草東風綻碧桃致君有公輩行樂屬吾曹恍惚遊三島淒迷歎二毛山深人自寂市遠性俱逃占斷壺中景眞成世上豪水清山澗淺苔古石牀高白鶴呼爲僕春雲翦作袍路迂三屈曲樂奏八瑯璈仙境頻年樂塵寰盡日勞獨憐揚子宅白首續離騷

少年行

手折章臺柳眼盼棃園花春風故相妒先到阿侯家

蔣主忠

主忠字存恕一字慎齋句容人院判用文次子有慎齋稿金陵紀勝續貂小稿詩法鈎元慎齋山人與兄主孝皆有詩名當時所稱景泰十才子者吳下鎦溥中都湯允勣崑山沈愚海昌蘇平蘇正西蜀晏鐸四明王淮主忠兄弟戚里王貞慶也 明詩人小傳云忠字主忠恐誤 阮文達公揅經室外集有慎齋集四卷古今各體詩二百八十餘首

經龍潭故居

不到故園久甯辭歸路遥山光自今昔人物嘆蕭條古鎮東西市長江旦暮潮何當尋故業來此伴漁樵

芙蓉

清露下林塘波光淨如洗中有弄珠人盈盈隔秋水

來賓樓

層樓迢遞俯遙岑此日登樓喜盍簪鍾阜雲霞雙闕迥石城烟樹萬家陰鐘聲隱隱來官寺秋色蒼蒼帶遠林自是聖朝恩澤廣越裳臣妾盡傾心

王貞慶

貞慶字善甫一字維善家南京永春侯甯之子爲景泰十才子之一有茗芋集靜志居詩話善甫懷慶公主所出生於侯門能脫去紈綺之習築別業於聚寶山中闢一軒繞以桂樹因自號金粟主人善書飲酒羊城陳廷器序其集

春日偕蘇一平蔣五忠沈一愚遊劉公祠

都城二月春熙熙尋芳每共幽人期長干白下總名勝載酒攜琴隨所之今晨乘興出西郭花底停驂遊古祠祠宮岧嶢白雲裏丹青臺殿張罘罳落梅紛紛墮香雪垂楊冉冉搖金絲憑高縱目倚欄檻乾坤清氣凝詩脾從遊賓客盡文彥豪

吟詩浪忘吾誰東海蘇公最英俊掀髯一笑摘雄詞天孫機杼織雲錦五色絢爛含朝曦淮南蔣生尤敏捷吐語字字皆新奇長鯨怒吸海波竭峥嶸露出珊瑚枝玉山沈郎更瀟洒芙蓉秋水涵清姿摩挲石壁寫新句毫端墨汁光淋漓呼兒洗盞罄餘興醉來不覺烏巾欹飛光百歲猶瞬息人生行樂須及時樹林陰翳鳥聲雜斜暉又駐西山陲馬蹄歸去踏芳草風流不減高陽池

清明日寫懷

地僻長時少送迎坐看春色又清明傳家舊物青氈在處世中年白髮生楊柳東風猶料峭杏花疏雨半陰晴塞翁得失何須論且共沙鷗暫結盟

送沈崆峒歸玉峰

客從東吳來暫向金華住看遍金華春更憶東吳去秦淮橋頭烟柳青執手臨岐別恨生扁舟後夜知何處月色江聲無限情

金紳

紳字縉卿上元人南安太守潤之子景泰甲戌進士以庶吉士改刑科給事中遷大理寺卿歷南刑部右侍郎有雪心稿青瑣獻納稿公性狷介門無雜賓彈大臣不職稱旨成化進都給事論都指揮門達竊弄威柄子麒壽字仁甫宏治丙辰進士未仕而卒

哀王太常 名一居死土木之難

漢家郊祀譜鐃歌寶鼎靈芝協律多誰遣龍沙殉儒服淒涼碧血染霜戈

浦鏞

鏞字廷用上元人景泰甲戌進士官知府同時金陵有繆撝字順則有送杜德潤詩

贈史彥章參將　瑄

置酒秦淮上交君感慨同誰知將家子雅有古儒風拔劍歌何壯投壺氣自雄翩翩裘帶致詩句更能工

張　昂

昂字公頫句容人景泰甲戌貢四川南溪知縣

九曲清溪

一派泉源出化工縈迴九折妙難窮雪浮水面蒼龍白花落波心翠帶紅鼓枻不通漁父艇流觴堪繼古人風幾回我亦耽行樂笑舞婆娑月影中

徐　遠

遠字文穆上元庠生有居學齋集平生以古人爲法自金奇玩其夜失火已物無所救獨抱此篋以出友人故竹篋內皆

諸葛武侯

顧命君恩重丹心討賊年金刀扶漢日銅鼓鎮蠻天澹泊明初志功名豈偶然定軍山下路終古大星懸

鄭　禮

禮字中夫江甯人景泰丙子舉人襄陽通判陞大名同知擢南安知府值大水民飢禮欲發倉賑之監司難之曰未請若之何禮曰待報而後發民皆溝壑矣

送人還白下

楚南淹薄宦目極送歸航予與殊蕭瑟因君更渺茫大江流直瀆千里下横塘滿酌新芻酒東籬菊正黄

蘇潤

潤字廷玉句容人景泰丙子舉人安岳知縣宏治句容志郷政勤慎王韶銘其墓

郷人存心公恕莅

潤同邑同榜舉人高諤字士傑温江知縣宏治句容志云移風鄉人公勤有爲廉介不阿張紳銘其墓亦有絳嶺樵歌

絳嶺樵歌

落花過雨湖水紅湖上湧出胭脂峰伐木聲穿白雲裏放歌調起蒼烟中暮阻哀猿嘯空谷曉驚宿鶴飛長空兩三互答自成趣爛柯卻笑尋仙蹤

趙智

智江甯人景泰丙子舉人輝縣教諭趙廣文與富陽題詩刊石於鶬源在成化七年余拓得而録之

金魚太原稽甯

予典教輝庠辛卯五月朔日之暇偕同寅二君子遊衛源詩成求和并勒於石

盤桓亭下日將西萬斛珠璣望眼迷白鷺迴翔芳草遠清波倒浸楚天低公和嘯嶺雲爲幙康節吟窩石作梯得暇與君重過此拂塵分和壁間題

李景暘

景暘名旻以字行上元人景泰丙子舉人南京四川道監察御史進雲南按察司僉事有容庵稿生平尚名儉嘗曰吾無貲財以遺子孫惟遺之詩書則思爲有餘矣好學至老不倦子僑字承高正德癸酉舉人

小齋

釜裏魚遊甑滿塵白頭猶是讀書人青山相向簷前笑如此歸來自合貧

胡瑀

瑀字廷玠句容人有雲窩稿北山詩話胡廷玠淹貫九流宣德中薦爲醫學訓科不就杜門教授景泰甲戌與修句容邑志同邑有陶信庵者以字行景泰中累辟不就亦工吟詠有題像詩

鶴臺澗

澗水潺湲響山花寂寞容茅君騎白鶴何日下三峰

胡璇

璇字舜夫一字雲麓句容人有雲麓稿藏於家宏治句容志云家素業儒璇克紹箕裘博綜羣書卓然以古人自期待不爲流俗所動工吟詠善書邑大夫累請鄉飲獨加禮厚年八十餘膺冠帶同知王韶誌其墓

達奚將軍廟

懍懍宜當百萬雄江東黎庶藉神功草涵甲冑空階綠楓揻

旌旗舊壘紅國史一時遺武略居民千載酹英風賢侯獨秉春秋筆灑淚題詩意莫窮

龍　瑄

瑄字克温自稱半閒居士上元人有鴻泥燕居海山清嘯半閒子鶴亭漫語等集半閒祖籍宜春襲武職遂家南京重然諾朋游有急揮金如土苴江湖間曰過金陵不識龍克温猶徒行也寓荆南築室海子山有鴻泥集在金陵有燕居集東江顧清爲之作半閒居士傳子霓貴封副使半閒子集二十卷海山清嘯八卷鶴亭漫語八卷詩集二十一卷燕居鴻泥集王陽明邵二泉序

平樂府

淒淒烟雨嶺南天翠壁青林斷復連山縣總荒兵火後土民還住賊巢邊車筒晝夜翻江水刀具春秋種石田幸際時和太平日不須雞骨預占年

荊州鄉思

驛廳長晝思依依坐看晴簷柳絮飛斜日鳥呼春不住東風雁比客先歸山程迢遞淹征轡野水微茫夢釣磯卻憶舊居江口市雨香蘋藻鱭魚肥

遊茅峰

雲蹤寄林壑不混車馬塵行歌祝融曉醉卧匡廬春往昔躋武當舉手捫星辰前年歷岱宗題詩勒貞珉白首返鄉國始訪茅山隣肩輿入荊莽役從忘艱辛三峰果奇絕列岫非羣倫露華翠浮動玉骨青嶙峋森然立相向淸適同其情嵐氣時吐納嵓泉流玉精鎮靜自有常亘世惟一純欲尋陶隱居世遠跡已陳仰瞻益高夐暫息存吾眞

雪夜招文永嘉宗儒飲承宗儒和詩再答

同雲漠漠護深齋興到從敎漏點催寒色照人知霰集疏花有意傍燈開平生漫說詩千首一飲還能酒百杯明日雪晴山滿目更開焌閣待君來

凌　文

文字從周上元人景泰庚午舉人天順丁丑進士戶部主事進郎中陞湖廣參議斬湖賊呂總從周在湖廣平呂總之亂斬黃大飢以賑濟所活者萬人平生謹重不事外飾以文學推重當時子雲翰字伯遠宏治二年亞魁十五年進士知吉水陞全州知州亦以循吏稱

草堂寺

偶來蕭寺輒尋詩山色邀人蠟屐宜早韭晚菘俱可摘驚猿怨鶴莫相疑四圍雲氣和衣溼幾杵鐘聲度嶺遲吏隱由來同一轍稚圭多事北山移

朱貞

貞字惟正一字息軒上元人旗手衛籍景泰癸酉舉人天順丁丑進士磁州知州改鄧州晉南京刑部郎中陞四川右參議總督松潘糧儲乞休歸有息軒稿

息軒祖繼沐昭靖王延爲塾師改爲學錄父鵯亦居師席母王仲徵之女通小學善教子有子四息軒其仲也幼受經於助教張山觀禮部主事謝廷輔授書經官磁朝廷命中官取異魚公慮擾民禱於河魚湧出在鄧州時襄陽劉千斤僭號南漳朝廷出師討之兵鮮紀律公戒儒生具衣巾供餉士卒按轡受餉以去歸林中爲眞率會悠游十五年而卒故人多貸貧不能償者取券焚之婿湖廣按察僉事曹玉乞墓誌於岳倪

和李濟之同登虎邱千頃雲

近水僧房面面開山藏寺裏閒樓臺行尋曲徑紆雙屐坐俯寒泉漱一杯老樹幾經人劫換暝鐘長送客帆回曾聞仙李

才無敵日暮詩成風雨來

盧雍

雍字廷佐上元人一字保竹其先世由吳縣徙實京師景泰癸酉舉人天順丁丑進士兵部主事陞武選郎中出爲福建左參議進右參政以憂歸服闋授湖廣右參政陞右布政使進左布政使崇祀孝悌祠清父字愛竹廷佐官福建參議時以父喪歸廬墓三年產五色芝於墓二十餘本成化間詔旌其門服闋後有五色芝之一本產於公署叢竹之旁有弟四人熙泰和睦相友愛爲政多治績編祥刑集覽一書以爲司刑者式女允貞適倪岳

雲陽邵康節演易臺余葺而表以石碣詩以紀之

高臺傳演易妙悟啟天苞術豈君平比文非輔嗣鈔江沙排八卦山石峙三爻從此豐碑立千秋定不淆

夜宿中峰次趙叔鳴壁間韻

亂石離離虎豹羣峰頭不雨亦生雲百千萬折路猶險下上中盤界自分登陟豈辭窮日力奇觀真過往時聞何當雪月看佳色尤勝朝霞與夕曛

何燕泉太僕嘗登是山僅及中盤而止因次柴墟韻奉寄鳳翔石龍岩俱在上盤

何郎遊興止中峰絕頂何緣一寄蹤短句多應被山僧長林先已著雲封未看奇石如翔鳳豈識孤岩有卧龍他日可能追勝賞還須補屐遠相從

鄒　和

和字允達上元人景泰癸酉舉人天順丁丑進士官知州洊升至都御史崇祀鄉賢同邑沈誠字文實庠生自號味菜居士校

德字本道卒甫七歲事母極孝自幼不啗肉味喜繪事興到筆隨自成一家與有所感輒形賦詠不求工緻適意而已長子昱能世其業次子景成化辛卯鄉薦武昌同知改居士葬安德鄉大山之原倪文毅誌其墓稱其教子味菜詩同時有陸元泰者庠生亦能詩

萬松別墅

先塋馬鬣一坏安欲守楹書更懼難幸有敝廬依碧岫敢將心事託蒼官棟梁切莫虛名負霜雪終教勁節完榮願不縈生腹夢樓風終日耐盤桓

王　徽

徽字尚文上元人景泰丙子舉人天順丁丑進士庚辰殿試官禮科給事中劾牛玉請置於法謫普安州判下詔獄宏治初起爲陝西左參議有辣齋集史疑引笑集辣齋以中官牛玉用事上言保全內臣宜遵舊制無令預國政仍禁大臣與之交結已而

憲宗廢皇后吳氏詔言牛玉朦朧奏請將已退吳氏冊立今仍遵先帝冊立王氏爲皇后牛玉謫孝陵種菜徽更上疏請乞寘玉於法上怒勒致仕悠游林下二十年八十三而卒子韋壻劉麟

題王子成壁

幽居塵事少寂寞自成村雨過苔侵壁潮來水到門有時舒嘯傲隨意置琴尊暇日頻相訪徘徊拭墨痕

登大觀臺

懷抱何由得暫開攝衣還上大觀臺秋聲帶葉翻林下暝色隨雲渡水來俯仰風塵頻按劍嘯歌今古寄銜杯故園念我漁樵侶三徑青青孰翦萊

歐陽榮

榮字仁甫一字愛溪上元人天順已卯舉人岳州同知終知府愛溪年十七膺鄉薦屢屈春官謁銓曹奏補同知倪文毅以序送之稱其明經學達

政理以其所學施於爲政弗之能禦愛溪兄弟四人榮華富貴焦文端作歐陽氏式好堂記云愛溪翁嗜詩書敦孝友手拊三弟其雍睦爲里中第一路鴻休云明高帝時有駙馬歐陽倫者以罪死蓋其先世也歐陽氏居評事街詳見歐陽序下

登岳陽樓

朝來晴霽始登樓倚檻臨風發浩謳今古浮沈向何處功名飄泊似虛舟氣吞雲夢杯中瀉聲挾瀟湘筆底流憂樂總關天下慮希文一記足千秋

顧　言

言字如綸一字九峯天順已卯舉人處州訓導韓王府教授九峯試北闈倪文僖主試順天時業經者多失燕禮莫敢適之義所取第一卷文理咸備及條答時務九詳贍喜曰此必學識老成之士則九峯也屢詘有司始膺貢卒業成均髮且種種矣子景昌字文昭成化戊子舉人吉水知縣至贛州知府

丹陽湖

黃蘆蕭蕭暗洲沚寒立北風翦湖水馮夷倒持白鷺尾凍掃琪花飛不起開軒眺望初晴天瓊林玉樹相鉤連何異隆冬滿江雪凍壓長竿橫釣船

題畫

青溪曲曲繞柴荆春水鱗紋雨後生沙上閒鷗如有約堤邊幽草不知名撥雲供酒呼鄰飲邀月題詩倩客評漁釣襟懷原自足更於何處濯塵纓

沈鐘

鐘字仲律一字休齋爲唐沈傳師之裔洪武初孟新由蘇州徙京師遂爲上元人孟新生厚本本生長山知縣鑑及鐘鎧鐘景泰丙子解元天順庚辰進士官

吏部驗封主事改南禮部主客主事山西提學僉事湖廣山東提學副使有休齋集

劉覺岸云：仲律爲諸生時，宿學舍，鑰門絶游，該博五經，敝衣藍縷，家人請更製，乃笑曰：讀書不成，有愧斯服。既成進士，授吏部主事，疏請就養，改南禮部。俸資必跪奉太安人。弟鎧，應天庠生，遇公事，公命騎以往，而徒步至部署，且不令知。崔莊敏公與同掌吏部，欲公往見，而使人借書，公若不喻。郎借有惟章姓者挾書往見之，莊敏笑曰：豈使人誤耶？所友楓山羅彝正等，修身體道，稱十君子。成化癸巳，拜山西提學僉事，吏部堂參，長揖不拜，莊敏延入，握手語曰：吾今始得見矣，山西之士自此其興乎。考績以副使督學湖廣。李文正公謂時相尹公嘗爲座主，當候見，公問所居，文正顧坐客曰：今之不識相門者，仲律一人耳。改督學山東，再疏乞休。尹公旻時家居，送於灤源南三十里，贈詩云：平生負正氣，此日遂歸心。高卧東山下，清風滿士林。公不治生產，歸金陵，無所棲息，毫不爲意。年八十，詩興益豪。

明詩人傳云：仲律其先甫里人，洪武中徙上元。平生好賦詩，詩多至萬首，與沈石田、吳原博倡酬。病中作詠懷詩曰：吳匏庵在外舍，問之，曰：吳神遊江湖，來邀我也。子寶迎養江夏，年八十三，至南京，無所棲息，乃笑

曰淵明三徑

吾一徑也

奉使過雁門

故關屹立北山隈使節經行頗快哉深樹夕陽人影小亂峯秋雨磵聲迴窮邊自合牢封守清世何妨數往來此日地靈應有識登高能賦最多才

次石田先生用東坡淸虛堂韻自述

休官寄郢棲金沙食非庾廪門非衙深山甘尋麋鹿友秋江耐種芙蓉花桑榆低懸遲暮景樵漁密結比鄰家依牀浪翻書剔蠹遶樹錯信兒打鴉每聞風飈詫仙籟或指雪片如瓊葩哦詩濫收瓦與礫欵客薄藉瓜仍茶野渡橫舟拚一繫嚴城警鼓驚三撾桃源九谿路曾入匡廬五老頭堪爬乾坤旅舍祇如幻歲月駒隙良足嗟生平知己劍猶在直氣尙復冲

飛霞

五臺山大顯通寺

萬壑千峯四面朝五臺天際鬱岧嶢山靈定識軺車至僧舍頻將柏子燒坡老參禪留玉帶遠公長嘯度溪橋烟霞隨處供題詠歸去詩囊慰寂寥

陳逵

逵字宏道六合人襲職指揮同知陞僉事鎮守通州歷陞都督同知好學尚義鎮通州垂三十載軍民安悅于少保謙爲石亨所搆害密賂守者收其屍瘞於城西淺土後更備棺衾付其子冕歸葬杭州事詳明史于謙傳

送于冕歸武林

送爾還鄉去臨岐悵袂分言辭燕市月歸逐大江雲忠孝傳家法詩書繼世芬西湖潸下淚不獨岳王墳

胡漢

漢字朝宗句容人天順壬午舉人澄城教諭有艮常集宏治句容志胡朝宗精於經學善詩文曾聘順天府鄉試考官歸老於家性坦易甘淡薄遠近士多從之

青元丹井

雲鎖瑤臺骨已仙千年雲跡世猶傳丹砂內養涵金潤石甃中虛抱玉圓洗藥不殊句漏水煮茶絶勝惠山泉何當釀作長生酒去獻君王玳瑁筵

陳瓛

瓛字廷玉應天欽天監籍天順壬午舉人豐城教諭

廣文系出會稽祖嵩通天文學徵赴南京廣文教士有法子鎬欽俱顯達就祿養以終其身

山海關鎮東樓

攬勝雄關最上頭控臨中外峙高樓簷牙時送三韓雨畫角聲傳萬里秋烽堠驚心沙漠界鄉園回首帝王州振衣欲借天風御浩蕩胸懷托醉謳

金陵詩徵卷十四終

上元蔣師轍校字

金陵詩徵卷十五

上元朱緒曾編

明五

倪岳

岳字舜咨上元人謙之子天順壬午舉人甲申進士授編修歷至南京吏部尚書加太子少保尋改兵部尚書贈少保謚文毅有清谿漫稿明史有傳文毅公父文僖禱北岳而生公故名岳爲文敏捷若不經意進講上前敷古義傳時政言意剴切在禮議太廟寢殿後當別建藏祧之所如古夾室孝穆皇后當如魯閟宮之詩建別廟釐正諸淫祠禮科右給事中張九功少詹程敏政等欲改定孔庭從祀諸賢及七十二子公言秦漢以來六經出於煨燼賴諸儒抱遺經專門授受經得復存七十二子名字自司馬遷以來相傳已久今生千百後安敢臆定其論西北備邊事狀尤爲碩畫長子震天次子霦廕中書舍人至知府孫廣官通判顧寶幢哭倪太宰詩云承宗幸有賢猶子活水原

從一派來然則霦乃承嗣者也查登科錄文信公有孫翰儒官尋甸知府未知誰出

冬至會彭敷五宅詠史分得余忠宣

北轅不復駕元祚日以衰豺虎忽遘患江淮遂紛披偉哉青陽公毅然振藩維孤城扼勍敵白日蔽旌旄小大數百戰征袍血淋漓豈論天道還矢死志靡移援絕城亦陷長號赴清漪妻子及賓客矢心相追隨亦有帳下士殞首甘如飴憶昔勤武備猶能事文辭轅門罷攻守朝夕談書詩遂使忠義心不以喪亂移江水嗚咽流幽魂渺何之至今舒州城獨有忠節祠

忠愛廟迎送神曲

福汀忠愛廟在郡東龍山之麓祀故推官謝侯汀以正統己巳有寇賊之擾侯極力捍禦又原其脅從者縱遣之因卒於軍中民思其德爲請於朝立廟祀之其子翰林學士大韶求詩以祀爲作迎送神曲云

南風來兮汀水波蒼龍伏兮鬱嵯嵯簫鼓喧兮廟門啟伺吾侯兮山之阿孔蓋張兮振翠珂旌旆逐兮軒從都侯治汀兮政不頗犴狴清兮布陽和汀民擾兮侯荷戈活汀民兮侯功多報功有祠兮頌德有歌願終惠兮永矢弗他

效古意一首與王遜之秀才謝答誨言兼致別意

故人北方來贈我錦繡段繚繞芝蘭光蕤葳華采爛豈獨佩服佳亦足奉娛玩我欲裁爲裳衣冠並煇煥踟躕下刀尺割裂畏譏彈藉以紫雲綃置之青玉案珍重不敢狎日夕起深憚感此無以報執别倚增嘆高情託金石雅意薄雲漢所以十年心不假一詞贊征車難久留搏沙聚而散忠告日已疏叢責詎能逭及時期努力敢以汙清貫臨歧意無窮引領令人惋

送劉都閫景昌西征

桓桓羆虎羣見此劉將軍敢戰衆莫敵勇力時所聞從征二十載巍然樹高勳腰間千金劒手中七星文摩挲冰雪寒揮摧日月昏攜之向西極願言靜妖氛遠涉青海波近躡玉關雲壯遊方在茲破虜何足云

擬上乞休之疏復疊前韻伏伺恩命未下益用悚然疏藁既成遂復著筆用識鄙懷而已

穠華逞桃李孤芳笑蘭菊剖心誰與明刖足空自哭愁夢積雨警望眼浮雲觸已判百念冷甯遺一身辱媚時非所能守已聊亦足行藏佪由天進退詎云谷薄田猶可畊大帶那須東遐哉謝交遊允矣樂幽獨絕絃韜我琴韞櫝全吾玉擬辦李膺舟豈待巫咸卜

喜雨謠

辛丑之歲自春徂夏亢陽不雨河流不通水脈幾絶農事弗修漕綱且阻遍禱羣祀天意弗答乃五月九日癸未始雨達旦未止也喜而忘寐因效里謠一章以識

寒芒萬丈飛天鋒東西交射層霄中歲暮十二月廿二日火雲盤薄不肯散焰光時作燒天紅自後恆有天鋒見十數莖人皆夜夜防之火災六鰲屓贔撼坤軸二月十日地大震卻送江南三月風一春皆大風喧豗捲塵蔽白日咫尺浮翳成昏蒙恆有霾翳兩丸黑白互盪激十日始憐后羿功三月四月閒日閒每有黑氣如丸相盪旦夕相逢盡道水脈涸巢湖有路行人通人自江北來者云巢湖乾人自湖中行如陸地高田低田總如赭踏車不救秧苗空廟堂祝幣來羣公紛紛走謁緇黄宮癡童呼天口欲裂天亦不聞如耳聾我意天應憫赤子似惡此舉眞愚庸片雲不生暑威熾嗟我絶望心力窮五月九日山羊舞忽然雨腳來

濛濛夜深蕭颯飛轉急決渠湧壑來神工我知此雨豈人力
枯槁振起生意融我不願天能雨豆(時有豆雨之異)誰解作粥甦疲
癃我不願天能雨針(時有雨針之異)誰解補衮爲華蟲但欲此雨滂
沱足三日叱咤海若鞭蒼龍河流滔滔通萬漕田疇汩汩酬
三農擬效周詩賦雲漢載仰帝德歌年豐

戲題素扇短歌

君不見秋空月十二闌干照圓缺金波半瀉落蒼茫欲與人
間洗炎熱又不見春空雲捲舒重疊成氤氳一片飛來不盈
把翛然殿閣生微薰匠意經營削寒玉方可機關巧裝束雲
靑月白指掌間伐盡剡藤猶未足我欲揚仁風置之懷袖中
乘時致身貴有用乾坤闔闢誰爲功赤日遲遲駐南陸卻憶
閭閻苦蒸溽咫尺一動搖引領望淸肅雲有陰月有陰卷舒

圓缺皆天心安得春雲秋月十萬里盡令四海除煩襟

雨中題徐州蘇指揮湘江暮雨圖

孤舟夜聽蕭蕭雨兩岸垂楊翠如許恍行湘江暮雨中只欠鈎輈鷓鴣語船窗偶爾披新圖長汀短渚相縈紆埌玕一望渺無際淋漓尚覺烟模糊高者淩空鳳將起下者垂垂釆鸞尾更憶湘君過九疑羽葆參差亂雲裏明朝放棹徐州洪不須局促仍推蓬赤壁江中地遠近問訊彭城蘇長公

題白紙扇

缺月飛從東海來吴刀斫破冰蟾胎寒光迸入不敢近星斗錯落雲中開老夫拾得不盈把一夜凉風滿天下

成化辛卯六月苦雨浹旬民大以困感今懷昨良用惻然因抵掌放歌聊以散激烈之悲耳詩云乎哉

去年六月足霖雨頭雲蔽天長不收官衢水淖車馬絕野樹巢空魚鱉遊直沽南北混海道畿甸遠邇同川流秋來百錢一斗粟民饑更苦寒無裘昨日已鬻乳下兒今日又殺田中牛嗷嗷僅博一飽耳轉眼亦復塡溝鬱塞那堪沴仍作北邙棄骨成高邱掩骼埋胔有遺令嗟嗟守牧誰爲謀乘軺賑貸出旁午宵旰乃爾勞宸猷卽今皇皇民稍蘇麥已秀實禾欲抽上下鼓舞望豐稔飽暖已判歌有秋如何六月雨不止連綿恐欲傷田疇豈但羣蛾蠹麥穗亦復有耳生禾頭奔馳徒費雨師力淋漓不解農夫憂旱寒暮熱人重困兒童往往成悲謳端居對食不下咽天意豈與斯民仇奸人猾吏試一殛亦足以見天所尤何須連年病赤子尫羸佝僂誰當瘳我願天公放白日照耀四海袪煩愁蠶得帛兮田得粟樂以卒

歲心悠悠小臣無能竊君祿卻把大筆歌天休時有旱寒晚熱人死至七八月之謠

新春感事

烽火邊城鼓角悲黃沙漠漠北風吹關山遠隔雲中戍車馬新屯霸上師賈誼有才思報國杜陵多病爲憂時侍臣誰有如椽筆擬撰燕然第二碑

送周德源南還兼柬沈仲律

相看未久還相別把袂臨岐不可留正是驪駒驚客思更禁燕子說鄉愁雲開潞水靑冥杳雨過鍾山紫翠浮到處定應逢沈約春城無事好同遊

同寅章德懋黃仲昭莊孔暘以言事去職爲之太息書此自示不寄三人

悠悠往事不堪論，默默窮愁淚暗吞。敢向明時傷遠謫，獨憐壯志付空言。楚人但識湘閭去，漢室誰知汲黯存。愧我同官未同事，端居眞已負君恩。

過淮陰

寥落城西謁舊祠，王孫蹤跡正堪悲。功名過眼應誰惜，籌策驚人祇自疑。走狗雖亾秦鹿在，牝雞未死漢雛危。傷心欲問淮陰水，隴樹蕭蕭沒斷碑。

送惠州陳敎授

海南初夜見文星，瘴雨蠻烟亦謾經。十載宦途雙鬢白，半肩行李一氈青。龍門水落鄉心遠，虎阜雲歸客夢醒。卻喜坡仙行樂地，松風長滿舊時亭。

輓宣府錢永義　國初歸附，從征甚有功，號大黄旗先鋒，然不及一官而卒

少年百戰起從龍李廣功高惜未封青鏡可憐驚客鬢黃旂猶見記軍容荒原霎冷埋秋劒古塞風寒泣暮松總慰諸孫忠義在家聲端不愧先鋒

和汝行敏登雨花臺韻

醉游同步雨花臺笑口何妨對酒開天地無窮人易老江山如此我須來聞經不療維摩病得句終慚杜甫才紅日滿山歸路晚文星早已燭三台

樂清軒十律爲鄉友沙士清 錄四

心遠從知地自偏美人池館故悠然須煩能畫王摩詰更著駝詩李謫仙門近市塵堪買酒屋臨谿水正通船閒居適興遊仍樂卻羨年來事事便

晚歲襟懷何所憑一塵聊自老金陵柴門斜對青山疊茅屋

平連綠樹層釣艇漁竿忘世客薰爐茗盌在家僧卻憐塵海炎炎者應笑吾廬冷似冰

移來安樂舊行窩高長日宵容俗客過自有尊罍娛北海可無詞賦繼東坡虹光夜拂青萍劍藻思時翻白雪歌落盡碧桃春不管滿庭芳草意如何

廊廟江湖兩不關休休聊博此生閒花繁東閣迎風折竹過西墻帶雨刪塵夢不飛應似水吟肩孤聳好如山一官我愧匡時術回首思君幾厚顏

謁狄公祠一首

城西親拜狄公祠袍笏森然仰令儀此地孤雲心尚在中天落日手曾支平生事業存唐史一代文章託范碑聞道邑民能報德春風香火重追思

晚泊流河

迢迢客路近流河漁浦風晴起棹歌夾道短籬村巷小雨行疏柳夕陽多

觀史而倦輒成短句意或有在不復次第覽者幸貸其拙云

妖豔承恩粉黛羞君王一笑老温柔須知禍水皆堪戒豈特當時祇滅劉

失寵心憐夢亦驚長門詞賦若爲情東風別院笙歌醉遥聽春遊翠輦行

肉食誰能與國謀廟堂風采自優游卻憐漆室民閒女獨抱深憂爲魯侯

閏月張燈已異常無端災亂起蕭墻倉忙爛額焦頭者剪髮

酬功討亦艮

春閨怨

憶妾與君初見時烏雲挽髻橫蛾眉嬋娟恩義兩相得偕老有願天應知年來何事輕離別君向江南妾江北夢魂常逐暮雲飛音書久與秋鴻絶清明三月見春殘深閨猶自怯春寒臨妝漸覺鉛華改閉戶誰憐花鳥闌脉脉愁來心欲死空向春風怨羅綺沉沉簾幙易黄昏月光獨照紗窗裏年年見月缺復圓獨怨夫君去不還尋君欲抱琵琶去一曲相思和淚彈

上巳會倘向賢宅時雨雪交集得日字

四時有更謝逝者一已疾冉冉暮春至和風轉陽律戚子共寮宋觀會聊暇日徧雨朝未休逕潦莽四溢躊躇立前庭恐

兹節序失駕言策駑馬西瞻子雲室高樓敞雲漢艮朋三與七逍遥綜奕壺談笑散書帙勝負誰為謀詼諧不可詰舉爵長簷下移榻更促膝酒酣氣益雄凭欄撫吟筆西山涵暮景峰嶂眇崷崒東園桃李花繁華互蒙密四顧盪心胸默默竟已悉山陰極清賞遠駕亦超軼幽鳥林外歸新月雲中出頹然忽復醉觴詠信非一攜手各辭去娛樂難具述顧茲交分情豈云甘縱逸朝陽倚桐樹可以成琴瑟苟無樸斲勞終為負嘉質人生俯仰間飄忽等郵驛緬懷用世心劬瘁那足恤但惜千載前古道有轂率壯志共相勉老矣徒喞喞

挽棠溪處士肅菴江先生

誅茅結屋臨棠溪閉門讀書人未知雄才不復為世用致君有術嗟無時壯志空然成白首獨與棠溪作賓友有酒可酌

詩可吟脱落煩羈肯輕受神遊何處招不還西風薤露歌聲殘魂去棠溪溪月白魂返棠溪溪水寒廿年葬骨黄甘道隴頭樹凄多宿草青雲不負舊衣冠白面孤兒致身早我歌爲君重慘神古來豪傑多沉淪埋光鏟采老邱壑千載悠悠知幾人

馬　俊

俊字惟秀上元人

山居

東風著意染林泉綠暗紅稠繞屋妍溪畔遊魚吹柳絮竹邊啼鳥避茶烟橋通野市紅塵隔山擁茅齋白晝眠惟有素心知已在時時欣賞入吟箋

送別

驪歌唱罷悵離筵，酒盡河梁送上船。南浦斜陽芳草色，東風啼鳥落花天。再來相見知能否，一語臨歧各黯然。惟有青山無改易，新亭景物自年年。

許　榮

榮字怡筠，上元人。顧東橋云：怡筠儒衣高冠，求經傳古書百家之言，鏤板緗帙，定爲市價，四方文學之士、釋老醫卜方技之人入肆，如價相取，而莫之貴賤焉。遇寒士，輒以書贈之，不取價値。精本草醫藥，爲人診候，有求藥者卽與之，輒效，報以金郎不與。又精卜筮，少保太原周公嘗求卜，曰善。果終善。子陞，孫穀。

贈半閒居士

積雨兼旬未出門，我來踏破碧苔痕。輞川圖畫蘭亭帖，佐爾清談倒酒尊。

翟　瑄

瑄字廷瑞南太醫院籍上元人天順甲申進士奉化知縣擢御史進僉都御史巡撫山西進左都御史終刑部尚書存徵錄誤甲辰按天順無甲辰路子儀云甲申亦非會試年分天順甲申正月英宗崩七年癸未春會試又秋八月補會試翟尚書瑄係七年八月進士也查登科錄公與倪公岳同年文毅盧夫人墓誌自云甲申予忝進士翟公鄉科志脫弟太常瑛志云永樂二十一年舉人成化二年進士相去四十四年又云太常以病乞歸事兄尚書白首相敬無異事父較其年數兄弟俱近百齡尚書執法不撓撫山西有平賊功在刑部平反大獄太常好學終身無倦喜交遊在告時四方賢士大夫問勞沓至公裁答縷縷運筆斐然兼長書法揮毫若飛結體流麗可愛今人家書畫有錦屏山人者太常病後筆也卒及其兄俱葬新亭世稱兄弟之美者必曰二翟

盧廷佐盧墓側產五色芝詔以孝旌門瑄繪圖詠之

哀哀蓼莪化爲瑞芝彼芝五色永言孝思

金　鋹

鋹字竹溪一字子亘上元人高隱不仕有竹溪集竹溪有隱德子章字質章成化乙未進士知黃梅縣福建道御史冕字彥端一字敬庵宏治庚戌進士貴州按察副使孫清字廉夫一字石莊嘉靖己丑進士巡按浙江瀚字受夫嘉靖辛卯鄉薦濱字仁夫嘉靖戊子鄉薦兗州府同知

幽居

幽居無一事觸處輒欣然綠水行門外青山立酒邊會心因景得覓句約朋聯此境同盤谷何須苦學仙

施倫

倫金陵人句容張綍字時裕成化壬寅貢儀封訓導好學善書樂於敎育同詠崇明古塔詩

崇明古塔

浮圖高聳梵王宮八表分明眼界中五夜銀燈輝佛日半空金鐸響天風門開面面無塵入欄繞層層有路通幾度躋攀

臨絕頂此身渾訝出樊籠

呂　霖

霖句容人同邑陳灝有季春遊驪山詩見容山鍾秀集

秦淮漁唱

潮長通津白下連放歌漁子興悠然數聲欸乃遙歸浦一曲滄浪漫扣舷響振碧山凝暮雨笑歌黃帽破晴煙幾回聽斷江村路水滿蘆花月滿天

陳　鋼

鋼字堅遠晚號遲宜子太醫院籍成化乙酉舉人黔陽知縣擢長沙通判有遺澤稿明史有傳明初陳瑄字伯俊號薊隱以名醫徵由鄞縣入籍金陵子愷字仲和號艾庵異人授書藥人疾一匕輒愈稱陳一貼扁其堂曰培德軒曰蒲朮堅遠其子也不愛醫族伯都憲濂以勸愷命就儒師宰黔陽夷俗居喪擊鼓歌舞教以古

哀詞俗乃變縣城下沅湘合流決破廬舍甃隄以防溢水不爲害南山厓狹行者多墮積薪燒山沃以醯鄜爲坦途外繚以索行者無恐掘地得宋古義士張捍碑宋令饒敏學寶山書院碑乃建寶山書院於赤寶山下祀二公於後寢忽大水漂木數百以供用民以爲神又建面山書院休沐讀書其中民爲立生祠在長沙議復岳麓書院掘地得古甓曰陳某造適符公名乃白吉王成之祀晦菴南軒二公宏治丙辰卒長沙人請從祀岳麓書院善書工詩嘗題花瓣有藏舉帙開其子沂裝潢成卷名流多附詠讚手摹蘭亭蒲桃尤傳神弟鏡字玉泉天順六年舉人冊陵知縣陞鄖陽通判復補武昌通判以廉稱無子以鋼之子漢爲嗣漢亦無子

綱子四沂浚涫潮

顧東橋讀黔陽去思碑云岳麓焚香君子堂又詢遺老過黔陽鄉閭長者沅湘父世澤江河不盡長時石已殘缺不可讀因搆藏本屠邑令重鐫之和其詞曰九年政績滿琴堂賸有殘碑臥夕陽一自貞珉重勒後芳名應共峴山長

雞鳴寺

石磴盤空到頂平琳宮結搆自天成雲閒塔影都如畫雨後

湖光欲浸城梁苑花殘驚鳥散晉陵草合礙人行耐看只有青山色坐聽蒲牢曳遠聲

王　洪

洪字宗大江甯人成化乙酉貢嵊縣訓導汜水教諭

嵊庠八咏録二

戟門蒼檜

畫戟朱門敞泮宮亭亭蒼檜倚晴空烟霏暝處將歸鶴風雨來時欲化龍屋角依稀青鎖織簷牙彷彿碧紗籠大材養就終當用不與尋常樸樕同

齋舍書聲

涼入郊墟沆瀣清琅琅聽徹讀書聲半規殘月穿虛牖一卷遺經對短檠忽訝寒蛩依井甃還疑春鳥隔花鳴齋居不鎖

虹霓氣直射奎躔午夜明

翟　瑛

瑛字庭光上元人晚號錦屏山人尚書瑄弟太醫院籍成化丙戌進士翰林院改禮科給事中歷官太常寺卿葬新亭志云翟瑛永樂癸卯舉若至成化丙戌相去四十四年瑛兄瑄於天順甲申成進士去永樂癸卯亦相隔四十二年若以年二十鄉舉計之則兄弟俱六旬以上成進士後漸至尚書太常卿又告歸多年恐不止百齡仍當俟考路子儀人文略疑之是也尚書瑄志無鄉科年分則太常瑛鄉科年分恐不足據

趙都尉節母詩駙馬輝之母

趙氏有賢母挺生不世姿勤儉安清素懿行超凡夷一朝老椿樹忽向霜雪萎悲風颯然至白日天爲低妻道已無成處變復有爲一寸鐵石心斷斷不可移遺孤時保喬立訓嚴箴

規傅帶薦鞍冠玉葉聯金枝國爾安忘家懋績匡明時九重優命下貞節旌門楣思夫不可見地下往從之死猶執婦道生已全母儀淑人今已矣名姓竹帛垂茫茫九京去斯言知未知

徐完

完字用美自號仙磯主人江甯人助教昱子天順已卯舉人成化丙戌進士歴官湖廣道御史乞改南臺江西按察僉事用美官南臺劾都史而免之以風力著有臨江別墅有仙人磯因號仙磯主人子九經字一之正德癸酉舉人遂昌知縣九疇字錫之癸酉與兄同舉鄒平知縣仕至知府九功字敘之有遇女不亂事爲顧副使璘所重從弟九垓字信之宏治庚戌進士官至浙江參議弟曰珍字立之以貢官孟縣教諭九疇之孫揚先萬歷癸丑進士官御史

湖山樓

窗含山色晴橫黛簾捲湖光晚映霞愛向仙人磯上坐年來漁釣足生涯

王浩

浩字德宏上元人景泰丙子舉人成化丙戌進士庶吉士轉監察御史德宏曾祖肇起祖一甯字安極禮部儒士父岱字岳長有隱操德宏文章華貴氣節凛然有叔祖太常一居之風年五十遽卒娶羅麟之女妹葬牛首周村子昌裔字育美昌嗣字育秀

題盧孝子墓芝圖四言

血淚三年入土化芝誰無生我敢不敬思

戴仁

仁字以德句容人成化丙戌進士太常寺博士陞山西道監察御史提督北直隸學校同邑朱士章字俊明南強裔孫自號

竹山居士讀書古隍山莊蒔竹吟嘯山南有顏尚書墓捐田八十畝山地百二十畝以供祭祀里人感其義于顏墳廬後爲建祠以報之江永年有記有來蘇鄉詩

崇明古塔

盤旋石磴護雕闌七級巍巍力可攀西北仰瞻高九陛東南俯視小諸山循環日月簷楹外縹緲烟雲窗戶閒憶昔題名曾借此叫開閶闔叩天關

陳鉞

鉞字艮弼句容人成化丙戌貢攸縣知縣宏治句容志云陳艮弼勤謹和緩吏畏民懷宏治三年歸老於家攸人感德且送且祝有甘棠德澤流芳遠滚滚公侯到子孫之詩

九曲清流

淺碧沄沄遶綠楊也宜騷客此流觴惠風和暢春三月絕勝

蘭亭與曲江

田　秀

秀金陵人

安平仙隱見仙釋高眞人傳

仙客高風不可攀安平勝槩異塵寰藥爐不復燒鉛汞天籟常聞響佩環秋老松關黄鶴唳夜深苔徑白雲閑誰知一去無消息只在虛無縹緲間

唐　寬

寬字敦夫上元人天順己卯舉人成化丙戌進士官濱州知州

安平仙隱

安平古鎮倚遥岑嵐氣絪緼結翠陰仙客不歸秋寂寂蒼松

依舊白雲深

曾聞仙客隱安平尸解多年尚著名幾粒青松歸白鶴令人吟咏不勝情

蔣　誼

誼字宗誼南京太醫院籍主孝之次子成化乙酉舉人丙戌進士授杭州推官改紹興金華陞南京河南道御史有經緯文衡續宋論紀行錄石屋閒鈔吹央餘音憨翁新錄

過白水橋康王神道

西風匹馬走斜陽野水平橋路渺茫田父蒼茫談往事荒碑指點說康王

金　澤

澤字德潤其先由鄞縣徙實京師祖員父存節遂爲

江寧人成化丙戌進士刑部主事進郎中累至四川

參政轉廣東布政右副都御史復巡撫江西南京刑

部侍郎南京右都御史有容庵集平川中盜賊大飢

衆夷酋賫謝皆兼金一無所受子述以廕叙至郎中

逵字逵卿一字望山宏治九年進士官至廣東按察

僉

事

韓橋訪倪允恭

不羨朱門貴屏居恥市朝山雲晴著屐江月夜吹簫倚樹聽

禽語編籬插藥苗燕磯閒獨立看盡往來潮

莊

㫤

㫤字孟暘一字水齋江浦人自稱臥林居士遷居定

山又稱定山居士景泰丙子舉人成化丙戌進士授

簡討諫設龍山燈謫桂陽州判改南京行人司副以疾居山宏治七年復司副遷南驗封郎中病風罷天啟中謚文節崇祀鄉賢有定山集明史有傳文節本姓章氏宋丞相鄭國得象之後祖志甫逃名更莊氏遊淮泗至江浦家焉父誦以隱德稱文節遭二艱不起復超然肥遯三十年不出卜築浦口清江建亭東莞林緝熙扁曰臥林遷定山有雙泉橋天峯閣活水亭奚雲諸勝學者稱定山先生卒葬定山湛甘泉若水爲之銘

定山歌用杜韻

定山不與靈山白萬古江淮一峯碧青天作蓋擁層巔北斗當空掛巖石我今借此一榻雲欲與希夷華山敵豪來得句不肯眠醉筆一揮千丈壁

郊行

凌兢瘦馬踏春泥雪後郊原綠未齊一抹午烟風隔斷野雞

聲在竹林西

雨宿羅漢寺和藎卿員外

天地那容也謬莊白頭還醉我公觴溪聲夢醒偏隨枕山色樓高不礙牆定性無書人我泯風雲有趣古今長可知漏洩西林意詩滿寒衾月一房

雪蓬行爲盛行之作行之名安

雪蓬老人瘦且清前身想是梅花精墨梅一寫幾千萬雞林交趾知其名南京小兒不曉事相逢盡喚梅先生雪蓬有屋鳳城裏土脊茅簷竹椽子蝸牛牛角祇藏頭我爲量之剛丈許不題偃月畫錦堂扁作雪蓬聊爾耳北風大雪五尺深無限傍人愁壓死老人高坐方掀髯大呌狂歌對兒女大兒捧筆婦捧觴一醉梅花三百紙此時天趣不可當誰人肯許同

濤狂花光補之已非敵當時空有米元章定山先生無一好雪蓬老人當笑倒只有區區觀物亭半庭茂叔窗前草

蒼松爲許志完作

眞山老人松樹圖開卷淩亂千人呼畢宏已死更誰手南京老盛天下無此松畫本得何處元是公家挂瓢樹虬髯偃蹇老鐵蟠雷雨蒼龍未騰去

端午食賜粽有感

蓬萊宮中懸艾虎舟滿龍池競簫鼓千官曉綴紫宸班拜向彤墀賀重午大官角黍菰蒲香綵繩萬縷雲霞光天恩勑賜下丹陛璚筵侑以黄金觴東南米價高如玉江淮餓莩千家哭官河戍卒十萬艘總向天厨挽飛粟君門大嚼心豈安誰能持此回凋殘小臣自愧悠悠者救時無術眞素餐

答李西涯

十年風雨别長安笑把窮途作夢看縱許浮雲終日定誰知去婦此心難蘋花朵朵空江遠湘水茫茫道路艱讀罷離騷風偶急釣船吹上子陵灘

送程大尹之官鄞縣郁長史在義烏時門人也

一書吾友自天涯歷歷諸公盡可誇夢裏烟霞真肺腑塵中顏面各京華杯深旅館相留月雨送孤舟别後花萬里衡陽何處是欲將離思過長沙

直沽

匆匆光景到香醪萬里天涯兩鬢毛北海風回帆腹飽長河霜冷岸痕高寒城斂霧山俱出老句横秋氣亦豪拱北樓高滄海近夕陽闌檻倚秋濤

承馬侍御過訪

淸江大樹老夫家，只許衡門管歲華。雲谷有詩皆感寓，柴桑無酒不黃花。百年事業長鑱老，萬里風雲醉眼賒。何處西臺賢御史，也來垂眼釣魚槎。

靈巖山逢大虛僧

雲水秋江與別蹤，三年不見意何窮。誰知小榻靑燈裏，又是寒巖白髮中。坐久可忘今夜月，夢回誰喚此堂鐘。相逢更有梅花約，留取他年一笑同。

贈柳處士

年華不敢去堂堂，老戀山光及水光。塵夢幾看浮世短，白雲交付此杯長。柳根怪石方牀枕，眼底秋燈細字行。小阮年年無限意，長江分遣到壺觴。

寄壽州廖同知

江鄉烟景不須爭，客裏風花亦有情。我見白頭張汝弼，今年又在壽春城。

沃洲山爲新昌石秉殷賦

我聞沃州山渺絶，如仙洲仙洲不可到。夢想空自道，清風爲我御，白雲爲我鞚。欲憑萬古心，窮此天地幽。何時沃州仙與我相綢繆，振衣鼇峰岡，濯足津溪流。把畫庖羲圖，開卷大禹疇。六經不得志，萬古重删脩。悠悠天壤閒，邈矣吾何求。

木石圖爲許志完作

定山破衲無尺大，東歸衲取蓬萊峰。峰頭老禿幾千樹，槎枒萬古撐長空。箕山老人不曉事，問余欲向青天住。醉中見許不作難，襟中滚滚傾天地。老人覩此造化權，返御而走心茫

然忽然江海一平地千仞萬仞飛蒼烟錦樹蒼峰不須買草閣秋厓明月在白頭得此當有知還我東坡袖中海

沈庠

庠上元人成化戊子舉人成化間西蜀質齋周宏謨冕任彥常等十二人爲南翰林學士與沈庠金游題曰清恬雅會

清恬會詩

淸時無事合朋簪勝境閒中屢見尋舊雨最難聯几席春風不覺到園林遠峰雲展高低畫幽澗泉鳴斷續琴坐久無言花自落一塵那許鬢毛侵

朱雁

雁字賓陽上元人成化戊子舉人官王府長史

俠客行

走馬五陵原酧酒新豐店千金早破家意氣惟一劍

吳珵

珵字元玉上元人自稱青龍山人成化己丑進士南京工部郎中崇祀孝悌祠有石居遺稿元玉天性至孝廬墓産芝之爲人寛厚長者部吏某犯罪當革役方鬻子以贖罪公聞而閔之寛其法俾父子完聚爲文典則可觀尤長于詩工書山水法戴文進珵同榜進士李旲字致遠江甯人授檢討改南禮科給事中陞浙江左參議謫長蘆運同改廣西太平府知府有坦拙稿謫居集成化丙午黑眚見力陳時事在浙江嘉興陳百戸以衆刼府庫卽提兵擒之以伉直改調子熙亦以直諫著

述懷

雅志在泉石詩書抱吾素欲構數畒園左右植芳樹青山捲幔來几席飛嵐度石牀撫清琴好鳥和成何門外冠蓋繁長

謝莫相顧堅茲學道心庶幾守初步

丁　鏞

鏞字鳳儀上元人成化己丑進士南京刑部主事晉郎中興化知府有石厓集石厓以博自期嘗曰士必讀人間未讀之書乃不愧平古人治行雅循而明斷過人嘗折疑獄時推之以爲神也歷仕之後嗜學不倦工詩愛山水多出宿山寺居則焚香對書左經右史

雉亭山

亂雲深處敞松關蕎麥初花碧水環蔣尉英靈迷白騎我來策蹇雉亭山

石　淮

淮字石洞江浦人天順庚辰舉人成化丙戌進士選庶吉士授戶部主事歷四川河南提學僉事崇祀鄉

賢

半雲亭

斷岩亭構倚雲霏半欲留雲半欲飛極目澄江淨如練令人

重憶謝元暉

龍景華

景華字宇春上元人崇祀孝悌祠北山詩話龍宇春少孤侍母疾嘗糞刲股鄰火起籲天曰吾母老幸留此室以安養之須臾風返火滅天順己卯詔旌其門曰孝行永復其家母殁廬墓泣盜聞哭聲曰此孝子也相戒無犯見明史舊府邑志龍誤龐彭時文憲公集龍孝子母吳氏墓誌銘云金陵龍孝子景華之母配龍彥恭卒年九十有三子一即景華孫四拯撫拱掄葬鳳栖鄉王家山

橫山

橫望山眞四望橫重重疊疊繞山行雨山如醉晴山醒半日

山行半雨晴

張珂

珂字孟聲一字鳴玉號忍齋句容人有忍齋集宏治志云張孟聲早失父事母孝好學篤行涉獵經史長於吟咏教授鄉閭隱德弗仕其於窮達欣戚一寓於詩同邑張理殆共弟兄行亦能詩

成化改元仲春祀丁詩以紀之

堊壁熒煌拂曙流重門洞啟薦珍羞寶鑪香裏陳籩豆銀燭光中拜冕旒五德接人輝日月萬邦隨處祀春秋自慙韋布叨陪獻敢負宮曹禮遇優

吳輪

輪字國乘自號九龍山人高淳人以隱終有愼齋野史筆花集國乘曾孫家勳明末爲流寇所獲將剚刃於腹元孫翥南乞以身代父死寇遂殺翥

南翁南妻孫氏誓死守刲股救姑者四知縣崔揄奇旌之又曾孫宗尹字任宇庠生以孝聞治易宗程朱韓仲維陳調鼎咸受業其門有通德堂集娛老篇易經要旨宗尹子斌南

飲田家

蠶繅上機禾棲畝辛苦相酬桑落酒縛雞屠猪喚鄰叟爛醉齁鼾卧牛後君不見長安貴人輕死生五鼎食亦五鼎烹

孫棐

棐字國輔六合人成化庚寅貢魚臺知縣國輔廉介不阿以事忤分巡官去任長於詩文工眞行書人獲之如拱璧棐同歲生曹祖齡字永年歐甯訓導歷青縣教諭爲人質實靡華訓誨不倦亦能詩

宣化山

古鎮留宣化猶存秦郡名迎風穿柳陌避雨就松棚野老傾家釀山僧課力耕戍樓拋劍戟時已樂清平

淩　傳

傳字汝弼句容人成化辛卯舉人授浙江象山知縣有鳴蟬象山藁宏治句容志淩汝弼崇德鄉人官象山興賢育材節用愛民築隄障水民遂粒食以疾卒於官百姓哀慟如失所親立祠肖像祀之平生端重寡言笑博學强記長於詩文侍郎劉宣銘其墓北山詩話汝弼宰象山修學宮築岳頭陳兆二塘得田四千頃民賴之多善政以勞瘁卒於官民奉入象山名宦立碑建祠

栢莊村南山處士張民瞻墓

吁嗟張處士埋骨上容鄉逸趣留黃卷荒邱植白楊姓名終寂寞山水自悠長欲掬寒泉薦高風不可忘

朱　福

福字天錫上元人成化辛卯舉人壬辰進士

鷗波榭

小結茆亭捉鼻吟青溪轉處柳陰陰魚竿不下鷗眠穩便有江湖萬里心

任彥常

彥常字吉夫上元人南京江陰衛籍天順壬午解元成化壬辰進士南京户部主事擢福建按察司僉事提學致仕有克齋集（南京解元先有王仲壽上元人永樂元年鄉試第一人二年進士累官至參政吉夫提學閩省深得士心致仕歸入府諸生赴京保留凡上十二章不報歸結清恬雅會）

與友人結清恬雅會

角巾閒適性把臂入園林酌酒邀花笑敲棋和鳥吟人來兼吏隱天許假光陰但願常如此清談愜素心

沈　鎧

鎧字仲威上元人僉事鍾之弟成化戊子舉人壬辰進士官主事有思古齋集

卞公祠遠眺

由來人物萃東南忠孝亭高景象涵千載冶城埋碧血一生瓦石恥清談夕陽欲下長江抱風壑爭鳴古木參更訪謝公墩不遠莫辭斗酒擘雙柑

黃　謙

謙字撝之江甯人成化壬辰進士工部主事改授太醫院判有紫芝集紫芝好滑稽在京過書肆見有菊坡叢話一書持閱之旁一人亟從公請閱其貌寢誚之曰老鼠拖生薑其人微笑私問公名姓去蓋心深銜之矣後同第進士官刑部公在工部有鄉人上錢糧負緣送法司其人當鞫訊遂坐以受賕削籍梁厚齋惜其才授以玉機微義於是精醫皇太后病諸醫束手梁公薦于朝一匕而愈授院判歸而求者闐門以爲林下之業工詩善書法尤工

榜書碧峰寺額公之筆也

浙江采集遺書續錄古今文房登庸錄一册右明建業黄謙撰因舊有文房十八士圖讃又續纂十事以應二十八宿之數有宏治壬戌自題詞其目先進十八人筆曰毛中書墨曰燕正言硯曰石端明筆架曰山架閣水滴曰水中丞紙曰褚待制硯子曰貝光禄閣手曰竺秘閣鎮紙曰邊都護刀曰刁吏書印曰印書記界方曰黎司直蠟斗曰黄秘書糊曰胡都統界尺曰方正字筆池曰曹直院翦曰齊司封盤曰盤都丞續進者十八錐子曰丁刺史印色曰朱鴻臚拂子曰須閤制書燈曰光待詔燈屏曰穆平章泉曰戚都憲粉板曰白修文牙籤曰相監簿書挂曰祁統制點筆杖曰谷校書徵拜諸賢尚方天祿等文及續召諸作因爲擬補

閒詠

屢窻塵淨拭烏皮藤紙平鋪滑似脂向午墨池紅日曬細研梅雪寫新詩

劉璽

璽字廷守一字省齋南京龍驤衛人襲世職選撥船廠把總薦陞旗手衛把總運糧陞都指揮僉事江西都司把總掌江西都指揮事王守仁奏充參將協同漕運兼守淮安陞都督僉事掛印充總兵官改僉南府再充總兵官提督漕運致仕歸省齋博雅好學總漕時請折兌山縣糧米以免稽遲凡三十餘疏至今爲漕政良規復患淮揚河道淤淺奏起四府丁夫開濬解任同鄉行李蕭然書數卷而已句曲王尚書暉昭德錄云巡按御史莅南昌郡學講白刃可蹈御史問諸生若鄉人先輩誰可當此諸生未及對御史曰文天祥其人也省齋在坐聞之側面作喉語曰曾謂以專閫之行加諸仁至義盡之君子仁至義盡外何處更討中庸起身欲辯同儕躡其足而止陳玉泉欣慕編云公少業儒分閫江西巡按穆御史特疏薦之有僚友比之學官家人謂之窮鬼等語

自笑

自笑歸耕晚慙無負郭田槐階閒看蟻溪閣靜聞蟬棋設邀

僧睹詩吟倩客聯蕭蕭搔短髮借此遣流年

金陵詩徵卷十五終

上元顧　雲校字

金陵詩徵卷十六

上元朱緒曾編

明六

吳文度

文度字憲之一字交石江甯人成化壬辰進士龍泉知縣歷至南戶部尚書致仕有交石類稿明史有傳

交石尚書少與兄交威同茹苦力學所至有政聲敏捷見事當幾輒發其請老歸也田宅無所增視諸猶子無異己出與故舊處猶布衣也王丹邱曰尚書爲南御史大夫所居北門橋嘗於橋上遇其兄踽踽步行郎下輿扶攜而歸上有姊老而寡居尚書之家亦能詩文或來詣尚書者值其他出輒請老姊見與議論問近日有何篇什供茗而去顧文莊公云周尚書金父衞軍也家于交石之側開小酒舍尚書十許歲赴塾師學過交石之門目而器之一日召飲坐上有藕杏交石出對句云緣荷方得藕周應聲曰有杏不須梅因許妻以女告夫人曰此子名位當勝我復爲次女擇婿見金公淸童年不凡與夫人言之夫人試

之曰汗血名駒起足已存千里志金應聲曰圓吭仙鶴擡頭便徹九皋聲夫人喜許字焉亦爲名御史

貞孝處士鄭仲宗輓詩 名湞浦江人

白麟溪水清且長金沙浴日生輝光靈源發自金華洞洞口不知幾千里四時流出桃花香中有隱君住其上十世同居興禮讓義風傳自盛宋閱數百年來著聲望一門孝友心相承淵源慶澤綿芳馨累朝雨露並旌典山川草木增光榮允初先生紹清白粹質殊祥已奇絕生來懶曳王門裾奇傲林泉挺高節椿庭早歲零秋霜麻衣骨立號穹蒼承顏日侍北堂側寸心思養那能忘素志由來邁先烈舉廢修頹振基業郵匱時分廣受金葬貧不吝純仁麥嗟哉善行富良圖圓規方矩鄉之模咸謂駢駢享諸福天不憖遺中道殂豐碑立近南山表一點文星射清曉松梧影裏春雲寒烏烏聲中山月

香橋門有子將登庸焚黄指日垂幽宮行看太史采遺逸香名直與白鱗溪水終無窮

遊上方小酌僧舍

上方氣壓湖山勝老我登臨思惘然一鳥影沉秋水外千峯勢斷夕陽前青尊白髮酬今日畫舫朱簾記昔年獨倚危闌重弔古荒臺樵唱起村烟

王 朴

朴字素庵上元人御史浩之從弟成化甲午舉人素庵祖一甯父崑字渤源素庵性情恬淡不事奔競娶成化五年進士鄧刺史存德字新之之女葬石柱李年五十三子觀字閱卿

南墅

忽聞簷外喚提壺料得前村酒可沽卻憶踏青鞋屢破呼童

依樣削欄櫚

姚　黼

黼字大用上元人成化甲午舉人官知府有休齋集

居官勤廉耆學好古詩文並擅勝場

鳳臺別墅

雅慕三休向草萊卜居近傍鳳凰臺花深門徑人稀到簾捲春風燕自來謝傅襟懷常對弈陶公事業只銜杯眼前且盡江南景二水東流去不同

陳　榮

榮字仲仕上元人成化甲午舉人仁和知縣顧東橋作墓誌銘云仲仕其先栝蒼人祖集以閣右實京師仲仕官仁和令歲旱請減民租什五監司曰二亦足矣公曰災應如此奈何厲民以豐國乎卒守前議方冬發民築海隄民多凍死公曰邀遠利以蹙近害民何以堪

遂罷役有權璫至修梵刹謬聲張爲侵斂公執義辯折竟免濫耗毁尼舍增飾學宫建社學十許所上御史吴公一貫十二事曰愛民力正風俗崇節義戒侈靡惠良善屛豪惡育人材厚彝倫愼刑罰長仁愛謹出納清囹圄吴公薦之銓司忌者中以飛語遂去官正德庚辰卒墓在李家庫山之陽長子府正德庚辰進士初宰肥鄉改清江罷歸復宰永豐官南京陝西道御史罷官在南臺持法嚴峻不獲于鄉人值主者怒臺屬遂劾罷之杜門謝客能詩文工筆札曉音律多能性好潔與人寡合次子庭女適刑部左侍郎朱銓孫雲

過臨平

龍骨聲聲踏水車農田龜坼聽咨嗟前山忽送皋亭雨一路紅香溼藕花

繆樗

樗字全之溧水人成化乙未進士授東陽知縣擢南京陝西道監察御史論中官蔣琮不法忤汪直謫莒

州崇祀鄉賢

貞義女祠

戰國清風起浣紗飛烏擲兔幾年華名留越絕碑無恙骨洗江流玉不瑕華表月明歸夜鶴荒祠日落弔昏鴉揭來幾度尋遺跡踏碎平隄十里沙

金　章

章字質菴上元人鋹之子成化乙未進士呂志失載黃梅知縣擢南京福建道御史

訪丁檜亭遺宅

詩人遺宅傍城隈依舊柴門向水開雙檜吟風作龍嘯何年鶴化復歸來

湯　鼐

鼐字用之一字鐵翁自稱面山居士句容人成化甲午舉人乙未進士授行人陞廣西道監察御史以直言謫官戍甘肅旋放歸崇祀鄉賢並祀忠孝祠明史有傳鐵翁少穎悟府尹張孟弼試一聯云室內焚香烟繞薰爐蟠白蟒公應聲曰池邊洗硯墨隨流水化烏龍尹大稱賞以女妻之官御史劾萬安宦官李棨蕭敬劉吉等京師號爲湯殿虎劉吉嗾魏璋陳璧等疏言公爲吉人黨幾不測尚書王恕力救之乃謫戍後放還杜門不出簞瓢屢空晏如也

遊茅山

坐看瀑布似垂虹洗盡塵心眼界空欲訪茅君問消息惟聞鐘磬出雲中

董　宣

宣字繼善上元人成化乙未舉人青田教諭改王府講讀有青田雜錄繼善性至孝迎母于官晨起課諸生畢即候于寢門母病侍疾嘗藥

衣不解帶母卒泣絕而復甦者數次郡守及諸生莫不感動

盧孝子墓芝之圖

天鑒其孝實生靈芝風木之慘莪蔚之思

伊　乘

乘字德載上元人成化乙酉舉人戊戌進士官南刑部主事進員外郎累四川僉事有味淡集劉覺岸存徵錄云自吳縣從金陵僉事弱冠礪志聞四明楊文懿公遂於易學不遠千里從之官僉事時分巡郡縣每視學畢即審獄中寃滯一方稱神拯荒捕盜民賴以安年未五十以親老乞歸養家居二十年未嘗謁府縣閉戶遠俗至老好學不倦子伯熊正德丁卯舉人府同知孫敏生嘉靖壬辰進士曾孫在廷嘉靖乙丑會魁員外郎按邑志伯熊弟伯羔正德辛巳年貢官教諭又敏生字子蒙正德己丑進士官知縣與存徵錄小異居評事銜錢穀續吳都文粹多載其詩

長洲王錡寓圃雜記金陵伊氏家豐裕人亦謹厚仁宗在青宮屢取給于其家伊氏絕口不與人言登極

後卽擢其子恆爲營繕所官仁宗上仙張太后追思其事遂進爲尙寶少卿官雖五品最爲近侍非勳舊之子不得居也

遊靈岩

未愜登臨趣兼懷悵望心洞遊環珮遠寺掩薜蘿深吳越有興廢湖山自古今松風臺上起猶似韻清琴

登天平山

幾度天平遊未登最上頭一身初辭宦海內兩脚再與山靈謀吳中自昔稱山水奇峯倂在茲山裏朶朶芙蓉秋岸生亭亭鸑鷟晴空峙仰天大放胷襟開何須弔古重興哀石獸荒烟臥荆棘龍門白晝藏風雷九十春光正明媚況值太平無一事蠟屐追隨麛鹿羣清尊笑傲鶯花醉下山力憊宿禪扃十年塵夢今始醒山之雲英英山之泉泠泠雲吾可玩兮泉

吾可聽歸來準欲繼幽賞歲晚長鑱尋茯苓鑱一作鑱

茆　欽

欽字宗堯溧水人成化辛卯舉人戊戌進士呂志誤乙未授行人擢御史出爲江西僉事謫淮安通判復四徙至大理卿攝刑部尚書有鈍翁集宗堯官御史劾閹宦使塞上論邊事卓然有聲仕至廷尉引年而退嘗賦挽詩寓意或曰公眞無愧淵明答云余愧弗及淵明者挂冠晚耳

題三忠祠三首錄一

草廬接語便傾心魚水君臣感惠深一代忠貞歸二表百年興廢負孤吟管蕭事業相前後伊呂聲華共古今功蓋三分今已矣仰瞻遺像欲沾襟諸葛武侯

潘　珩

珩字重玉上元人成化庚子舉人九江同知改南康

復調袁州重玉父傑景泰癸酉舉人甲戌進士仕至鹿書院歲飢發粟以濟工部郎中重玉少有文名在南康修復白緩急所全活者萬人

種梅

何郎愛詠揚州句比似孤山處士家笑我未能歸舊隱聊從官閣種梅花

張憓

憓字志仁句容人成化庚子舉人同邑王珉字宗潤一字拙軒平居克盡孝友親喪極力營葬一遵家禮弟璿令萍鄉每以清慎勤屬之處鄉里是非不白者必以理諭無不信服尤篤于學問好吟詠於地理星命之術亦究心焉年八十膺冠帶以終周剛字南强一字用柔韓府襄陵王選授朝列大夫王府儀賓晚年隱迹深山不入城市有草窗集

義臺秋月

句曲城南有遺跡張氏當年旌義德叢篁泣露秋草荒穹碑

冒雨苔痕蝕時聞灝氣散天香頃見冰輪碾空碧徘徊不覺夜已闌遠樹啼烏聲正急

王　儆

儆字漢英一字竹堂南京錦衣衛人成化庚子舉人辛丑進士授刑科給事中出閱松潘轉通政司使晉兵部左侍郎陞兵部尚書贈蟒玉贈太子太保有王氏家乘

漢英初授刑科給事中請罷建昌礦夫從之孝宗即位賜一品服使朝鮮其國主使女樂宴公公日天子在諒陰吾何忍聽此其君臣相顧愧歎乃遣去還朝轉通政置大櫃於後堂親司其鑰陞兵部左侍郎進尚書武職黃冊舊藏內府例納賄乃得對勘公請贈副本於部提督戎政平甯夏逆黨廕子錦衣四川盜起請增諸要地兵備定賞罰格所用總制及諸大將皆協時望盜以平年未六十乞歸闢詩社延故舊歡宴性尤孝友事太夫人盡養與人和易絕無崖岸夫人田氏處士仲賓之女有賢德顧東橋爲墓誌長子會出廕錦衣衛百戶先卒次子全孫鎮曾孫起宗字振之萬歷十九年廕授漳州府判

竹堂身矮紗帽高頂鞾高底輿高扛人呼爲三高先生

渡大同江和董内翰

浿水元歸海山城半入江春潮翻石壁飛雨打船窗作賦才誰健淩雲氣未降濟川輸董相不日看經邦朱竹垞云宮保與董文僖越同使朝鮮迭相倡和而諸詩蒼老頗勝董公

登浮碧樓

山閣淩空起孤雲挾雨飛好花臨驛路小艇占漁磯石磴斜通郭烟郵半掩扉主人留客意薄暮肯言歸

晚宿安定館

斜陽林外數歸鴉倦客凭闌忽憶家一雨亂披書帶草春風開遍米囊花空梁乳燕營新壘靜院黃蜂課晚衙懶把詩篇破孤悶瓷甌閑試早春芽

題郭山金孝女四月詩

郭山有孝女，弱質眞淑柔。厥親遘奇疾，良藥空見投。屬纊恐不免，悵然懷百憂。斷指作肉糜，情知拙無謀。皇天如鑒臨，親疾或可瘳。倏然諧所願，奇功一時收。孝感理則然，不愧庾黔婁。嘉名表里閭，耿耿垂千秋。我時過郭山，短碣樹道周。不覺重歎息，斯人今在不。湻樸散已久，兒女多鵂鶹。皇風被東藩，孝女出海陬。題詩上馬去，落日風颼颼。

所串館道中即事

卉笠長衫擁道旁，春盤細簇蓼芽香。瓷甌滿貯葡萄水，酸冷應便一味涼。

孤館蕭然傍水村，兩株老樹正當門。春芽不爲無陽羡，獨愛人參一味温。

道中偶成奉柬董老先生

毛錐已學萬人敵老手何慚百鍊鋼五字長城驅北虜塡胷兵甲動西羌校文門下三千士曳玉朝端二十霜昨夜奎光射東井殊方爭識探花郎

迎薰樓觀射

布侯高懸中設的猿臂曾誇萬人敵樓前角射非健兒小國官居二千石慱州赤面鬚髮蒼箭發連珠透犀革定州安州好判官陰山曾中雙鵰翼判書帳下長髯郎射虎南山剖心炙小技成名輸爾曹定知百戰無奔北中原藉爾爲東藩誓掃烽烟守疆域

梅純

純字一之一字損齋應天人駙馬殷之曾孫成化丁

酉舉人辛丑進士官懷遠知縣忤時罷歸復襲職爲指揮至中都副留守有性理彝訓損齋集損齋備忘錄輯續百川學海損齋爲順呂之孫官懷遠合不合當道投紱請歸自以蔭序補孝陵衛指揮正德初陞中都留守又與時不合以母老乞歸養一意著書見奇書輒解衣購之字字手校精寫成帙崔後渠嘗題其所書易經以訓諸子

舟中即事

旅況年來慣帆開一葉舟雨深烟寺晚風急海門秋往事問征雁閒心慙野鷗蓬窗讀漢史有酒不澆愁

吳彥華

彥華字汝和上元人成化辛丑進士戶部郎中荆州知府進四川參政開瞿峽忤劉瑾罷歸瑾誅復官浙江布政使守荆州築隄二十餘里號吳公隄善撫流徙增戶口九千有奇開瞿塘三峽古道以

通行旅疾革語其妻曰平生不受錢今死毋以
我爲市遺命殮畢越三日即出賻贈一無所受

夜雨

愁人一夜雨病骨覺寒生回憶巴山夢燈前無限情

龔　海

海字朝宗上元人官千戶好學力行老而愈篤

自述

力學深知晚空憐鬢髮蒼未能希伏勝誰說似韓康易自忘
言契詩還得意狂有時閒策杖幽興寄濠梁

甘應奎

應奎江甯人成化壬寅貢任嘉興訓導陞龍南教諭

嘉興府志云甘應奎勤于教士雖
隆寒盛暑必冠服危坐以督課業

同邑金純字尚德江甯人亦有讀陶詩顧東橋爲墓
誌云處士坦夷諒直客有賴處士脫於難者懷百金

爲謝迺正色揮日非純心也子三伯軒季鏜治周易與璘同師志廣業精咸負遠大具葬鳳西鄉孔家山之原又周君甯字用謐諸子居常侍食未嘗命之坐諸女未有家者不得踰壼限嘗曰家政猶國也非勤弗獲非儉弗聚非嚴弗齊作靜室扁曰隱齋志息喧也葬鳳西鄉孫家山子溥洋濟女適郭樞張濟顧嶂嶂余兄子也

讀陶詩

淵明苦邑令高吟歸去來五斗腰不折乃爲乞食哀此中各有是俗子徒驚猜南山不改色落我手中杯

張志淯

志淯字進之一字南園江甯人雲南金齒籍成化癸卯解元甲辰進士由吏部主事員外郎擢太常少卿歷官南京戶部侍郎有南園集西銘通南園漫錄續錄永昌二芳記南園爲驗封主事再任稽勳員外郎鈞陽馬公之子錦衣某每來囑事不

從時謗於公馬公不信而陰訪之乃服其淸

北邊警報華容劉東山爲兵書欲薦稽勳員外郎張綵爲僉都御史志淸日綵姦險無學術好亂而談兵亦矣也劉日吾急於取才對日才須少有行檢若通無行恐才不可獨任後綵再附劉瑾起爲文選郎中無何升僉都御史卽轉吏部侍郎志淸遂有南都之行

南園漫錄十卷題後一篇自稱是是非非枉枉直直辨何喬新撫夷錄之矯誣欺世自比於孫盛紀枋頭之敗何書中於張綵毛勝錢能邱濬等毫無假借記猛密思倫孟養始末尤詳

南園子含雲南嘉靖元年舉人合嘉靖十年解元十一年進士

和喬白巖宗伯

竹帛分排萬卷餘便看瀟灑送諸居追遷述柳能無意只恐人疑是謗書

老來無復計三餘日日昏昏兀兀居天下已多投閣誚子雲何羨太元書

身名瓦裂更無餘獨有青山是舊居除卻南華經一卷案頭拋盡向來書

灌園心事外無餘寂寞柴門傍水居卻有誇張杜陵處手持厚祿故人書

江左衣冠望久餘巖瞻旦夕待君居定知還有山翁信莫怪渾無宰相書

春園詩錄四

南園老翁見長男含春園詩病間次得百二十首時正德巳卯仲春念六日也

自擬躭書老漆園誰能操瑟立齊門馬牛隨分豈難辨鵬鷃忘機未易論天養萬花矜曉色春齊百鳥報晨喧年年煮葯供羸病十日無人一日飧

嬉遊絕跡曲江園匍匐上書光範門此計算來皆自誤秖今

衰後與誰論文心書腹交爲祟紫陌青山等是喧安得無生得老病願從師洗鉢中殞

保山東盡是吾園十度經春九閉門兩耳垂車身已憊千金市骨事休論技窮末路殊顛倒酒發平生忽呌喧慣以草蔬同客飯絶無珍味勸賓殞

十旬打坐不開園藤刺垂垂翳逕門早歲詩書付塵土晚年山水立談論若無機穽謀身便誤把癡心逐世喧試作食經遺隱客遍書草野得名殞

馬　巘

巘字公信應天人成化癸卯舉人甲辰進士員外郎以詩名字法趙子昂袁濟字訥齋溧水人成化甲辰貢易州州判有溧水旺竹巖尋宋人潘弁題名詩

曉行

伏枕荒雞屢被催征途曉色未全開馬蹄入樹鳥夢墮月色滿橋人影來

徐欽

欽句容人成化丙午舉人崇祀鄉賢宏治句容志云政仁鄉人家世業儒自幼讀書卽以古人自期待落筆爲文語意不凡故人亦以遠大期之母虞氏故哀毁幾絶廬墓三年

欽同榜舉人井康字德裕江甯人官教諭亦能詩又劉戩有贈丁孝子滐詩

贈戎孝子名憲句容人

去古日遠吾道日淪茲茲天地鮮篤天倫一臨利害輒私其身卓哉孝子割股療親夙夜無忝取義成仁鄉里傳播風俗同醕

陳鎬

鎬字宗之一字矩菴上元人教諭瓛之子欽天監籍成化丙午解元丁未進士吏部主事擢山東提學副使歷副都御史巡撫湖廣兵部侍郎崇祀鄉賢謚清肅有矩菴漫稿金陵人物志六卷貽謀集明史附傳

矩菴在山東成就學者甚重登降之序皆自書晉湖廣布政使討平漢沔羣盜大著威信正德庚午巡撫其地公曰良民可驅而爲賊顧不能還賊爲良民乎會勦四川藍廷瑞於石泉討擒趙風子於商城論功蔭叙推兵部侍郎搜山染瘴癸酉二月卒於官裔孫國瑞請于朝乞補蔭謚吏部尚書張捷等議謚曰清肅國瑞貧食力學隱居鳳園歲饑上賑荒條議當事嘉納之詒謀集其手錄也倪樸菴爲之序

陳自菴童抗肱之祖皆精天文童定居淮清橋西陳定居淮清橋東相約曰金陵秀氣所鍾陰地發遲陽地發速蓋皆精擇之處後枕肱自菴兄弟皆貴顯云

嘗至濟陽公館庖人供膳忘置箸懼公怒責請啟門外索弗許削柳箸以進公曰禮與食孰重竟不夜餐

唉果數枚而已晨行亦
並不更問其德量如此

遊靈巖倣古五篇

靈巖久入夢道遠不可攀巡行忽停轡引道雲霄間層臺竦孤塔四面羅烟鬟指點壁上題古今半苔斑斯人竟安在一往歲月間此意當語誰松風瀉潺湲

予豈邱壑士每有烟霞想況茲佳勝處興到成獨往振衣一舒嘯千古發幽賞竹泉遶青壁霧雨翳林莽不聞雞犬鳴時發鐘磬響超然會夙心福地信蕭爽

捫蘿上東巖石磴羊腸曲露重袈裟冷苔蝕龜趺沒漱齒甘露泉傍有萬竿綠小憩神魂清寒翠雜鳴玉安知古高人此境不邁軸精爽迴難招題詩寄幽獨

茲遊亦稱快天寒春未深不見桃李花但見松檜林桃李改

顏色松檜常陰森山靈若予契清風散遥岑箕踞坐磐石一笑千載心寄謝後來士山川無古今

客眠借禪榻隔窗風雨聲江南讀書處感我當年情雲霄歧路多歲月波浪驚睽離傷骨肉泥蟠嗟友生迺知皓首心靜極更分明中宵始成寐幽夢到江城

陳　欽

欽字諒之一字自菴上元人欽天監籍清肅公之弟成化丙午舉人丁未進士南武選司主事改北職方守山海關遷刑部員外郎勘事金齒出爲廣平太守陞廣東提學副使有海南聯句自菴集顧東橋刻之

自菴與兄清肅鄉會同科又同爲提學時人謂之三同自菴在南武選時武庫郎婁性被誣下獄獨奮身疏其冤詔并逮欽同繫者二年婁病篤周旋之得不死守山海政令肅清守廣平多惠政生平不輕交納

服官二十年約素如諸生喜汲引後進詩文典則
閒遠字蹟遒勁廣平人至今思其德呼爲陳毋

過釣臺

渺渺桐江流釣臺峙其上一絲繫九鼎名高屹相尙清風激頹波急瀨鳴秋漲揚帆此巡歷懷古重惆悵問訊水邊祠松杉幸無恙

山海關登鎭東樓

城角聲催獨倚欄海門斜月轉雲端淸輝近水應先得永夜中天正好看風露欲流平野闊星河不動夕烽寒早朝記踏長安路蟾影疎槐帶馬鞍

草堂寺

江閣春深特地寒雨聲千點一燈殘歌餘野曲誰同調開到梅花好自看皆醉獨醒吾豈敢孤忠特立古來難浮生卻笑

緣名累不及鶺鴒强自安

魯昂

昂字廷瞻江甯人成化丁未進士官兵科給事中轉戶科都給事中謫蒲圻知縣尋以例復戶科給事中

在諫垣邱濬曠院判劉文泰誣奏太宰王恕託人作傳其疏詞不見行者皆曰不報濬訐奏以爲毀先帝無人臣禮舉朝莫敢訟言獨上疏摘濬之奸太監李廣一馹馬齊世恩奪民田公勘問之悉以田還民宏治十一年李廣有罪自殺搜其家得其納賄簿載某送黃米幾百石某送白米幾千石帝疑曰廣所食幾何乃受許多米左右曰黃米金也白米銀也帝悟乃上言請按簿究問事連太僕少卿楊瑛因摭拾他事奏廷瞻下詔獄鞫訊無驗謫蒲圻遂歸林語及時政輒感慨悲壯未嘗一語及私也昂同榜進士馮浩字養正江浦人江陵知縣歷夷陵知州崇祀鄉賢亦工詩

題西村別構

竹樹縈紆處亭臺罨畫中傲時輸隱吏分席許漁翁窗啟遙

山見林同曲徑通未誇張仲蔚門戶自蒿蓬

童　時

時字用中一字西巖上元人尚書軒之從孫以廕官太僕寺主簿陞荊州府通判署府事有西巖漫稿聯倡錄馬政奏議續名臣言行錄早閒堂詩司馬西虹林下同會傳云用中承叔祖宗伯公廕入國學涖南滁日隨寺長貳觴詠爲邊華泉潘竹澗所器重佐荊州亦著才名仕路一蹶遂投閒以歸扁其堂日早閒喜爲詩亦清婉

和南渠

好山能有幾人看落落襟期早挂冠嬾向南柯競朱紫一竿春水釣魚灘

蔣　浤

浤字惟深晚自號拙齋上元人成化庚子舉人丁未

進士官主事晉南吏部郎中擢江西左參議致仕拙齋居下街口有樓三間讀書其上及罷官歸居無易宅猶處此樓杜門觀書人罕覯其面愛讀通鑑綱目每閱一過卽以色筆評註凡數閱五色皆備楷書字畫精好子志學字小渠以恩貢官贛州通判淸白自矢孫尚彬字質甫崇禎巳卯以貢赴廷試待銓敎諭邊卒有子五人次士璋順治壬辰進士

齋中讀書

九十春光盡入詩嚦鶯聲裏去遲遲抛書暫踏蒼苔路已是荼蘼欲落時

王　顏

顏字廷表上元人宏治乙酉舉人滄州敎授謫南城訓導遷國子助敎出爲益王右長史廷表學問淹貫有師法邊貢羅鳳鄭嶽黃璋秉叔皆其弟子兩司文衡稱得士先世定海黃氏有可仁者徙京師應天人改爲王可仁生昌乃廷表之父也子三人女一適徐忠一適景暘廷表輔導得禮王敬禮之卒于蜀祠以中牢護喪歸葬

鳳臺門王家山
原景暘爲銘

懷歸

杜宇枝上啼暗使鄉心撥平生猿鶴姿終望樊籠脫

施懋

懋字以德上元人宏治己酉舉人授龍泉敎諭改北畿武學訓導陞孝豐知縣嘉興府志寓賢施懋能詩餘貲挈妻子寓秀水之醋坊橋嘗從侍郎戴簡菴遊與其子經爲忘年交久之乃歸里按嘉郡志誤以爲鄉貢龍泉志云上元舉人是也懋同榜舉人夏輯字良成高淳人沙縣令忤劉瑾被黜瑾敗起補瑞安調曲江又魯鉞字宗威句容人均工詩

讀坡公和陶

坡公年少時目盡天下事抗懷希經綸泉石豈其志名高忌

斯乘憂患緣識字海外縱奇觀人謀實天賜果腹惠州飯忽構柴桑思西瞻峨嵋雲欲歸悵奚自委心任去留庶幾同一類和陶有眞詩神肖理不易曠然筆墨間時時露豪肆嗟我縛一官今已如瓢棄江水知我心安得陽羨地艮朋晨夕來共博東籬醉

龍　雨

雨字民望江甯人宏治己酉貢龍泉教諭民望父夔字惟樂郡邑志失載科名官戶部員外郎有祠官者大璫之門客覬免徭役公執不可青徐大饑受命賑之措置有方民望善詩年至十九餘夔與瑄雨與霓皆兄弟輩又有龍普者字遵叔水軍右衛籍景泰癸酉舉人甲戌進士仕至知府同邑桑義字質庵亦己酉貢官學正亦能詩

翀川

亂山深處竹雞啼茅葦風寒廨舍低到此有懷交石老交石吳公有遺愛於茲地至今霖雨潤扶犁

張　琮

琮字廷獻一字惕菴江甯人益之從孫宏治庚戌進士禮部郎中屢至南京工部右侍郎右都御史父朔字潛之號巽齋子五獻琇珍琮璉孫十二人著名九人恕憲忠悊愈志常恩奎廷獻七子俱賢長子恕嗣官至福建僉憲刻文僖公集自稱曾孫蓋出嗣伯曾祖春慈菴後也大司寇顧東橋爲張都憲琮神道碑云公弱不好弄學易於方伯吳公彥華見東萊讀書詩記悟曰吾今乃知學非過目成誦爲奇抑在爲之不厭耳立限誦讀官政冰清玉立人不敢以私意請亦不能以浮議奪以安民濟世爲才以格主守道爲德凡煩苛躁狹非所語于其職也家南京素無押比門無私謁有富者之喪數假于姻家枉公以弔公曰生未識安弔爲卒不能致也長子恕嘉靖七年舉人福建僉事四子悊以瘵官順德通判偶馬壓而墜不能言僕蔣凡封股和藥以進乃稍蘇太守爲作義僕傳刻之曾孫啟

儒有文譽爲顧文莊所重

將進酒

將進酒歌勿諱仕宦不願執金吾娶妻不願陰麗華但願青山枕吾廬一生飲酒兼讀書

徐琯

琯呂志誤作瑶字石林江甯人宏治庚戌進士戶部主事浙江布政使參議有石林集琯同榜進士趙欽句容人官南京工科給事中亦能詩俞經字勉誠南京留守左衛籍成化戊子舉人乙未進士官知府亦有贈月泉詩

靈谷寺贈僧月泉

毘陵飛錫到江東千載僧家又遠公晦迹山樓當勝地結盟蓮社起宗風閲經心了眞乘外禮佛人歸法相中我欲尋師識否淵明詩酒頗相同

任德

德字仲脩江寧人宏治庚戌貢官衛經歷陳鳳云吾鄉成化宏治初年特起之上樹幟文林若金隱君元玉任參軍仲脩謝封君子象徐徵君子仁珠聯璧映聲震響答並以詞翰著名江左東南好事之家爭先寶之乞者戶屨恆滿時稱任謝又稱徐謝乃元玉子仁則以書名掩其述作金任既亡其集咸散佚徐有靜寱小楷自書亦爲豪有力者取去謝公令子爲司直梓其父集

寄張禺山

異苔欲連岑萬里事羈絆悵言金齒城邈彼石頭岸微義徹九流麗辭超七筭褰裳渺難從淩風託羽翰

何昂

昂字以高江寧人祖海洪武初自江都徙衛南京官指揮尋調北京長子清從次子信留家金陵遂生昂

昂性敏好讀書初事舉子業尋棄去學爲詩造語清麗嗜酒善音家素多財嘗遊江湖間與賢豪相徵逐嘯詠窮日夜不厭以貲畀所親往賈信而不疑遂耗其家以貧卒壽五十二葬新亭鄉岳家山吳江史鑑爲墓誌

偕劉原博史明古蘇李貞伯飲金粟公子園

明月照華軒清風散桂馥招隱何地幽愛此雨華麓主人信翩翩不侈簪組族清談已醉心況乃醋醪熟鳳彩儻歸來心與簫聲逐

華　昂

昂句容人宏治句容志云華昂讀書好詩文父景德子用文皆以醫鳴

善橋

魯地曾聞說義姑阿夷千載行相符樹傍古碣新蕪暗惆悵寒烟日已晡

王　道

道句容人同邑曹銓字時範正德戊辰進士監察御史陞廣西按察僉事有曲林詩顧東橋曲林祠堂云曲林者陶隱居之故棲也曹子抗霞外之志方赫赫爲御史時即懷引退覩中館遺墟萃三茆之勝購而有之曹子事孝武二宗今壽考居于曲林曹濛濛正德丁卯舉人官縉雲知縣舊役畝數多寡不均濛不畏强禦悉爲均之至今稱便見縉雲縣志王諒字以誠一字竹溪有竹溪集楊沔字東之一字鶴臺正德丙子舉人嘉靖己丑進士授南京大理寺評事轉左丞出知桂林府後補贛州府陞四川按察使北山詩話稱其剛正有守藩戚怙勢能以法懲子學少臺福建漳州府通判孫森字季玉崇禎己卯貢王午御試特賜進士貟陽知縣有惠政在任兩月告歸張蒼字一初嘉靖庚戌歲貢崇仁縣丞

九曲清流

一泓如帶出岩阿九曲縈迴勝概多香泛落花浮素練影涵

明月漾金波，武夷仙景應堪並，沂水風光不啻過。記得賞春遊玩日，羽觴飛遞謾謳歌。

曹洵

洵字文澤，句容人。宏治句容志云：文澤爲吏部尚書義之孫，早失父，隨母張氏，哭甚哀。祖母四子俱逝，甫成人，以大臣裔例入太學，明經待用。因憂祖母成疾，即告歸養，承顏悅色，委曲盡孝，深得祖母歡心。祖母卒，哀毀踰禮，葬祭悉遵古儀。居喪三年，哀毀不已，鄉人以順孫稱之。曹瀾字文淵，成化乙未進士，奉化知縣，公平仁恕，作興學校。附甯海州知州許鼎字宗寅，亦乙未進士，貴溪知縣，爲事勇敢，不畏權貴。李永亨字天衢，成化丁酉舉人。居軫字進之，成化癸卯舉人。張瑾字仲輿，宏治戊申貢，志甘恬退，不樂仕進，選部高其義，授以紹興府經歷，歸樂田園。孔祖福字世澤，至聖六十代孫，宏治庚戌貢。樊安均，句容人，同詠義臺秋月爲西華李侯賦。

義臺秋月爲西華李侯賦

臺空人往蘚花殘，惟有秋來月一般。宛似君侯方寸地，綺羅

不照照饑寒

邵　清

清字士廉江甯人宏治壬子舉人德化教諭擢山西道監察御史忤劉瑾廷杖罷歸嘉靖初復起雲南按察僉事改廣西桂林道復改左江致仕歸祟祀鄉賢

士廉被杖家人泣公曰我非自敗名節以辱先人至此況得失在我何哭爲在粤西忠州土官不法不動
一兵坐擒之歸無室廬依外氏以居日中或未舉火督學林公有孚訪之貧無茗具林歎息而去南宗伯
霍韜欲以没官寺院之田餽公公亦以他辭郤之子應鳳嘉靖二十年貢

出都

蕭然策蹇出長安慙愧明庭獬豸冠聖主恩深容戇直放歸
許守舊氊寒

范　祺

祺字應禎溧水人成化丁酉舉人溧邑志在辛卯今從陳府志宏治癸丑進士歷官福建僉事改雲南告歸有拙齋集拙齋於劉瑾用事時不樂仕進家居二十餘年足跡不入公府年八十四卒同時有許鋭亦能詩有中山觀古桂詩

題彭氏節壽堂

彭家節婦淸且賢三十夫亡當盛年膝下孤兒甫三歲顧影伶仃恆自憐鉛華不理卸膏飾燈火寒窗事機織買書閉戶敎遺孤一片貞心凜如石翼翼高堂宛水濱名題節壽表詞誠傷心還憶當年事回首俄驚六十春兒今長成親已老願得慈顏長壽考阿兒有子子森森春酒年年共傾倒

史相

相字元昭自號緝熙道人上元人事母至孝有司以

經明行修薦力辭曰何以易吾養乎工畫有古格子良輔良佐良弼時又有一史元昭名鑑乃史謹之孫亦以畫名後歸太倉又有史鑑字西村以文名吳江人謝子象有題元昭雲山圖元昭畫詩元昭妻顧氏曰人盡臣也子實無二養而廢仕誰曰無君曷辭焉元昭曰此吾志也子良佐字禹臣太醫院籍宏治十三年進士官御史正德二年以言事忤旨錦衣衛械繫入京赦歸復起官至副使

題伯俞泣杖圖

昔日母怒兒私喜今日母衰兒懼矣小杖則受大杖逃吁嗟此語非人子

王　宏

宏字叔毅一字巴山六合人宏治癸丑進士官監察御史劾劉瑾忤旨廷杖削職瑾誅起廣東僉事進副使督學政征猺有功與時忤解組歸崇祀鄉賢有巴

山集王巴山本田家子十餘齡騎牛讀書遇縣令試之曰牛首親黃卷郎應聲曰龍頭奪錦標令奇之留與語半晌方去宏送之曰送別黃泥壩郎應聲曰相逢白玉階及長莊定山妻以女

冬至元眞觀習儀

夢裏鷄聲喚醒難羊裘不著五更寒殘星半落天將曙宿雨初收露未乾道院偶逢仙客拜綈袍猶念故人歡擬知明日逢長至萬里春風馬上看

衣裳顛倒步趨難舊日翻思膽尙寒瘴海幾番頭半白封章連上墨初乾蒼天道長三陽泰聖主恩深萬國歡慚愧小臣官退早只存風力外臺看詩見李退菴竹鎮紀畧

邢珣

珣字子用高淳人居石臼湖寄籍當塗宏治癸丑進士江西左布政使明史附傳邢夢珂嘉靖乙丑舉人慶元知縣邢世仁字良

性錦衣衛千戶均
高淯邢氏詩人

湖陽

細數吾鄉勝應堪入畫圖橫山飛遠脈斷壟落澄湖西嚮丹
陽合東乘石臼紆波心龍突起沙面錦平鋪隱隱崇孤嶼洋
洋浸四隅人家沿兩岸農畝畫中區周矚三成廣循行一舍
迂北津通采石南界抵長蘆星紀當中斗封疆舊控吳江防
連建業尺籍入當塗編戶五六里標章十八都前朝軍寨有
今代戰場無卑下雖憂溼清幽不受汙天開古澤國境占小
蓬壺靈氣重重泄雄才歷歷符邊戎登武將科甲繼文儒墓
表忠言士門旌孝節姝華勛昭族譜喬木蔭繩樞同姓爲閭
比宣居避埰堬宅荒留閥閱世媾似陳朱矮屋臨清渙窮簷
厚覆芻尚存元第宅每見宋盤盂織葦圍成圃操舟出代駒

唐溝喧亥市均慶潁浮屠沃壤天機萃芳辰品彙殊英苗名
種種卉木數株株野徑縈牛勒僧房盛鼠姑桂傳天上馥梅
逞雪中癯谷暖蘼蘭蕙離寒綻菊莧水芝穿荇藻岸芷雜蘼
蕪爪葉三稜草蟠根九節蒲夫須生滿隰芣苡長侵途益母
花難老蒲公葉易枯崢嶸看柏梓堅韌重槐榆杞柳村村暗
桑麻處處敷薪多葭與茨櫝積櫟兼檮庭檜欺脩竹溪楓映
碧梧果蔬周歲用鱗羽應時需暑雨肥梅子嚴霜熟木奴充
糧梨棗富核實杏桃粗樹摘黃金卵榴刳赤蚌珠鹿心藏玳
瑁巖蜜薦醍醐洗瓦焙山藥和泥劚玉酥陽坡瓜菶菶潤地
菽訏訏藜莧眞常品菠菘亦小腴園栽珍芥苣野采擇芹蔞
鴻薈參豐本蹲鴟歷落蘇香甘牆腳薺圓滑架頭瓠菱老方
收芡蓮殘迺掇菰來牟饒夏利稌秫足秋租澤涸蝦籠撤潮

生蜆爾扜筍抽初釣鯊蕈美卻烹鱸鰷鱵麗絲網鯖鰞上筏
蒲紹羊鶩異容緺項薦嘉廚時祀烝鱣鮪霜螯擘蟹蜂鯽從
湯索得鯉受背風拘暮渚迷鸂鶒晴灘戲鸀鳿蓼濱鷗狎棹
麥外雉離罦容與朝鵷竝悲懷夜鳽呼羣翔青白鶴類聚泳
游鳧鷀鸕禽囮得鵔鵠蝹釣揄修儀矜屬玉長喙惡鵜鶘遠
贊天鵝貢隨陽候雁徂林疎潛罔象山迴絕於菟鷄毳知豐
歲牛羊喻夕晡物難窮水陸言僅麗形軀敢闕詞章麗非夸
耳目娛生民多所賴古俗未全渝寡訟懷王辟愔倫仰聖謨
衣冠渾儉素畊織自勤劬五世曾同爨三農不異趨嗇施懲
後匱征賦樂先輸病患頻相恤顛危每共扶父老年年社賓
僎歲歲酺貧婚欽世族崇疫信神巫世道今將改輿情化莫
孚兩朞羅濁潦羣盜倍軍需勢類波瀾下恩慳雨露濡昊天

如不弔生物亦云痡餓莩皆填壑奸頑自速辜府胥頻捕捉茅屋半逃逋拯溺思良牧憂心鬢老夫也應慚故土況復脫亨衢許劭評何濟文翁望不孤感時恆悒怏觸目重嗟吁明命行將至筋駑尚可驅許身追稷禹戮力輔唐虞肯委譾囂志非儕齷齪徙好還天道在率土共于于扶韻下闕二句

王鑑之

鑑之句容人同邑有胡禮字公禮有月灘詩集孔顯字萬里庠生博通經籍鄉里教授以孝友禮法爲先遊其內者多端士又有柏純字斯文江東字東之王肯堂著有肯堂集皆句曲耆宿也

玉晨觀

華陽今古道相裁眞侶招余曳杖來雲裏三軿飛白鵠岩前獨虎臥丹臺香分石腦開天寶錦擷仙庖薦鹿胎仰止茅君循舊跡洞門徙倚碧桃猜

楊巘

巘字秉獻高淳庠生明宏治四年析溧水之高淳鎮置高淳縣應天府丞冀綺奏割崇教立信永豐永甯遊山唐昌安興七鄉隸焉擇諸生中愿慤者經營建造以秉獻身其事後因廢閘築壩淤沒民田秉獻躋產代人輸納國課鄉里稱爲義士生平博學解詩著作散失

銀林

萬頃波光合迷茫接固城江湖眞地險吳楚此兵爭浪闊連天湧雲低帶雁行伍胥遺恨在嗚咽聽潮聲

劉俊

俊字公偉上元人有松隱集同邑司馬隆字季平自號愛芝之翁有芝之居遺稿先世自陝西徙京師祖勳父震字元亨世稱東齋先生三世以醫名南都季平孝友喜琴棋大雪中偕沈雪厓登南山之巔而放歌焉宏治辛酉江北大疫躬往療之全活甚衆子泰以科名顯蓋陰德之報云每至病家羣醫紛然徐以一言折定遇危疾輒端思病源與治法通夕不寐妻吳氏茹貧矢節

江上

茅簷鳩喚雨昏昏江岸人家槿作門一夜潺湲流枕上潮頭又過繫船痕

湯　鐸

鐸字文振自稱樗散道人上元人有帝里書姚福青溪暇筆云湯文振先生閒居好著書嘗言洪武定鼎有圖書紀其官衙街市曰都城圖志今已模糊乃增新爲帝里書晉書王導曰建康古之金陵舊爲帝里湯之書名本此

馬鞍山別業

欲將蹤迹混樵漁茆屋臨江愛卜居山竹穿牆稀過往庭花落几自蕭疏腹中空洞原無物眼底分明許著書老我不材無一事菊畦時復帶經鋤

龍　霓

霓字致時號西谿居士瑄之子宏治壬子舉人丙辰進士官浙江按察僉事致仕罷官後入茗溪社與劉南坦吳甘泉陸玉匡孫太初爲五隱顧東橋有和西谿秣陵山莊詩

清涼寺

離宫遺址剩荒臺古寺閒尋踏綠苔亭榭有基僧幾換山林無恙客重來千年人事隨江水一片嵐光照酒杯憑眺石頭吟不盡鐘聲已破夕陽催

姑蘇道中

又從書劒去旅夢落金閶野鶴巢難定春蠶繭自忙空江鳴急瀨高樹隱斜陽歸計何時决移文動草堂

李　熙

熙字師文江甯人太平知府昊之子宏治壬子舉人

丙辰進士授將樂知縣拜南道御史劾劉瑾廷杖幾死嘉靖初起饒州知府遷浙江按察副使有尚友集明農稿飲虹遺稿飲虹正德初抗章請誅劉瑾詔逮錦衣衛廷撲三十罷歸踰年復擿舊牘文致詔于南京廷撲五十時南京禁衛久不用刑乃特選卒習杖數日人人爲之危在府獄捉筆作外舅壽頌數百言見者歎服時人稱曰飲虹先生況其負氣而善藏也家在新橋西飲虹亦舊橋名公娶羅鱗女繼以王無子以弟馱之子瑞爲之後葬鳳西鄉李家庫顧東橋爲墓誌按李公熙直諫不撓鄉賢祠中所當補祀

後湖同喬巨曹聯句

片雨孤城黑三洲一水通竹深喧宿鳥天遠斷歸鴻魏闕心迢遰鍾山氣鬱葱雲程須共勉莫遺鬢如蓬

簿書偶成暇緩步小橋東袖拂蘆花雪隄翻落葉風觀魚臨水次訪古過林中回首斜陽外孤鴻自遠空

輓陸如嵩

昨暮孤舟過劒津，忽聞哀訃涕沾巾。袪除民瘼能醫國，養就膏肓不救身。何處峴山碑有淚，幾人鄉社祭分蘋。百年遺愛歸公論，考德先煩泣老臣。劉少保有哭陸南屏詩

羅 鳳

鳳字汝文，一字印岡，上元人，自號簡翁，水軍右衛籍。宏治己酉舉人，丙辰進士，官南道御史，出守兖州府，改鎮遠，復改石阡知府，致仕歸。著有延休堂漫錄五十卷。印岡父富，負才氣，爲羅圭峰屺所重。印岡三綰郡綬，惠政及民，而不合監司，乞休得歸。開延休堂以宴客，建芳瀾閣以儲書，博雅好古，所蓄法書及名畫金石遺刻數千餘種。工詩，老筆尤勁。印岡治兖，武宗南巡，監司問以佃遊之備、近幸之餉，曰：「非守所宜職。」銓司曰宜簡，乃移鎮遠；御史又曰宜簡，又移石阡，故自號簡翁。嘉靖甲午，顧東橋有印岡七十壽序。

車府山

郊原來策馬騑騑車府名存識者稀古洞雲深松有甲空山僧去寺無扉千年石室迷荒蘚六代干戈剩夕暉眼底田家如畫裏麥芃搖翠雉低飛

劉　麟

麟字元瑞一字子振自號南坦上元人成化壬子舉人宏治丙辰進士授工部主事累官工部尚書贈太子少保謚清惠有清惠公集高逸編明史有傳清惠父蒼字伯春官千戶工趙子昂書每晨必誦將鑑一篇乃上馬去有納戶起解千金誤遺關單伯春一獲之候其人三日出單還焉謝以金不受伐冰淩陰一士凍餒臥冰上挽而救之千戶趙端重其行端年七十敦廉尚義端之子經亦千戶也遵禮尚義不越戶限伯春以爲賢命清惠師事之指揮龔海行年七十謝政閉門搗藥以售其價不二好誦孟子亦從趙經先生講焉戚黨有爲鄉相者還龔將攺服以謁聞其載賓而

還也遂絕跡不往指揮吳英廉正不苟清惠舉進士謁英英呼之曰勿學他貪墨者以隕爾父之志否雖官至卿相英不願見也清惠登鄉薦魏國公設宴飲至二鼓父不容相見趙先生引之請罪始釋之詳呂涇野集

熊明遇公祠記劉南坦避劉瑾浮湛白下益貧筆耕餬口自下諸貴人無知者時玉厓陸公崑初觀政共諫言者也適爲南御史偶經公所從者訊訶惡童子讀書聲輒不輟怒而鉗其傳則公也陸公愕然下謝曰劉侯一寒如此哉乃握手語移時而別長興吳子琬字甘泉者布衣俠也輕財好客因陸公言遂迎匿公止于弁山之南坦約爲婚姻公自此寓長興矣越人亦肖公像爲小劉祀以配漢劉寵也公弟鳳藔千戶子牖序

神樓

天生樓上翁百年渾是病遭時或振步顛沛千吾正中歲幸投簪有物如造命擇栖苦不早乞湖何必鏡吳興逸老成春秋迭觴詠從此作行窩東南稱獨盛契哉文內史繪樓孤且

覓謂我居其中懷葛失其靜從此不復下得酒歌明聖問余何所得樓中有眞性

顧華玉謫官全州

蹔屈高賢論未平召歸行見聖心明共憐此夜參辰散獨向殊方瘴癘生衡嶽長沙才子路澧蘭沅芷故人情中州父老憂何劇淚墮甘棠有頌聲

留别孫太初

夕燈蛩語上空堂門外芙蓉繫野航高興逐雲先到寺離心入雁不成行黃花伴客年年雨短髮彫秋夜夜霜歧路無情人自遠中原戎馬過重陽

弓　元

元字大方江浦人成化丙午舉人宏治丙辰進士官

岳州司李陞山東道御史巡按江西有午夢錄文集弓氏自云出江東馯臂子弓之後永樂六年貢弓信官檢校成化七年貢有弓成萬歷四十四年貢弓九德

項王亭

重瞳髯戟怒參差落日烏江舊廟基像碣重摹龔相賦篆碑不改少游詩一時霸業眞無敵千古英靈儼在茲不敢神前輕乞珓林風萬馬甲聲馳廟舊有唐李陽冰篆西楚項王靈祠六大字秦少游詩伯祠題王節是也又有王像碣陰有宋縣令龔相賦宋金主亮渝盟來乞杯珓神怒棟間大蛇出林中若兵甲聲亮懼而遁

金陵詩徵卷十六終　　江甯陳作霖校字

金陵詩徵卷十七

上元朱緒曾編

明七

顧璘

璘字華玉一字東橋上元人宏治乙卯舉人丙辰進士知廣平縣陞南驗封主事歷至南刑部尚書卒葬彭城山有浮湘山中憑几緩慟等集息園存稿歸田稿明史有傳東橋曾祖福以匠籍隸南京祖誠字仲實生四子紋綱緡紳紋字廷繡號愚逸年八十一有二子長曰琮字方玉次曰璘公息園記云築園居室之後衮五十步廣半損之中取纖徑通步餘盡蒔植以延叢纏脩竹後挺嘉木前列周除芳卉美草期四時可娛中亭曰愛日虛牕靜几宜飲宜讀西謀道軒三楹置諸孫讀書作載酒亭以待夫問字來憩者東小軒曰促膝諸故人至解帶密坐談農圃醫藥之事恆至移日卒室居則掩視納息存吾元和起則觀童子理圖書之帙時寄雅抱命之曰息園

南鄰乃有廣圃數十頃頗雜池沼屋廬其中達于青溪檉榆蒲柳掩映森蔚風靜鳥鳴鶯移鷺立居人多蒔蔬養魚皆有徑可往吾園開戶向之籠取其勝時與二三子周游無異深山窮谷之趣此又鄉鄰所以惠我者歟

子三長子嶼字孟涵嘉靖辛丑貢少俊敏督學蕭鳴鳳試以鳳臺春曉詩唐初四子贊援筆立就風藻天然遊京校有聲益以詩名嘉靖癸卯應貢入京明年甲辰卒人皆惜之次子峙字孟立號少峰以顯陵恩授楚藩審理三子峻字孟基號鶴汀亦以顯陵功授光祿寺掌醢署正陞後府經歷又陞宗人府經歷未任卒嶼子五履祥賓祥元祥應祥楚祥並列京庠

顧文莊公曰陳元舉言司寇高視緩步負天下重望崇道義輕爵祿遇時貴人或傲然不屑意以是同翔久之晚躋大位卒困於譏讒以終與北地李公濟南邊公以文賦擅天下又與劉司空徐迪功稱江東三才子與陳侍講沂王太僕韋稱金陵三俊槩其所著眞元黃之精英鄉國之黼藻也書法奄有晉宋風流遒拔清舉望之可想其獨立物表之致

松塢草堂新成雜興十二首

錄五　東橋松塢草堂記云自曾大父始葬金陵石

岡之南今四世矣余乃遷故廬其上以修祀事以託隱棲懸曰松塢草堂懷先澤也

野日遲遲陰更晴山人睡起絮袍輕松梢宿露因風墮草際浮雲傍水生一壑無多堪獨往百年强半復何營神仙服食長相誤不及清尊對客傾

投簪本意弄斑衣痛哭郊原萬事非元壤遺封空石馬白頭殘喘倚荆扉乾坤有恨身同盡五十無聞願已違細雨山前新草長寸心何以報春暉堂在先墓側

衰年多病自宜休避地棲巖事事幽風檻落花催釀酒雨窗啼鳥喚梳頭柴桑剩著陶元亮欵段何孤馬少游野衲村翁俱接近茗盃香篆足淹留

茅廬寂寂倚雙峰懶散無心擬卧龍階下水流分細澗簷前雲宿擁高松何顒獨有談禪癖阮籍偏於作吏慵早識人間

行路惡肯因書劍誤明農

郭外新移野老家舊書猶載兩牛車樽空北海虛耽酒地薄東陵慢種瓜小徑衡門分野竹短籬臨水透溪花優游行樂元無盡落拓浮生詎有涯

作亭後邱之上名清曠系之短吟

蓬萊微茫不可求匡廬迢遞非易遊堂中佳景任攬擷不如後圃登吾丘吾丘清曠招遠風謝客妙語遺山翁古今樂事留宇內天地於我何終窮天印蒼蒼鍾陵紫左右倒影山林裏白鳥南穿楚岫雲片帆東落吳江水盧鴻草堂何處開陶令柴車日往來花間築室揞丹竈石底穿池立釣臺形勝隨心動生趣謳吟觸口皆成句無官跡已混樵漁有家晉不關婚娶高空鵰鶚橫秋目近舍流鶯鳴夏木但願豐年秫米熟

山翁爛醉死亦足

登太崗慈善寺

野寺冠山椒溪門下弘敞荒蹊緣澗入危磴躡雲上松花風際飄麥苗雨中長高樹倚巖生特立氣森爽何年劫火餘紺殿滅銀榜徒聞佛道尊胡乃失龍象悠然憩前軒雲峰矗相向下有良田疇平視如指掌春鶯流遠音脩竹愜幽賞何必五臺山始可資靜養斜陽且歸去暇日期再往

同魯南祝禧寺結夏八首

酷暑欺吾病空林共爾尋雲高羣木爽日落半巖陰散髮忘賓禮清心悅梵音坐依禪榻畔幽思自蕭森

斷酒狂全減抛書懶更成山深人事息僧老道心平坐石分松影橫琴理澗聲夜涼清不寐披草月中行

身住清涼界那知有鬱蒸蒲織梳翠髮瓜冷嚼紅冰病退生
爲我家忌味近僧老禪麾麈尾時見落青蠅
愛爾山中靜猶憎蟬噪繁松杉氣無暑賓主坐忘言翰墨陶
眞性瓜蔬點薄飡悠然泉石味難向貴人論
翻經非有願擊磬果何心偶爾依蓮社翛然近竹林松風餘
萬頃蘿月抵千金莫買深山隱禪關日可尋
金堂虛隱霧石壁凍含霜久坐收葵扇吟多問豆漿虎眠渾
不猛鶴舞暫爲狂滿目無塵事虛襟亦自涼
祇園不盡景留客易經時野竹團寒翠池蓮散素姿茶香脩
夜供杞菊訂秋期吾已嗔吾擾無勞大衆知
淨社難求友高人合在山泉甘出石井樹老映蒼顏暑月誰
偏爽勞生今始閒秋風何日至疊巘擬重攀

登牛首兩厓頭

雙闕峙天表巨鼇戴雲浮秋空氣先爽預愜登高遊攀緣千仞起曲折百盤周蒼林忽在下手挹河漢流纍纍搘機石荒池飲牽牛崢嶸羅眾山俯視但微丘北瞻黃金闕五城十二樓高帝聖圖遠設險開皇州鼎湖不可望蒼梧雲影愁長江渺一髮孰與吾乘桴舒嘯振鈴閣諸天風颼飀落日下西嶺慘愴增人憂

燕子磯

名山意自勝臨水趣轉幽況茲燕磯秀復枕澄江流孤根託何所上抱雲中樓空冥瞰水府下見黿鼉遊衝濤蕩危石翻恐地軸浮元氣旋混茫長風吹不休西來疊浪色發自岷峨陬杳靄眾山影依微行客舟徙倚白日暮極目令人愁

關祠

漢季昔鼎沸孫曹竊王疆帝胄擁劍門龍虎爭奮張桓桓萬人敵東盼無荆襄運移見傾覆孰云謀匪臧生爲吳國仇死食吳人鄉烈氣横四海遺靈戴今王江邊廟門古松柏寒蒼蒼英爽如有臨風起旌旗翔君看祠前水萬古東流長

嘉善寺觀石壁

奇石斵蒼雲誰遺空山裏藤蘿覆細路披烟得奇詭巉巖負龍脊峆岈露巃嵸脩竹照人青幽花傍泉紫樹古走危根欲斷不可止金陵百名勝無地可勝此老禪墮貪癡秘匿胡乃爾天地終劫灰況我二三子取笏端下拜託交自今始

顧氏北麓草堂

谷口花冥冥井上梧桐淸山人築巖戸避俗兼逃名種黍牛

犢長養蠶桑柘成野外無別儲濁酒時藝器上以奉墳墓下以延友生客來欵茆簷山犬了不驚大兒富文史楚楚解將迎藥院共游行松林屢經行三宿竟忘返屐齒緬已平乃知隱淪者祇在王都城

登茅山三峰

頭白遊山恨己遲遍尋靈跡慰幽期雲根變幻陰晴石海眼潛通霹靂池絕壁傳觴臨過鳥深林炊黍茹生芝躑躅陵谷傷今古不見前朝宰相碑

龍池

蛟龍宅大海山椒非所藏吾疑蝘蜓種野語誰張皇禱祠興雲雷歷代紀禎祥神物變乃爾化理焉能詳

華陽洞

窮崖積鐵古下嵌仙人宮流觀洞天記渺與林屋通把火驚石燕吹簫動潭龍微茫失歸路返照秋林紅

巧石

三茆奠神皐靈槩萃茲谷怪石非一狀蛟虎爭起伏苔花爛如繡藤痕走相束殘醉吾未醒曲肱枕雲宿

隱居墓

薄俗昧上善高賢葆清眞圖牛憚爲犧古墓今猶珍松風有餘聽草露無長春徒使輕舉士依稀慕芳塵

同魯南宿天界竹居

白首同歸桑梓日舊游山水得重過聊依僧飯炊菰米更埋漁蓑綴薜蘿花老不知春事盡竹深偏愛雨聲多旁人莫訝追歡劇歲月翩翩奈爾何

和傳南永福禪房

山人每爲看山出，唯有山雲不待期。草長作經春雨後，江明偏近夕陽時。前林犬吠僧歸遠，古殿鐘鳴客散遲。除卻陶潛貪酒盞，不知蓮社復容誰。

登清涼寺後西塞山亭四首 錄二

晚上高亭對落暉，萬山寒翠濕秋衣。江流一道杯中瀉，雲樹千門鳥外微。古寺頻來僧盡老，重陽欲近蟹爭肥。霜楓惡作蕭條色，故弄殘紅繞客飛。

山閣難禁宋玉悲，六朝遺恨滿殘碑。青山自擁蟠龍勢，玉樹空傳落燕詞。寒節授衣傷老大，醉鄉隨鍤愧支離。歌筵舞妓非前代，文采風流又一時。

東郊田園四首

璘本江東腐儒無廊廟之骨從宦三十年濩落不就謝歸東來遂與野人相親養雞牧豕能任蓑笠擊缶醉歌禮法俱廢或肅容對客如猱狙御衣冠隨郎褫去聞談官政如爰居聽鐘鼓目掉心眩乃知情質烟霞不可以强變也新營田園輒賦此篇

陶公歸桑里謝客營石門於世既無競努力事田園春還理荒穢良苗應時繁豈不念歲豐天道難預論列槿藩草屋藝蔬備晨飧郊居漸成趣益厭城市喧菽水苟無闕萬事奚足言

出門見青山幽意日瀟灑修竹遶舍東流水在田下衣冠不須着犁鋤亦時把日與山翁遊禮貌樂疏野風俗重時令相邀作鄉社濁醪滿浮蟻鮭魚剖新鮮交酬各酩酊至樂絕無假長笑宇宙間誰是忘形者

刈麥思時暘分苗望時雨彼蒼於農人遷就亦良苦好雨從

東來原田自膴膴老稱荷蓑出綠縟紛可覩引耜驝且鳴餘
懽及家牯連歲荒負租頗遭官長怒今幸占有年且願給公
賦絮酒兼炙雞殷勤祝貓虎
散步龍山麓石馬高嶙峋蕪沒野田側行列不復陳不知何
代墓感嘆爲沾巾慨昔六代交紫宮架天津虎鬬盡英辟鷹
揚皆貴臣同眸耀白日吐氣貫青旻見者恆辟易況敢托交
親詎知百世下骨肉化飛塵樵牧無人禁姓名亦已湮念此
返田舍秫酒正芳醋傾壺且一醉兀兀忘吾身

送陳子魚往雪溪訪劉南坦

故人歸耕雪溪上白日閉門無客往扁舟乘興吳門來一片
高情落烟槳越王臺西春雨深震澤波濤方泱漭楊花幾時
飛已空碧草青蒲抱隄長草堂相逢將奈何但云酒熟來經

過傾壺一醉便歸去莫問門前張雀羅不見劉君幽恨積憑君附書報衷臆人生强壯豈長得何用驅車逐南北

平甯藩後上喬司馬

太行西横天下脊降神昭代生喬公突如大嶽起中域培塿瑣細安能同又如巨鏊動千頃澄鑒品類含光融今之留都古豐鎬九廟翼翼崇元宮周南節鉞帝所授文武韜畧雄江東羊祜綏懷亘千里蕭何塡撫熙羣工石城鍾阜倍生色龍虎吐氣長葱葱去年劉濞逞兇獷烏合群盜持刀弓出門北望色沮喪髑髏已屬提攜中亞夫高臥足不動兵符飛羽須臾通上游屹張犄角勢諸道競奮勤王功舳艫百艘竟崩潰列熖一舉鯨波紅我皇英年孝且武金戈鉄甲臨元戎喬公泣血扣馬首小醜詎足勞皇躬獻俘受馘大禮畢跪捧翠華

迴六龍三軍凱還伐金鼓聲動海宇連穹窿明堂奏頌朝貢
入解澤下沛蘇疲癃勒功且立會稽石鑄鼎直盡荆山銅雲
臺功臣誰第一國論共聞歸發蹤侯王圭璧行照耀山河帶
礪何終窮璘也都門老賓客十年江海嗟飄蓬喜聞鄉國再
安堵遥逐父老歌清風但願天子壽考億萬歲置公左右開
宸聰芻蕘之言無少蒙永絶前日憂忡忡

經鍾山

麂飲紅泉細猿啼翠壁重仙雲凝舜塚王氣拂秦松地接金
椎道山藏玉檢封鼎湖長在望何處仰宸容

永甯寺春遊和殷文濟

勝侶皆靈運名僧有道林行歌穿竹徑醉舞占花陰寺好偏
宜古山幽不厭深春城無限酒愛向野間斟

同劉子登雨花臺

登臺秋色遠，對酒暮雲生。海氣浮金闕，人烟接錦城。佇談王霸跡，轉見古今情。江水東流急，滔滔無盡聲。

同蔣參軍子雲七弟英玉登青龍山

躡履青龍阜，天虛四望幽。山河吳楚槩，城郭古今愁。杯就高雲瀉，詩臨怪石留。多情紅葉樹，邀醉梵園秋。

龍女泉

神女乘雲去，靈泉滿澗清。蛟龍餘窟宅，雲雨變陰晴。樂飲來浮斝，勞歌對濯纓。還期明月夜，同聽珮環聲。

初至全州

跋涉既累月，始聞及清湘。長風卷舟幕，忽見湘山蒼。黃髮數老叟，迎予具壺漿。面色頗黧瘦，草際各蹌蹌。拜起問生理，輒言困兵荒云望使君至冀免溝壑殃我聞老叟言垂涕意彷徨比歲牧粱宋兵戈劇流亾逮此越萬里民瘼乃同方憶昔始觀國徒行不齎糧皇輿非改轍惠澤涸汪洋閔茲豐儉故所罪吏非良噬膚遂及體割肉救瘡瘍天高不能怨仰失日月光矧予旣朽廢豈有仁風揚登途入城府惻惻心自傷

車中雜言十首

前魚棄龍陽餘桃罪子瑕請看恩易盡毋矜色勝花

虎背危可騎龍鱗逆堪批宛轉母子間亦掉茅焦舌

西域開何益雄哉漢武才殷勤諭父老書生非本懷

耕莘起三聘釣渭載後車遇合非湯文終然老農漁

本無戒飲意累月斷提壺性得阮嗣宗祇念黃公壚

山鳥啄山果飛鳴高下叢適性乃眞樂豈羨黃金籠

事向動中至思從靜餘生晝夜每遞代內境何由清
一日倏一事王官森如林逝矣運甓子誰哉念分陰
窮巖數椽屋名姓繫王民窮年辦租稅不見官府仁
襘帷穩於榻行鑪火微溫不知外寒暖側聽輿人言

古壯士歌

山西壯士何才雄虬鬚燕頷生英風青春挾槊三邊外白晝探丸九市中一身列侍麒麟殿跨出龍駒萬人羡狐腋朝裁趙客裘鵝膏夜淬吳王劒生年十五事橫行肯學操觚託姓名當衢賈勇萬乘避臨危重義一身輕田文鷄狗眞餘子有足不曳春申履眼前國士稍傾心慷慨橋陰爲君起

登高邱而望遠海

登高而望遠不見天地端日月互上下東西如跳丸長風自

何起瀛海翻波瀾六鼇正抃舞五岳無時安恍惚青天中仙人跨飛鸞邀我謁帝室金門鬱盤桓青龍對人怒玉女傾笑歡彷徨返故路北斗方闌干坐地仰天歎三日不能餐

塞下曲

千里驊騮丈八矛男兒畫地取封侯黄昏塞上傳燧火一夜吹笳望戍樓

獨漉篇

獨漉獨漉水多泥滑泥滑道阻傷我車轂持膏作燭將以照夜處花掩光不逮盤下猛虎在山百獸畏威陷穽三日垂首訴飢鐵生礦中入冶爲器劒負威神錘則委地男兒生身萬事綱紀罘梯無施不如女子

長相思曲

長相思在何處吳岫雲深隔江樹結綺臨春花正榮人今已向天涯去琦樓繡户橫蘭烟中有綠鬢金骨仙星沙隱約秋期杳坐捲朱簾望月圓

屛山田舍東橋有屛山小隱記云牛頭花岩祖堂三大峰逶邐南迴其上佛宇紺碧可覩正南與吉山對

小溪風露帶漁舲曲塢松杉接草亭夜久野雲橫樹白秋高山色過江青長親拙政知農事暫學清齋適性靈獨笑吳中狂處士强將身比少微星

短歌二首贈羅印岡

鍾山嵳峩入紫冥百靈獻秀開金庭大江奔騰龍虎躍千峯散落南天青道人築室天印下邱壑重重到茅舍謝墅花驕羅綺春秦淮舟泛星河夜人生强健早歸來日月持光送酒

盃麟閣功名有時命何須長戀黃金臺橋東叟杖隱淪客抱琴來尋莫相絕

世路羊腸莽荆棘江上漁舟獨瀟灑五湖何地非吾家相逢並是同心者北風起兮雪片飛山川摇落鴻雁飢輝映逿天白如掃惟見松柏青依依大魚踉蹌飛不得小魚僵死手可拾妻孥白飯盡一飽豈向朱門乞殘炙黃天蕩深萬魚聚我與老翁盪舟去

憶羅印岡

憶昔觀光初羣龍起鄉國駿馬連華鑣出入動生色升沉四十年風波轉傾仄存者僅三人華髮亦衰逼劉公去吳興獨幸奉君側芝蘭晚逾馨金玉久無忒楞然野人腹恒飽君子德爲别甫逾時言念靡終食惠書竟長紙在遠心益惻

擬古四首

四方多歧路出門難與期遊子適萬里三歲間音徽不惜離別苦但恐中心乖人情非山嶽感物易遷移釋我金條脫緘書寄君側願視故人心勿視新人色

日月經天荒四時相代序青青園中草奄忽殞霜露富貴始爲娛死者恆不具陽春扇萬物倉庚振其羽翩翩春羅裳冶遊經鄠杜郊圻多暱親速我諸舅父華樽芬狄香烹魚割肥羜纚縰歌王風靈鐘間鼉鼓爲樂貴及時多憂徒自苦

高樓在何所乃在驪山隈複道通天行華旗揭軒階趙女理長瑟朱絃一何哀流響入青雲飛鳥盡低回顧瞻邯鄲道白露霑蒿萊昔日繁華處但聞狼與豺安得周周羽銜爾棲叢台

河洲雙鴛鴦比翼乘春飛嘉禽非好合天道有雄雌賤妾充
君室婉孌希光儀十載絶音耗六禮靡時施容華豈不惜禮
義焉可虧嗷嗷鳴雁翔悠悠感我思

醉歌贈别劉希尹

江湖之情廊廟器歷城劉郎無乃是高雲塌翼墮泥塗青衫
來醉金陵市金陵市上少人知擊筑正遇高漸離十年閉户
淮水畔雄劍繡澀長低眉喜君下馬握君手但説家饒步兵
酒眼前肝膽向誰傾身後功名果何有龍蟠虎踞古名都走
馬背槍多壯夫陳編爛簡不足數英雄快意無時無新亭灑
淚河山愁北山移文林澗羞謝公坦蕩稱達者美人一去空
江流君昔提衡當吏曹龍門拔地吹波濤一朝謫宦歸江海
雀羅挂户生蓬蒿此去朝元謁金殿世情冷煖應自勸翻身

台閣雖等閒著足林壑須輕健太山巍巍五嶽尊上有日觀通天門與君共坐東巖下靜玩桑田海水翻

顧　琁

琁字舜玉一字溪亭應天府廩生給冠帶溪亭父綱字廷威號石岡又號癡菴隱逸高尚結廬於石子岡祖父福之墓東橋松塢草堂圖懷先澤也東橋別自稱松塢居士王子新寫松塢高士圖以贈東橋閒居亦嘗在此山也石岡長子琁次子瓚嘉靖癸巳太子生詔許廩膳生德行端莊年五十以上不願仕者給冠服琁遂與焉子巖岑岳啓巖字忝石號杞原應貢赴京授武學司訓陞新樂教諭岑字虛樓京庠生皆以詩稱

芳園雅會

暮春三月小園中芍藥當階盛放紅西子洗妝當曉日太眞帶酒立東風廣陵品絕黃金繞漢苑姿奇綠玉籠近喜老年無所事春來幾度醉芳叢芳藥

顧玠

玠字秉玉一字蓉江向書璘之從弟應天府陰陽學

正蓉江父紳字廷用兄瑭字名玉號桐莊因顯陵恩例受八品散秩有芳園雅會冊子東橋叙之云六弟名玉晚肆園池之興益崇家範每花時具酒集兄弟爲會子姪亦與焉諸能文者輒賦一詩紀事彙爲巨冊寄來承天邀余補作是冊也修先德謂之孝親同氣謂之弟愛景光謂之達樂文藝謂之雅遂和三韻而倡詠菊一首寄還俾諸弟及子姪共和之桐莊芳園雅興倡詠者谿亭琁次韻者南墅璣橫涇璪蓉江玠杞原巖少峯峙虛樓岑桐莊之壻李逢暘總和之其孫顧式芥藏之蓉江善草書桐莊子嵩字悉中援楚府典儀年八十二嵩子穀祥字孝有雲祥字孝豐號龍田俱庠生深於易

芳園雅集

羣芳開滿息園中粉蕚纔含一捻紅移席數因貪晚照挂幡端爲怯春風深防鹿入柴門鎖愛護蜂喧錦幛籠莫道牡丹開洛下品題同在畫欄叢芍藥

梁材

材字大用一字儉菴上元人宏治己未進士刑部主事累遷戶部尚書致仕復起原官加太子少保卒贈太子太保謚端肅崇祀鄉賢有梁儉菴奏議七卷明史有傳劉瑾誅曉諭天下榜文楊李兩閣下各作一篇意俱不愜曰此等文章須史筆兼律筆方得體乃令各部屬撰上西涯李公獨取公作云法史能兼公居在武定橋西與管檢校子山家南北相向子山素豪舉造樓榭會親友其門如市公清修勁節庭戶蕭然與寒士不異也於是時人反而稱之曰管尚書梁檢校

端肅公曾伯祖岑由順天從文皇渡江祖父聚字福春留居南京伯父德盛字世隆父德宏成化十六年進士泰甯知縣有清操

贈羅汝文復守石阡

從來傲骨本天生得失無心夢不驚三黜豈能忘直道一麾

況復許專城兒童竹馬黔中路老友沙鷗海上盟珍重黃花開晚節那容巧宦到公卿

鄭瓛

瓛應天人宏治己未進士新喻知縣行取主事歷郎中出守高州改南昌知府爲宸濠所囚乘間以計斬濠黨推山東運使公爲宸濠誣奏械小舟中餓十有九日忽風吹開見鄰船舊兵因共釋公縛奪馬潰圍一呼千人斬賊范成等赴王公守仁營請進兵公授以兵又俘甘桂等子守矩字子方嘉靖壬子舉人邵陽知縣廉明仁恕不合上官乞休里居三十餘年少有文名晚詩興愈豪八十三乃終無子從子時選

瓛同榜進士張宏字子容上元人官主事有次冷二守游寺詩

望盧山

雨雨風風正作寒片帆江上送春殘謝公心雜陶公醉欲識

廬山面目難

黃宏

宏字德裕，六合人。宏治辛酉舉人，壬戌進士。官戶部主事，改南刑部主事，提督南贛江西右參議。死宸濠之難，詔贈太常少卿，祀旌忠祠，崇祀鄉賢忠賢祠。明史有傳。德裕從王文成於江西督餉監軍，宸濠縱賊閔廿四等，德裕率兵擒之於墓所。正德己卯六月，濠反，抗不屈，受桎梏下獄，憤恚絕食，以杻自觸其項而死。子紹文、紹武，孫坊，有徵忠白忠錄。崇禎十七年，科臣李清請謚忠節。忠節祖籍鄞縣，永樂初從孝陵衛籍。呂府志科貢表進士失載。

同葉黃門遊靈巖

肩輿並出遠村乘，記得登遊昔日曾。天際輕陰如護客，山中好景却輸僧。遙岑不礙吟眸豁，絕壁都憑健步登。北望君門

烟樹外江湖廊廟思何勝

江西省獄中

天翻地覆霎時間取義成仁自不難蘇武但知持漢節文山豈肯受元官丹心貫日三台暖（一作九天曉）忠血凝冰（一作霜）六月寒報國此身今已矣九原還爲老親歎

金賢

賢字士希一字東園江甯人宏治辛酉舉人壬戌進士授仁和知縣入爲兵科給事中出知大名府改知延平府有春秋紀愚或問百篇（顧東橋東園先生傳明初曾祖洵由永平徙金陵東園偉幹修髯顧盼生彩少學易于吳公彥華時晉江蔡氏著易說乃與董生林推衍奧義歎曰聖人精微盡於易而行事則在春秋學者不通春秋終不達聖人之用遂取三傳及諸家之說作春秋紀愚十卷宰仁和請於杭守楊孟瑛疏復西湖田數百頃守大名建狄梁公寇萊公祠刻劉元城語錄籍贏

金三千兩於官後被誣劾改延平之郡七日乞骸年七十一卒於家子四大車大輿大輗大軏路氏人文略宗系未詳內金太守史號東園官延平知府有紀愚書數十卷此即金賢史乃字之訛蓋太守所著書皆以紀愚名不獨春秋也

贈劉松隱

松隱先生屏俗緣三層閣上悟神仙我來不解琴中理但乞松風白晝眠

劉　弼

弼字邦直高淳人南京錦衣衛籍宏治辛酉舉人壬戌進士官戶部郎中邦直少英偉不凡欽天監副貝琳將卒以女屬弟珙擇配珙豪俠廣交稱水鏡其長孫山肄業郊寺珙一日出郊過之山與弼為同舍生珙見大奇之即以兄女許焉

東壩

羣峯突兀起東臯曖曖晴嵐共日高挂頰西來頻下馬青葱

一望鎮松濤

姚隆

隆字厚學，一字東津，應天人，留守後衛籍。宏治壬戌進士，新昌知縣，陞主客司主事，晉郎中，出守荆州，忤璫罷歸新昌名宦志姚令宅心公正才敏思精專以節冗費恤小民爲務凡斷大獄必於公庭焚香告天然後以法按之其明慎用刑如此後升南部主事去士民餽一無所受在荆州大水駕小舟千艘濟之修築黄潭決隄中官從者梗之卽捕置于法荆州陳大賓日吾行取南道御史訪姚東津知其住城外家甚貧往謁之見其瓦屋頹陋愈爲之起敬既而訪土豪鄧玉堂之惡必欲盡法凡爲之地者皆拒之忽獨念日若姚來言或可少貸爲玉堂偵者報之玉堂卽酬百金使其妻妾哀求于公且具千金公日我六年太守只飲荆州一口水若以千金發一書盡喪其生平矣卻之陳公聞親拜謝之日成就吾作好官矣歸里

南山之北北山南歸去秋菘飽味甘自是疏狂宜謫隱舊時種柳問江潭

嚴紘

紘字石巖江浦人宏治壬戌進士江西左布政使有石岩集三體詩

訪史癡翁

昔日聞三絕今還遇大癡迂疏存性骨洒落見襟期相對頻呼酒無心自咏詩清談眞不厭小閣夕陽移

殷鏊

鏊羽林左衛籍宏治壬戌進士官按察使僉事同郡李唯漢爲韓國公五世孫開明倜儻樂與豪俊游築別墅於牛首山之陽痕跡登臨飲弈之際游無遺地樂無失時手致千金之產視義施散不甚顧惜早喪兄事嫂盡禮成三孤姪嫁孤女不啻己出丙戌年六十顧

東橋爲壽序

登三山閣

偶來甘露寺高閣漫淹留雙鳥來江外孤雲起石頭歲時丹壁記風物錦囊收斷碣文多蝕憑僧說漢周

强毅

毅字致遠上元人宏治甲子舉人紹興府推官忤時罷歸致遠父英景泰癸酉舉人官教諭母薛病瘫親爲洗濯中夜不寐入仕年幾六十矣剖决疑案人稱强司理與上官爭不合拂衣出徑歸林下年八十三

無垢寺

野寺披榛入閒隨牧笛來危厓三面石老樹一身苔雪澗流泉響山椒夕照開津梁吾息駕何處着塵埃

張翊

翃字惟忠上元人宏治甲子舉人大理評事惟忠先世以長洲富戶徙實京師四世有隱德父晟倜儻有風誼思大其家謂儒者經濟學問在詩書非天人也乃多購書藏之惟忠知父志力學修業非定省及父召足不踰戶限家本近市凡俚語玩具一切不曉每對客自尋奧義漫不知客語云何唯唯而已嘗從陳宗之受尙書再上禮部不偶其勤學在館如家在舟如館不奪于可欲自京及家家人問京國繁盛與所過城邑皆不知也試事大理郎日取獄案勘詳輕重其學淹貫歷代史事及洪永以來朝章國故旁及天文地理星卜草木之書無不涉獵謂一物不知恥也辛未夏夢神告曰金公請作調慨然曰金秋氣調吊同音人將吊我耶一日往別墅有自城中來者曰某坊火惟忠曰吾里也恐燬吾萬卷急馳馬歸馬竄多璧遂得疾以是秋卒年二十七子一曰鶴齡妻鄭氏耳熟文義能屬詞嘗謂蘇伯修元名臣事略多缺定作元名臣言行錄四卷又采宋史臨奠大臣之禮爲一編曰臨奠錄言大臣宜厚也其他著作甚多又有豐鑒錄爲墻發而作其書不傳顧東橋作墓誌云惟忠五歲露芯穎太常陳公師召呼爲德美而不名七歲屬對過人十三知讀書二十二舉鄉進士葬建業鄉張家山之原弟翱男鶴齡

登孝侯臺

赤石磯頭路東城峙一隅英雄能折節忠孝在知書懷古思高韻予生渺暨儒願憑除害力鼓勇赴修塗

王　韋

韋字欽佩一字南原上元人參議徽之子宏治甲子舉人己丑進士選庶吉士授南吏部主事改兵部遷禮部郎中陞河南提學副使擢南太僕少卿有南原集南原選庶常以親老乞南在南吏部從弟由國學生試政欲言文選求聞曹乃正色拒之主事駕有快船主薦方物厚權卒資給中貴之厚遂減半儀制政與國學相關舊格以諸生衣冠流一切姑息其事公曰政尚法不尚情馭民以刑馭士以禮禮有弗協于士何觀于是釐正條布丁母吳孺人憂以哀毀卒子逢元

嘗論詩曰唐詩自成一格不與雅頌同趣漢魏降于雅頌唐體沿于國風雅言多盡風詩則微今以雅文

爲近詩未嘗不流于宋也故其詩婉麗雋永工于才情子逢元亦有時名先生嘗曰生兒貴佳不必仕宦故逢元精究文藝不應科目南原沒南坦劉子自越來奠辭所佩滇南刀埋之墓前顧東橋爲作埋刀記顧東橋南原王先生傳居吳太夫人喪適病在牀哭必慟絕水漿不御數日遂毀至槁以歿四方聞而哀之明詩綜謂南原以疫死不知何據

閣試春陰詩

皇都三月春正深春風醲暖淑氣侵曙光溟濛露華滿輕雲閣日天沉沉野色垂垂十餘里草綠柔茵低迤邐半空落絮濕未揚百丈游絲寒不起鶺鴒枝上相踏鳴若與此景偏多情空庭簾捲晝亦瞑隔牆惟見桃花明小院門閒鶯自語畫棟泥香燕初乳苔花蒼潤上簾櫳濛濛經雨還未雨含情佇立憑闌干遠峯漠漠登樓看碧窗窈窕銀屏冷金帳低回翠

袖單簾影頻移瞑雲動曲枕悠然醒午夢起來小步傍閒階花霧襲衣寒氣重生意亭嘉春正時造化於物若有私明日晴光綠蘋轉吾與萬物俱熙熙欽佩爲秀才時夢中聞人誦詩云起來小步傍閒堦花露襲衣寒氣重宏治乙丑閣試春陰題以夢中句入之李長沙批其卷云二句如有神助遂登上選儲靜夫讀南原詩至朱樓十二晝沉沉晝棟泥融燕初乳擊節日絕似溫李陸子淵在坐笑曰分明王韋何止溫李平於時以爲善謔

澄江臺在花巖寺

混合開天塹蒼茫壯帝畿帆檣移夕景樓殿動朝暉落日波濤隱浮雲島嶼微登臺歌古詠長憶謝元暉

懷師文

幽薊多北風塵埃旦暮起嚴冬十二月積雪亘千里落落高樹摧靡靡勁草死中夜獨彷徨念我同懷子遙遙涉元冰單車渡易水歲暮入閒關何爲遠遊此

柳枝詞

渭水西來萬里遥行人歸去水迢迢垂楊不繫離情住只送飛花過渭橋

三月晦日送龍致仁南歸

今日城南路楊花已不飛夢隨家共遠春與客同歸酒氣薰杯淺棋聲隔院微韶華如別意猶自戀餘暉

問柳

爲問故園柳春光幾許深未忘攀折處猶帶別離心疎雨一川暝輕烟兩岸沉主人歸未得惆悵五株吟

秋居雜興

池面迎秋爽山腰落暝陰鷺窺霜藻立蟬抱雨枝吟不競鎖棋癖多憂損宦心捲簾通夕照端坐看楓林

攝山道中

旭日晴光轉重城曙景迷稻荒寒蟹出竹瞑曉禽啼古社栖危堞殘碑倚斷畦秋風振原野疲馬亦能嘶

與衛南英玉圍爐

圍爐曾共訂幽期底事今年寒較遲[illegible]喜草堂初雪後更逢梅樹欲花時鐘聲遠度啼烏壘燈影頻驚凍雀枝細茗清薰供樂事短吟長咏勝彈絲

送顧華玉謫全州

踟躕溪上暫停驂欲話離言不可攀世事日惟添白髮宦情時復夢青山乍寒燕谷鶯無語細雨湘江竹有斑此去西堂春至後擬開尊酒待君還

盧龍觀

獅子山深草樹香丹邱近結赤城旁樓藏睿藻風濤壯溪帶仙葩水月涼東度地靈憐謝傅西來天塹憶周郎登臨莫漫誇名勝佳氣龍葱識帝鄉

幕府寺

將軍分幕府昔駐此山隈尋往遺墟在年深古殿開石牀橫蔓草岩洞長莓苔繞砌黃蘆遍無因隻履來

幽棲寺

衣鉢今何在遺堂闢絳扉園秋霜柿落溪晚露芹肥茶客求逋至林僧出餉歸花巖鐘梵近香雨背山飛

牛首

香臺懸百磴飛觀俯千峯徑遶雲岩橋門栽雪嶺松山光開霽景風氣濯秋容古塔留題處今看第幾重

送邊華泉北行

夜泊龍江上孤舟寒未開月從京口没潮自海門迴蹔喜朋簪合終妨官轍催幽燕與河汴深負十年杯

聖駕傳聞幸榆林

玉鑾偏禁塞馬驕武皇身試漢驃姚事傳柏谷知非久路入榆關恐更遥頹有典章垂宇宙愧無忠悃達雲霄春來莫厭貂裘重積雪陰山尚未消

謁比干墓

邑號朝歌昔未經太行山麓閟精靈貞心七竅惟藏赤忠血千年已化青象箸豈知求夏鑒銅盤應恨刻周銘先生殁後成千古多少英雄慨獨醒

寄邵士廉

桂史歸來陋巷居菜羹蔬食十年餘不知身有衣冠在肯信家無擔石儲燈下獨看徐孺傳庭前常晒鄭侯書多君苦節無能薦尚挹流風爲起予

黃　琮

琮字元質上元人宏治乙丑進士授青田知縣謫長樂教諭陞横州知州授岷王府左長史有求志行義稿青田謫游稿剡城東歸乞養堂等稿嶺南日課續課楚征已錄宗説稿先世撫州系出山谷祖伯夷父度浩字望雲成化間應闈右役樂金陵風土遂爲上元人生二子日瓊日瑛及居南京乃生琮補京校作平蠻金陵二賦文譽騰起登第遣纂修湖省志既與時不合由青田謫長樂教諭爲郯城令著馬政二篇作問官祠祀孔子及郯子自爲記以勸學問守横州得秦少游海棠橋地拓堂宇以風夷俗擢岷府長史以母柳夫人年高乞養歸憲宗初復有崇府之命已卒矣子伯耕仲牧世其學葬夾岡祖塋之次顧東橋爲墓誌

寶華山遊

朅來登寶華迢遞涉澗水長風溯迴岡瘴雨附莫壘山腰帶一徑去去如盤蟻天低雲綴衣路阻石礙趾俛懷僕夫勤棕笠壓雙耳懼此遊豫念而悖清淨理山門候雙旌茗果助歡喜蕭條鐘磬存剝落丹青毀神僧去何之白鹿空巖死惟餘千尺松日暮風雷起石罏柏子烟金竈松花泚解衣坐狼藉判取一醉已歸旆指閶闔前驅戒弧矢聊將方寸心志此億萬里

海棠祠

海棠花落莽榛蕪歲歲東風怨鷓鴣天上有堂開白玉人間無網覓珊瑚蒼涼日浸平橋晚縹緲雲開遠岫孤五百年來重此地不妨高詠識狂夫

朱　環

環字德佩原姓沈復姓朱上元人宏治甲子舉人乙丑進士官南兵部武庫司郎中德佩與司馬西虹爲林下同會西虹稱其少英敏善屬文以疾廢學比長忽奮起讀書一舉而捷曉暢軍事才名甚著忽遭飛語歸躬耕秣陵之野治田獲倍老農弗如也綦品爲社中第一

遺懷

郎署陪京濫一官家山終日靜相看頭銜到底嫌多事不爲思鄉也挂冠

自營小圃傍山邊插柳編籬曲曲姸黃犢借來無別事要乘好雨墾花田

金　琮

琮字元玉自號赤松山農上元人祖彥端字杏莊以醫世家父銘生班

琦琮瑨母王氏妙智山農遐嘯清視人莫能窺公卿非先施不造其門書法精工文待詔極喜之得片紙皆裝潢成卷題曰積玉遊浙赤松山得句云丹霞推日出陰壑帶冰流愛而爲號家有極高明樓每夜然巨燭學書寒暑無間子漁亦能書

倪文毅作金氏墓志云杏莊喜吟詠兄彥聲以御醫侍文皇彥聲子諒宏諒官太醫院使

送別

酌酒題詩送故人臥癡樓上宴殘春誰能老去身無事我愧年來鬢似銀楊柳風輕渾是夢杏花雨細欲成塵行裝贐有金壺墨處處湖山爲寫眞

庚子八月偕許維晃廉懷英徐德裕鄧時暘時章遊宏覺寺聽松軒和梅侍御先生詩

清秋三伏後勝地五人同石面松根古霜首柿葉紅一峯天地外萬境寂寥中纔問西來意聯車又欲東

思歸

浩渺江天不見涯，令人歸思政如麻。一春怕雨偏逢雨，幾處開花又落花。天地有誰非是客，湖山雖好不如家。老親況在高堂上，望眼應穿鬢欲華。

湖上晚歸

湖中風景足留連，瞑色如何促畫船。欲借危峯掌住日，怕將柔櫓蕩開天。鳥啼花落雨初歇，水闊春深風更顛。回首鳳皇山上路，斷煙芳草正凄然。

雨中遊湖

故園佳處漸關情，肯厭扁舟湖上行。觸目好山青更疊，受風斜雨細還輕。百年人得幾迴到，三月春無一日晴。千里未窮登覽興，教人回首樹心旌。

三天竺

九里青松幾萬栽肩輿一路信莓苔空濛山翠薰衣潤曲屈溪流觸石回此地可消閒歲月人間亦有小蓬萊老夫客氣從來盛今日登臨也自灰

與陳指揮廷勛酌別於宗陽宫

行旌暫住小蓬萊雨裏春帆未可開江海幾年初識面湖山三月此銜杯今宵太乙仙人府明日維揚上將臺我亦金陵未歸客送君南去獨徘徊

送温州劉左侯國卿

偶然相見虎林春氣吐鮮鮮五色雲聖代百年全偃武將門三世總能文江城風雨如留我客邸琴尊得共君湖水湖山不堪別落花離思各紛紛

金　瑢

瑢字元善，一字松居，上元人，琮弟。松居精醫不計利好責人禮貌戶部尚書某延之寫數百言敘病源圖句讀以與之松居答書亦圖其句讀尚書見其字工文古愧謝命駕訪焉遂為知已兼善繪事曾寫袁安臥雪圖兄琮題之尚書者梁公材也後有金魚者字慕楨亦赤松之裔亦工書詩亦有致

題月泉圖

玉盤懸遠空，澄江映秋碧。夜深悄無人，幽巖正寥寂。

陳艮佑

艮佑字耕埜，江甯人。時同餞癡翁分詠有姚寬得謂字高昂自稱北柵居士得雨字湯仁得朝字又邳州衛指揮湯賢字雪江武人有文藝夜造癡翁之門握手歡甚不告家人即登舟遊邳仁即賢之弟也

餞史癡翁

唾卻浮名一羽輕扁舟隨處作閒行茫茫湖海平生志暫與春風醉石城

吳宗禮

宗禮高淳人

遊石臼湖

鼓楫乘流去遥遥一望平浪花逢棹起鷗鳥傍人輕雲物空流影漁歌雜遞聲湖中風景異疑入小蓬瀛

陳沆

沆金陵人同時張軏有遊彭山庵詩區懷端字啟圖有晚泊六合汊河口詩司馬㙍有珍珠泉卓錫泉溪雲亭詩

登白石山閱仙跡

乘閑縱步登危峰凝眸俯視仙人蹤我欲題詩寄岩石還疑

歲久蒼苔封酌罷村醪欲歸去醉中不記來時路惟聞幽鳥啼一聲山花滿地無人顧

李　瑛

瑛字廷玉一字璞菴句容庠生有名山百詠王韶序云璞菴爲人性度夷坦學行老成成化初提學天台陳公按臨建興社學擇立師範考公居卷首深爲邑令太原張侯所器重後以衰老辭西華李侯慕其隱德敦請泮宮鄉飲璞菴自序云宏治己未春里中老友二守王公思舜致仕訓科戎世安僧孫上勉王孟德張世安黃貫之許廷節許本澤諸君作茅山之遊凡所至仙宮古跡靡不形之歌詠勉步唐詩韻者三十餘首并歷覽形勝各賦近體一律名曰名山百詠又有里人胡漢張紳序

燕洞宮

壺天曾是女仙家姊妹登眞歲月賒門外不多閑草木宮中空鎖舊烟霞泥融乳燕猶尋壘春老啼鶯自落花石室尚遺

仙躧跡阿誰辛苦鍊丹砂

下泊宫

宫樹沉沉綠蔭門我來茶話午將分松壇日正龍蟠影竹圃風清鳳舞羣繞砌紫芝呈瑞景浮空丹氣結祥雲太元三素從迎後因憩棠陰憶隱君

陰晴石

巨靈斧劈自鴻荒壁立嶢巖鳥道旁晴雨古今分左右神仙造化合陰陽暖凝玉竇鍾奇乳潤發琪花吐異香想是補天遺燥溼遊人到此說非常

飈輪峯天市壇

壇高天市逼星辰面面窗虛倣白雲異石飛來自安息奇峯接處即飈輪吟眸下視蟲沙境笑語上驚天界人萬國車書

今混一八方無事靜烽塵

徐文若

文若字昭質江浦人有山居詩

獨步

偶然閒策一枝藤穿入山雲第幾層愛聽蟬聲臨澗寺綠陰深處忽逢僧

金陵詩徵卷十七終

江甯甘元煥校字

金陵詩徵卷十八

上元朱緒曾編

明八

史忠

忠字端本一字廷直自稱癡翁上元人癡翁兄說字草亭與弟誼字澡雪滄雅宏傳道法陰陽家言無不研貫詩歌清逸其詩俱附刊癡翁遺集後周吉甫云癡翁詩寫自己胸次不以鍛鍊爲工盛仲交合金元玉之詩爲江南二隱稾未梓毀於祝融子仲世撰字度子授上林苑右監丞乃力爲旁求既卒授其孫志英字世延復蒐輯遺墨梓之同里王佩中爲之序

癡翁生十七方能言外呆中慧人以癡呼之又謂之癡仙卓犖不羈好服白布袍戴方斗笠鬢邊插花坐牛背鼓掌謳吟往來市井旁若無人居去冶城百餘步有臥癡樓善畫能爲樂府新聲妻朱氏號樂清道人妾何玉仙號白雲道人亦善畫小景工篆書文字相娛翁年八十餘豫出生殯雜親友中送出聚寶門

外其玩世如此嘗訪沈石田登堂不値見有素絹潑墨成山水不通名姓而去石田歸曰吳中無此人必金陵史癡也追至石湖之濱相見傾平生歡遂留三月各圖一卷相贈

長檠背壁

長檠背壁夜沉沉那更無眠只苦吟旅食不同前日味鬢毛都見別來心胸中無限思君意囊裏難欺賣賦金最是客懷消息惡可堪殘焰照孤衾

宿碧峰寺

晩涼散步到琳宮眞境淸幽自不同雨霽石門雙樹碧雲開寶殿一燈紅事于過後皆成幻念不除根未是空老衲閉關羣動息獨聞仙梵月明中

雜詩

癡老平生性癖疎胸中塵垢半星無歲寒起坐燒銀燭寫箇

江山雪霽圖癡翁善畫雪景李空同有題癡翁雪景一則

雜詩

酒罄葫蘆興盡歸梅花枝上弄晴暉山翁驢背行吟處淡月
黄昏獨扣扉

聲聞隱士住山阿門徑清虛掩薜蘿侵曉不知山路險攜筇
特地抱琴過

題畫

講著終年戶不開庭無人跡少塵埃山寒月射千峰翠正見
白雲歸洞來

滿頭白髮光陰好兩腳青山歲月長雪後試行寒谷裏梅花
隨處撲人香

張含

含字愈光一字禺山江甯人隸永昌金齒籍志滄之長子雲南正德丁卯舉人不謁選年八十餘卒有禺山詩文選禺山七律詩選禺山少與楊升菴同學丙寅除夕以二詩遺升菴文忠公廷和極稱之謂當以詩名世禺山集升菴手選爲詩文八卷云愈光生有異質穎秀出羣未丱而能詩有驚人句及長益肆力于古博極羣書倏入葉貫雄辨遂古嚔神搜霆擊上獵漢魏下沒李杜艘歌途咢鞠明究嚔弗工弗庸弗似弗止茲其爲愈光之詩乎句必弓左字必科籀萬卷之富聚若囊括一經之士不能獨詁茲其愈光之文乎其推挹如此升菴又著千里面談一卷皆與禺山論詩語也喬白岩雅重禺山名欲從銓選不肯就歸以遯野荒民自號足跡不入公府常自言凡於吐辭寄贈在窮困節義之交頗有萬言不竭之才於通達周旋之友輒有片言郎窮之拙其全集之分小言貴精荒音靄酒凡十餘種天一閣艱征集一卷明張含著楊慎跋云昔盧子諒傳長虞咸製艱征賦予讀而慨之傷二子之不遇也乃茲禺山張子愈光固今之子諒長虞也文章既同困躓過之丙申歲冬北上紀行取二長子賦名名其詩集子讀之而重慨焉嘉靖丁酉湯世賢序

天一閣張禺山戊己吟三卷明禺山張含著升菴楊愼批點卷首嘉靖二十八年楊升菴題詞卷末有吟卷附作詩一冊

雜詠

兀然登高臺欻動關河悲浩蕩白日暮戚戚山風吹臺高瞰重譯百蠻拱邊陲經年多瘴癘嚴冬著絺綌故園懷鍾阜東歸渺無期欲消萬古愁美酒金屈卮

弱冠攜龍劒豪遊燕楚濱懷書詣北闕何殊十上秦祗觀郭隗臺不見荆軻墳屈原本楚裔樂毅豈齊人忠肝苟不顯棄之若荆榛緬懷首陽老采薇眞苦辛

龍關吟憶用修

芙蓉苦霜落涉江驚我心霏烟渺無際迴瞑連巑岑功成節序變逸旅傷滯淫哀鴻遵暮渚怪禽啼繁林延頸艮途促撫

衷憂思深昔至體流汗茲來莎雞吟宵長怨孤感荏苒音書沉蒼昊靡垂鑒弔屈湘水陰拾塵歎遭時寒牀覆袺衾滇人寡情義所重惟黃金梟獍恣遠漠鳳皇棲卑潯蜀客同襟期連然思盍簪石交苟終固玉樹何森森

猛虎篇

城中猛虎羣羣聚東海黃公耳目閉天道茫茫國網縱兇頑談笑賢豪悲賢豪賢豪休歎息鑿井耕田蒙帝力南岳峯高可採薇此中可住不須歸商山亦有紫芝曲可以終身此中宿南岳商山杳莫攀故園只在龍江關何時得對關前月醉把金樽望吳越蠻城一任虎成羣萬里消息不相聞鍾阜龍盤江水綠朝遊暮死心亦足

龍編治

龍編治將奈何雲南城中食不足豐穰歲少荒歉多百年眼不識兵戈官府如虎吏如狼鞭撻流血威窮方鴟鴞晝啼譽鳳藏官廩空虛私室肥橐中載得金銀歸鴟哎之徒喜謌宴聞說出征買弓箭軍儲催運山路難小戶傷心大戶怨不知交夷跳梁心欲犯封疆越州縣蓮花灘頭白日愁金滄象渚風颼颼中丞濟代，才能韜周衍父經略轉凶荒煌煌贊神武朝廷六師將渡河泰山壓卵張天羅交蠻交蠻奈爾何君不見漢家自有馬伏波豈比唐家張乾陀

寶石謠

成化年中寶石重私家暗買官家用祇在京師給帑銀不索南夷作琛貢林寶石家海內聞雄商大賈集如雲勅諭林家避科道恐有彈章皁囊到自從嘉靖丁亥歲採買官臨永昌

衛朝廷公道給官銀地方多事民憔悴民憔悴將奈何驛路官亭豺虎多欽取旗開山嶽搖鬻男販婦民悲號到今一十四年内涕淚無聲肝膽碎成化年嘉靖年天王明聖人息肩獨憐絶域邊民苦滿眼逃亡屋倒懸屋倒懸不足惜祇爲飢寒多盜賊山川城郭盡荒涼紛紛象馬窺封疆窺封疆撼邊域經年日月無顔色杞人憂天天不傾濁醪大醉明詩亭

白馬金雞謡爲傷春情感時事而作也廟與村俱去城不遠

白馬廟前春且休桃花片片水悠悠金雞村裏花盡落芳草萋萋雲漠漠馬像巍巍不肯嘶雞脰喑喑亦不啼不知春來與春去闔閭九關無呌處我生光景不多時鏡中雙鬢半成絲潦倒不知身外事芳草落花我何意白馬不嘶人亦行金

雞不啼天亦明天明人行無穩睡曉起生涯惟爛醉

九日寄升庵

萬里登高處山河感慨中閒尋赤松子得遇紫芝翁酒縱陶

三徑詩題杜兩峰堂瑯隔滇海烟雨共飄蓬

潁川侯祠點蒼山白石江皆傳潁川戰地

野老爭傳傅潁川當時功業冠南滇平蠻營壘蒼山外破虜

旌旗白石邊祇見荒祠通落日不聞遺像照淩烟陰風古樹

無窮恨常爲英雄弔九泉

懷用修仁甫

廿年蹤跡遍雕題傳道重游洱水西離夢獨牽張半谷風流

惟共李中溪鄭元耐可雙浮蟻王勃何須檄鬭雞紫苑丹邱

曾有約赤松黄石肯相攜

秋城

靈鷲銀龍烟霧升碧梧青竹亂蒼蠅蕭條夜雨逾湘浦凋敝秋風過秣陵落日水村常見虎近城山寺漸無僧寶刀金甲旌旗動漆齒文身涕淚凝

寄升菴 升菴近撰海口碑文極奇

公子思歸幾歲華王孫芳草遍天涯樓頭豔曲包明月海口新銘蔡少霞光祿塞遙空遮雁上林枝好只棲鴉夢中記得相尋處東寺鐘殘北斗斜

點蒼書院次林白石韻

倆佛傳經白玉堂老松無數鎖幽香山連海國龍關杳雪擁春城雉堞長萬里衣冠開六詔百年詞賦效三湘繁臺故事今何昔雲日徘徊古石梁

得少海謫歸蜀消息寄贈

文章聲價冠東曹海上傳聞復釣鼇白帝雲中須采藥夜郎月下得吹簫古來直道猶三黜今日憂時枉一毛濯錦江頭非澤畔揮毫何用賦離騷

讀亡友何仲默無題詩繼作

曉日昭陽燕子斜香塵不到緑珠家翠裙楚岸江蘺葉紅袖唐宮石竹花寶鏡玉龍羞佩璲檀槽金鵲澁琵琶洗妝夜拜瑤池月悵望神仙蕚緑華

結綺臨春照晚霞瓊枝璧月鬭妍華雙歌共醉瑤池酒萬舞齊開玉樹花合浦明珠穿蹀躞中山文木斲琵琶可憐一笑傾城者猶自江頭浣越紗

甲申仲冬聞雷兼得北來消息

荒城冬仲尚鳴雷萬里驚傳邸報來祭馬天驕兵甲動織衣中使錦帆開江湖白髮交游淚霄漢孤臣獻納才短景更催傷歲暮南鴻應伴北鴻哀

己亥秋月寄升菴

金馬秋風十載餘芙蓉深巷閉門居登樓莫作依劉賦奉使曾傳諭蜀書臥病可憐天一柱獨醒無奈楚三閭北來消息風塵動白首滄江學釣魚

峽中

夔州城下陰霏霏我寄客船他夜歸越舲蜀艇幾烏榜赤甲白鹽雙翠微烟蘿一帶野猨嘯石壁萬仞明星稀三巴迢遞望三楚京洛紅塵愁滿衣

寄升菴 錄第二首

璧玉津輝錦里開龍隄池水故潺潺雕磨荆石劉公幹蕭索江干庾子山四海英雄空迸淚一林猿鶴共愁顔台城高臥聊攜妓沛國韶光秪閉關

寄升庵長句

別路歸鞭金屈卮瑤華篇贈欲秋時青山倦鳥憐幽獨白日寒花怨別離狻猊共稱三窟好鷦鷯惟許一枝宜嚴冬鱗羽頻相訊迷霧牽雲夢不遲

黑水蒼山薄太清長風落木動邊聲江湖寂寞魚龍臥關塞蕭條虎豹鳴錦里飄零唐杜甫紫臺留滯漢蘇卿翾翾朱鳥雲霄外悵望遥天空復情

陶然醉折荷花別過眼那知紅葉殘甸尾海雲隨雁過蒼顔山雪照城寒欲拈錦瑟黃金盞旋買青驄白玉鞍弦滿清光

今夜月可憐君在異鄉看

津橋楊柳枝詞

惹烟含雨弄風柔斜倚長橋近酒樓送別絕無佳客過自家飛絮挽春愁

蠶詩 唐李長吉嘗爲馬詩予謂蠶與馬同氣上應天駟房星其功之大不在馬下何古今賦之鮮也余迺次其韻以配之雖不足以追蹤長吉亦聊闡其德焉

春水味能甜桃花浴首鹽掃連看萬蟻蠕蠕細相銜

懿筐傾露葉羅襪帶春星誤聽中宵雨寧知滿箔聲

三冬營密室一月下簾鉤火候難調適輕寒正麥秋

公子將歸雁嫦娥不帶花願言速成繭鳴鳩事青麻

伊伯熊

伯熊字子光上元人乘子正德丁卯舉人柳州同知

千頃堂書目有伊伯熊易學講義四卷弟伯羔官司訓子直生亦司訓伯熊子敏生字子蒙嘉靖乙酉舉人壬辰進士知縣陞御史亦工詩

題宋人田子濟山水田名宗源居金陵

丹崖百丈勢凌虛雲樹深藏隱者廬瀑布石梁人跡斷尋源不許武陵漁

周倫

倫江甯人正德丁卯貢

訪月泉

曾見月泉僧未究月泉覓月泉邀入庵頓覺起人敬翳壁富珠玉名家競投贈字畫宗漢秦丹青傲吳鄭寫松勝墨龍霖雨太空迸膏澤在萬方雷霆寂無聽談元照空色月出迴明鏡日取功德泉滌浣塵襟病回首松門高自云亦機穽牆下

碧桃花刼外有春臏幽蘭祕禪室坐對人堪定何當再入山月泉共清淨

雨霽登馬鞍山

春暮日始霽尋幽憩上方洞壑石衣冷幡幢松雨香悠然倚雲閣極目塵沙場

李景星

景星字應德一字天祥號鶴塘上元人正德丁卯歲貢陳鳳訢嶽編鶴塘幼肫肫有至性侍伯兄游鎮遠信陽高鑑謫倅茲土從高授詩歸爲諸生輒與稟食屢舉不第貢入太學卒平生篤信經訓家庭修孝弟之行二親喪三日不飲食祭葬悉用朱氏禮友于二兄生極孔懷之愛歿能字其孤閭里歸其篤行督學蕭公嘗表與之與人交能急人之難不計小怨見牧民者政事非彝思得一邑以自效竟未克試而卒

湻化鎮

鎮古儀如邑人烟聚處譁溪風吹柳絮山雨落藤花村市樵沽酒郵亭客駐車兒童還禮讓知有讀書家

景　暘

暘字伯時一字前溪上元人宏治戊午舉人正德戊辰進士一甲第二人及第官編修遷國子司業請養改左中允管南京司業事伯時事母至孝目盲數歲復明好學無怠少治易與何宗伊宇賓方宗顯相砥礪文不尙鉤棘具有繩律詩主盛唐善書初工眞行小篆佳句如送沈華父云情深惟縱酒髮亂似驚秋夜酌對曹十四云風簾分坐月皎皎夜榻剪燭花紛紛亦恨未得全什也子二擇持葬夾岡門外孫家山陳沂爲墓誌

金陵瑣事方宗顯字微之與景前溪同習舉子業於琳宮茹水飲蘗相得甚懽景赴都下方與同舟而行至眞州景以疫卒方親爲視斂痛逾手足今鄉閭士人以爲美談前溪祖父成與御史大夫清爲從兄弟俱出於陝西福三公福三之後三支長春次暘次霽春生清賜生剛霽生成成生宣霽浪迹眞州白沙鄉

迨御史大夫之難西陝之族殲焉惟眞州之景氏存耳宣自功曹爲廣東市舶提舉遷布政司照磨歸老青溪之上遂爲上元人作自罰一篇以自警

歐楨伯云伯時文法兩漢詩主盛唐與蔣子雲趙叔鳴朱升之號江北四子師周伯琦小篆長子擇擇二子頏祥祥一名應祥祥四子昇星暹早星三子曰躍曰榮曰熙天啟甲子建景公專祠于雨花山下七年琶人顧起元文元龍等共保星之子躍奉祠給以衣巾

顧東橋云伯時卒親昵多不相往來獨火君城字國用出百金梓其遺文數十卷曰吾不忍故人精華遂殞于地

噪鵲行

鵲鵲復鵲鵲春明飛向深樹落戍邊人家懷抱惡去年征夫從衛霍邊頭烽火接回中羽書晝警清夜同一自將軍度河曲天山萬里風雲空邊頭戰血赤河水戰士磨刀寒落指天子深坐甘泉宮回頭北顧常拊髀樹頭鵲噪如有知朝來蟢

子詹前垂夫君封侯應有期鳳匳鸞鏡當牕移

懷水部蔣子雲

棋局經旬隔壺觴勝引稀蕭條憐我輩鄰比有漁磯雲竹晴還雨風花落更飛相期過山館小坐可忘歸

送陳戶部南使

使節乘春色家園喜便過草堂寒雨細江堰晚雲多綠柳臨岐折青驪傍酒多仍聞赴吳會勝事更如何

易　蓁

蓁字士美一字後齋應天人正德戊辰進士累官雷州知府後齋元配王氏無子爲置側室後配鷹揚衞崔珏之女名慧英皆賢妾生子同育之顧東橋贈易太守詩清修鄉國老文儒後輩蹌蹌總不如黄霸有才聊試郡伏生從少已傳書高懷晚剖荊山玉美政新還合浦珠林瘞光陰方灑落莫教門外候安車東橋撰雷州知府易君妻王崔氏二安人墓誌

山中柬金子有

塵夢全無着幽居似輞川晚涼高樹月清響近山泉以我多佳致思君更悄然吟詩聞有癖相約共流連

羅輅

輅字質甫一字半窗處士衡之孫江甯人正德丁卯舉人戊辰進士授中書舍人改南大理評事出知袁州府改南昌復補南康擢按察副使復改山東副使陞順天府丞改大理寺少卿有半窗子集質甫爲樂閒先生衡孫父麟字仲祥孝友工書景泰四年舉人由中書舍人陞工部郎中出爲廣東參議長載次輿字敬甫宏治辛酉舉人女適陳時萬質甫爲王文成所重在江西肅鹽政作彭蠡巨堰以幹濟稱葬江甯薛家山陳沂銘其墓子棐梓羅氏自樂閒以來俱以孝友聞

花巖寺

幾年清夢繞香臺今日乘閒展印苔山色遠含雙澗秀洞門深向半巖開聲聲幽鳥穿林去片片飛花引客來眼底風光聊自遣六朝事往不須哀

蔣　達

達字文孚留守後衛籍宏治乙卯舉人正德戊辰進士嘉興知縣擢南道御史宸濠叛以勞瘁卒追贈光祿少卿諭祭子嶽正德五年舉人官知縣

澄心堂紙

建業文房寸楮留念家山破斷腸秋可憐留寫歐陽史違命時時說李侯

黃志達

志達溧水人宏治辛酉舉人正德戊辰進士歷官刑

部員外郎志達同榜進士邵鏞字伯倫一字前川羽川副使罷歸爲文落筆超絶不煩搆思年十九以府試得雋司馬西虹稱其所至有聲性抗直不阿不爲人所容放情泉石不屑生殖以拓業

登徽恩閣

登臨應喜出塵寰猶憾天高不可攀一帶源流沿漢派萬家烟火接鍾山憑虛思爽蒼茫外攬勝詩成指顧閒舒嘯肯辭終日醉鶴驂夜伴月明還

周金

金字子庚一字約菴號橫山南京右衛籍正德戊辰進士累官南戶部尚書贈太子太保謚襄敏有上谷漁洋二藁天一閣書目有撫上郡集明史有傳約菴喜讀書稗官小史亦賫經略尤善爲歌詩羽檄倥傯不廢吟詠字有晉人風骨明初有彥居者徙實京師生道

信及廣廣郎公之父也子仕蔭都督府都事至苑馬寺卿偉太學生

題謝龜巢集

聖主初開宇宙時非熊無夢獨安之延陵花竹空相待笠澤烟波漫有期兵甲未銷歸計拙風塵猶在壯心悲暮年卜築橫山下四壁遺經弟子知

秋日送客歸江南

故鄉此日多幽賞家傍寒塘獨掩扉野寺雲閒僧有約孤村楓落雁初飛吟邊歲月空流水夢裏關河半夕暉一葉扁舟五湖上葦花秋色轉霏微

趙守

守高淯人正德庚午舉人登州府教授陞知縣守同榜李葵守誠伯上元人工畫人物無不曲肖各盡其妙有題南唐顧德謙畫詩

和劉元瑞山居

三間茅屋足藏身茶竈書窗位置勻一樹寒梅開半面敲門時有詠花人

王以旂

以旂字士招一字石岡江甯人正德庚午舉人辛未進士授上高令累官兵部尚書出督陝西在鎮六年卒於固原贈少保謚襄敏有石岡集明史有傳襄敏曾祖母狄氏隨夫以才居吳縣明太祖例平姑蘇以才逃亡狄氏年二十六生子民甫六月隨例徙京師居南郊小市守志四十餘年教子民就學有成民稱安節先生三傳至襄敏四子管行太僕卿籥通判簧院照磨竹推官

浙江采集遺書禮河奏議四冊明侍郎王以旂輯以旂於嘉靖間督理河道時運河淺澀相度形勢而疏治之有前後諸議奏因彙錄之又有督府稿奏議公家聚寶門外小市西去馴象門里許爲都憲時每歸

必引避小市口曰此吾鄰居父老子弟爲貿易者吾不忍以車前三騶妨其務也公宅地既荒僻多草各道御史撥餘丁四名芟掃公急遣之此四人非親卽隣也何忍用之或勸移城中某宅公曰此府第也門廳廣大必常得青衣數輩守之吾一老書生安能辦此況兒輩耶微時矮屋三間貴顯後移于園中不加粉飾題曰存本堂

晚過寶光寺訪客

松杉夾路寺門深客在幽房特地尋共付一尊忘世事獨憐多病學禪心鴉歸林外寒聲遠鐘送山前夜雨侵明月一天歸路靜逼人清興馬頭吟

九日登長城關樓

邊塞高登百尺樓遙天極目迥消愁穹廬遠向西番徙烽火無勞內地憂四野牛羊隨處牧千家禾黍滿場收喜看安阜叨清宴醉倚黃花插白頭

送張承甫之吉安

渺渺孤舟別冬寒入歲深一尊山郭酒廿載故人心危石排江浪嚴霜破宿陰到州獻慈母淸節重千金

大京兆招遊淸涼寺

一上高臺醉眼醒乾坤此景幾人登江流萬里環京國王氣千年擁孝陵細草靑靑春雨過遙山隱隱暮烟凝使君賸有甘棠愛復借高情向友朋

和顧東橋遊茅山

江左洞天稱第一琳宮高倚飽烟霞隔溪松籟迎仙馭遠徑瓊花照使車雲護石壇常作雨地當玉肺自生華謝公賸有登臨興題徧三峰日未斜

題王博齋秦淮釣磯圖

滿隄淮水浴晴暉，拂拂荷風透葛衣。應是仙翁塵夢醒，朗吟
終日坐苔磯。

送徐宇量

八月江南水，茫茫萬頃通。王孫尋勝迹，輕棹下吳中。曙色鐘
聲遠，秋光別思同。行看長卿賦，豪氣吐長虹。

李　重

重字元任，號遠菴，上元人，南京金吾後衛籍。正德辛
未進士，授戶部主事，晉員外郎中，擢德安知府，謫歸。
復起爲工部郎中、九江知府，進按察副使，坐罷。遠菴奉璽
書督賦兩浙，以鎮守太監劉璟侵官銀二十萬輸官
爲民償負。拔鄭曉于稠人中，以第一人期之。曉鄉試
第一，及會試第二，曰：無以見李先生。任德安，置宗藩
豪校於法，以是中忌罷歸。復起至副使，老貧，敎授於
溧陽史氏。霍宗伯韜以祠寺廢田贈之，不受也。卿貳
來謁，忽屋漏，塵土墮客茶甌中，卿貳改容嗳之，曰：吾

飲公淸德也呂涇野嘗云過白下見李副使見其環堵蕭然不覺歎服年八十卒子种嘉靖二十五年舉人仕至府同知李無已者其裔孫也康熙中庠生能述遺事

呈何素菴先生素菴乃勳伯之父母喪哀毀目青精學天文補欽天監慨然好義

碩望推鄉里其音德孔膠淚痕凝孝竹靈府啟天苞自構山中屋還誅徑裏茅默參消息理知飲易三爻

王鑾

鑾字汝和一字西治上元人正德辛未進士授吏部主事晉郎中諫武宗南巡廷杖卒崇祀忠義祠其先由吳江徙南京父瀾字宗本以孝友長厚名西治以正德中流賊甫平瘡痍未復恐將來且兆後憂乃爲原治二篇言守令非人監司惟利邀承撫按無覈實效當禁奢靡立禮法敦教化嚴貪墨此弭盜之本也太宰楊一淸異之

夢至江上

耳畔不住蘆花風陡覺秋水連蒼空金焦兩龍蜿蜒出欲破鬣汲走長風老漁招手喚且止相邀共醉蓬窗底鴻雁一去碧雲高醒來淸簟涼如水

何鉞

鉞字勳伯一字東谿江甯人欽天監籍正德辛未進士授行人擢浙江道御史巡按浙江轉荊州知府調常德致仕勳伯先世文廣由吳江徙實京師文廣生澄澄生瑄號素庵補南京天文生年八十九長子鎰爲天文生次鐸次某勳伯其季也勳伯按兩浙適値柄文甄拔名士爲多守荊州修學校士民翕然稱賢歸勵諸子以耕讀放情泉石子適嘉靖二十八年貢世其家學

讀黃山谷集有感

風力多慙豕獬冠鵕鸃罕有一枝安年華荏苒功名薄官舍蕭條景物殘俗學近知回首晚病軀渾覺折腰難二句乃閒山谷詩

來細讀涪翁句好向烟江理釣竿

俞莊

莊字敬夫六合人正德壬申貢官溫州府訓導伊陽教諭陞東阿王教授敬夫爲校官修祭器置官書鬻馬以濟窮乏之子佾

九日登靈巖

秋風吹我登巉巖白雲遶竹團寒杉露苔濺綠溼烏帽土花凝碧霑青衫昔人何爲樂幽獨利名擺脫棲閒谷聲名千古猶不忘一笑斜陽抱蒼麓

謝承舉

承舉字文卿初名璿更名改字子象上元人有野全子集十五卷顧璘爲墓誌子象八歲賦暮秋詩有紫塞風寒雁叫霜之句儲柴墟在南考功與同社累十舉不第退耕國門之南自號野全子金陵有二才子曰謝子象徐子仁謝學白沙徐學西厓

子少南自有集子象有游寺詩云春雨洗山諸寺近秋花薰夢一樓空

陳羽伯云野全詩如奔雷掣電時一驚人

顧華玉云子象美鬚髯行九稱曰髯九所著有采毫錄東村稿西游稿在客稿日得錄廣陵雜錄湖中漫錄總若干卷又云先世贛人明初徙金陵父芳仕終永州知府孫懋坤懋垣陳沂曰夢神授名爲承舉先生賦氣過剛意不少貶發之辭瓌奇豪縱有武夫爭道縱橫抗捍之勢不終篇不衰字近米南宮蘇長公筆意詞類少游十舉不利乃棄去性慕皇甫謐取其傳中語自號野全子與人論古今治亂興衰文章高下聽者卻坐斂衽劇飲大笑引紙漫書四座若無人雖醉無褻媟語貴卿賢達必盡禮造問乃答氣度昂厲雖暮夜急遽不敢廢禮葬江甯堈墓村

父芳字景昌以孝行著順天天順元年進士南兵部主事始籍上元永州知府弟賓舉僉舉廷舉詩畫風流競爽一時

題崔壽田所藏史癡山水圖

史癡作畫遺壽田松窗竹戶生雲烟此圖乃是小落墨大癡

老人心法傳去年我遊張公洞罨畫溪山橫眼前蒼屏高擁萬章樹瀑布橫飛百道泉曉峯明立赤烏外晚霞晴落白鳥邊滿溪南風快人意一瞬千里吹游船不知武陵在何處但見桃花紅滿川船中美人雜歌舞誰不道我如神仙只今看畫付想像回首陳迹俱茫然壽田訪我渡淮水小艭一葉摇江天綠槐深院好堂宇借居讀書忘歲年翁之來意竟不識袖中便出沽酒錢隔牆白墮味方豔何惜一斗償十千酒酣得句若神授似與畫手爭工妍我生解詩不解畫欲將夢語參癡伭吳縑剡紙價百倍作災多矣難逃愆書成手舍與翁去留向草堂三日懸

恭題宣宗御筆靈羊圖羊三頭坡下一犬有欲搏之狀而羊意馴擾感賦長句

塞上春深草初綠黄河套邊堪放牧何來羌羚攜乳畜旁有韓盧將搏逐羣羚不奔且不驚輶車無影鸞無聲持旄已歸蘇子卿挾冊未見黄初平羊何安閒盧何猛以靜制動清邊境我皇執筆發深微意在和雍化强梗是時賢相惟三楊昇平輔理稱虞唐九重優游翰墨場天與人文垂四方

西村草堂卷爲史大箴題堂爲避暑築

草堂四圍纔十尺繞堂種蕉仍疊石蕉圍翠陰若障帷石據盤陀可觴弈青青堂外連野村莫愁千古名尙存謝傅胡爲浪賭墅王公何事閒爭墩堂中老翁果何有左手執書右斟酒醉來拋卷更擲杯偃仰匡牀當北牖休論靖節傲羲皇便須伯倫封醉鄉呼石移枕就石下兩腋蕉風吹晚涼據此詩及李維楨記知勝棋樓乃用謝安故事徐九公子爲之後人謂徐中山勝棋賜湖出妄撰也

送神辭

赤烏墮城塵土昏人家火急催胥飧庖夫膳吏遞走速涓塵擁篲當厨門張筵布簀舉燈燭送神上天朝帝閽黃飴紅餳粲鋪案青芻紫椒光堆盆空濛烟雲下車馬恍惚霧靄飄蘭蓀使者已飽馬已飼我欲留神神不滯星旗雲旆去如風九萬天衢片時至紺蓑赤舄趨掖庭稽首帝前備陳事切須公語毋隱容迪者降休逆者祟公聽紛紜都苦繁私家細瑣尤多累一年一度送神行記得人間二十四吁嗟乎今年饑匃事更多願神開口如懸河擬俗十二月二十四夜司命君上天白人間事也

迎神辭

三十六天高幾重珠宮貝闕金芙蓉清都上位玉帝子陛羅將輔排羣龍呼雷叱霆寶幢擁蹕雲馭氣金輿從魁罡赫赫

豹騈下冰雪鋒矛隨萬馬赤脚巨門口吐虹披髮天游面塗赭八萬浮塵一霎過來察諸方不平者二十五日年盡時帝來人間人不知尋常竊掠乃末技纖毫斗秤員小兒區區瑣瑣何足較貨之國法性可移盜權姦手掩日月僭極雄心欺鼎彝渠魁當殲勝從宥未覩靈威降神疚年年此日枉帝來渠尚驕張當白晝方山丈人有一言便欲留神仗神奏吁嗟乎近來比屋興咨嗟請帝先過民牧衙擬俗十二月二十五日迎玉帝降人間察善惡也

祠神辭

歲寒庭前燈火光焚椒爇桂生馨香男吹笙竽女擊鼓懽喜請神神上堂赤綵大盂捧鮰脯花磁小罍斟酒漿獻供三宿更三祭上元小儒宣奠章維神在人有定分神若有靈神可

問北里金珠敵累朝西隣隴畝連十郡梁冀跋扈漢鼎危王愷縱橫晉綱紊若人則那神不臨戀戀寒微顧如憤三十六年辱眼青追隨去住同忘形殷勤相守感不鄙固如金石深鐫銘癡愚自負文章士步月梯雲取青紫星斗胸中十萬編烟雲筆下三千紙暫從秋水看芙蓉恥向春風學桃李滿城風雪遭歲除儀物麤疏聊以祀吁嗟乎久而不衰情既眞與神頭白爲交親擬俗謂除夕祭窮鬼也

吳歌

秦淮女郎歌柘枝隔岸吳兒調鳳絲聲聲互答緑楊裏正是離人腸斷時

送任正字遊天台

西風十月下瞿塘萬里隨身劍在囊詩艇又橫楊子水糟邱

已築浣花莊夢中家國心猶炯客裏湖山鬢未霜明日扶藜上天姥石渠東去是仙鄉

揚州馬次甫見過病中以詩道意

三百江城一日風又從橋口繫孤篷忽驚深巷來佳客不厭閒門問病翁舊事多傷春鬢白好詩留翦夜燈紅階前便郎呼兒拜眼底誰人識馬融

宿姚氏延秀山房兼候王原子不至

何處平泉別有莊新堂西崦築溪堂水風吹酒涼侵枕山月窺人影到牀睡熟黃紬詩夢遠坐消紅燭世機忘多情摩詰應趨約誰貌騎驢華子岡

題畫

悠然値林叟忘機坐日西灘聲與人語相逐下前溪

天遥征雁疎海闊潛龍睡野埭客來稀孤亭倚寒吹
月墮江欲吞風停波不動高眠天作幬慣與鷗同夢

送戈用周回滇五絶句

送君出南郭江城春正明重烟暗花柳何處滇南程
江水從西來是君歸去路相思逐水波日夜向東注
樹色迷浦沙蘋香靜湘水幽思懷騷人微音動哀徵
遠望碧雞山金馬障其左鄉心不可羈夢裏芙蓉朶
含悲弔屈平壯心懷馬援香芷生滄洲銅柱倚荒甸

題李墨湖畫 李名著上元人

銀河無路泛仙槎一舸空江此是家殘月照人秋睡穩不知
清夢在蘆花

美人隔秋水

美人隔秋水可望不可即空有木蘭舟未得西風力維舟杜若洲汀花好顏色見花如美人采采轉憂惻我心傷所思耿耿情何極水流深且長安能有羽翼佳期會當來惟以永相得

贈客

紫貂壓肩酒薰面走馬章臺瞥如電石城送客雪滿舟江閣張燈夜開宴雪花不飛江月明雲葉散盡霜天清酒闌歌罷跨鶴去白雲東指瓊花城

贈羅子實畫士

君提畫譜入神品不獨手模在心畬予生骨相蹇且寒笑比虞翻屯更甚雲臺麟閣慙少緣褒公鄂公儀凜然烟霞痼疾老未愈蒲柳弱質秋堪憐山中耕讀性所愛或投彩毫即把

耒請君爲作東皐圖畫我看書坐牛背

松菴爲滇南使趙朝進題

華蓋持撑天可參黃茅獨結棲幽菴孤標上屹紫矗矗長蘿下掛青毿毿團欒覆蔭凝不散十里籠烟張綺幔影金破碎月侵牀屑玉玲瓏雪飄粲滇南鎭山名碧雞美名古與金馬齊山阿左紐十萬樹雨淋日炙風淒淒菴中主人寄元靜手翻典墳對賢聖矢心操比虬枝堅持身節聳蛟鬣勁大材端合柱棟梁遮羅奎壁淩冰霜蒼龍直拔九地起綠鳳倒逐高雲翔主人本是天水客閉戶韜光謝塵迹簷排戈戟聽琳琅根養茯苓生琥珀吁嗟乎何年山鬼肆靈威驅龍移得徂徠核

泊新塗

水帶孤村遠，山環野寺深。漁樵爭晚渡，鐘磬出秋林。燈火鄉
人語，風霜去客心。含情望東北，斗柄夜江沈。

別陸舜民

與君同鄉邑，擬結金石盟。嗟此友朋誼，宛若弟兄情。坐臥朝
暮偕，出入時遊行。感兹十載餘，歲月如流星。我壯君已老，歡
娱慨平生。西窗一杯酒，相對孤燭傾。淒風羅幕寒，皎月梅花
明。我懷未盡語，倏爾晨雞鳴。執袂臨河梁，溪流發春聲。歸帆
挂殘雪，搖搖駐心旌。合并應有期，勿謂暌離輕。

蕪城道中

萬株楊柳萬株槐，斜日長淮凍未開。竹裏梅花尋不見，暗香
飛過小橋來。

睡起

茶瀹花磁洗睡魔枕流亭上暮涼多狂飈吹下西山雨一片秋聲戀敗荷

題扇寄希仁

雪晴花暖忽離家北去頻看雁影斜回首江南春漸老東風開到紫荆花

送鄧以敬

貂蟬家世舊王孫西指濠梁是故園雪霽西山狐兔出笑攜弓矢獵平原

曉出夾岡門口占

微霜着林木輕澌蕩溪流忽忽三冬臨氣序倏改秋悲來入白髮攬鏡驚滿頭人生無多懽志孤況少儔豈不惜完璧營營何所投豈不念明珠假假向誰酬遡矣眘歸計暢然付行

休五雲渺廊廟一壑依田疇盂觴亦足怡暮景聊優游

郭熙盤車圖

東車上岡西車下軛力駕牛如駕馬後有一車方渡河泥深水寒將奈何來車人與去車語前途山高石齟齬千里百里多險阻虎狼縱橫皆逆旅大好歸來守鎛杵

登崇道觀道明閣看山

一月在船懷抱惡晝夜風濤怒驅作文江東岸烟霞居上瀨囊廂暫停泊幽人款接禮數倍便叱山童掃高閣石牀穩帖憩塵夢古竇清泠纓可濯光搖樹色開几屏香籟松花墮簾幕敲金嚦喨雜靈籟碎玉鏗鏘響簷鐸馮夷玉女翻雲旗白晝虛空奏天樂幽閒境界縱坦放前日驚惶都忘卻豪來懽劇欲起舞狂語驚飛滿林雀大舒雙手弄日月長笑一聲振

寥廓開窗遥見江上山紫翠高低眼分豁幽人巨細向我説上極危巔下陰壑東南云是中華山半夜仙燈光閃爍崆峒西抱北太平隱約仙居在虚霩天皇椎破混沌竅此山揮指神斧鑿轟雷走電騰朱龍微月寒風下秋鶴赤日杲杲海底明蒼雪紛紛峯頂落軒昂勢可敵崑崙突兀恐不讓廬霍我生素抱山水癖處處名山俱領畧曾誇君山浮洞庭駕馭罡風遍衡嶽昨來彭蠡訪五老呼吸瀑布醒醉渴縱是滴泉與片石一一窮搜無落寞今過文江對此山便欲翺翔躡雙屩幽人爲言路顛蹶壁立羣峰難着脚當中更險大西嶺獨聳孤形頗危削十年惟此是奇觀追想前遊今不若虺隤我馬廢鞭策料與此山緣分薄横發平生雄壯心萬里逍遥趁鵬鶚

與呂景儒

呂侯豪氣不可淩倚天巖嶂秋稜稜投簪去作湖海客脫世恰如雲水僧胸吞震澤九千里足蹋崑崙三萬層酒酣騎月弄鐵笛夜涼吹裂銀河冰

題子昂雨竹圖

虛窗靜做簷有聲鏘鏘雅作鐘球鳴九疑山深晚雲溼三湘水冷秋濤驚驚濤拍天撼江屋老鳳愁飛妖鬼哭詩人夢醒不開門一夜苔花上晴綠

渡江

西風一葦破中流烟柳霜蘆幾處洲水冷黿鼉藏故窟山蟠龍虎壯神州漁家矮築林邊屋僧寺高橫石上樓東望海門蓬島近豪來欲跨赤鯨遊

哭錢雲翔

業卒成均懶拜官老歸林壑寄幽歡文章南省秋雲薄燈火
西窗夜雨寒長劍提攜空自舞孤琴零落向誰彈江山何處
桐岡路望盡晨星淚不乾

謝孔昭秋山疊嶂圖

東南天姥稱最奇雁蕩西來分一支蟠根運脈到瀛海列戟
排圭橫兩儀海中山羅仙子宅此窟秀聚髣髴之天皇椎破
混沌竅神魔呼叱羣鬼移移來人間八萬歲五嶽退位崑崙
卑山精水英劫不朽鍾氣高賢乃能受畫師老抱邱壑情意
匠機旋妙通手吳緗蜀縑堆滿堂楚璧隨珠光照斗試圖一
紙纔出門夸遍能言越人口二百年來傳至今我生媿在先
生後題詩看圖憶高風林間白衣山家容呼朋約伴向何處

短蘀欲上青芙蓉石梁天柱蒼苔滑箭栝一線天門通桃花源深不可渡胡麻流水尋無蹤麓傍古松好避雨直節不受嬴秦封

謝賓舉

賓舉字子隱上元人善山水人物與兄承舉僉舉弟廷舉兄弟四人能詩翰繪畫家庭燕樂不減封胡羯末孝友慈惠顧華玉陳魯南咸稱之

冶城山居

一椽依樹結城裏亦山居客到惟評畫家貧不賣書莫嗤生計拙得與世情疏亦欲延車馬荒階草懶除

江永年

永年句容人自稱柳洴外史元劉大彬茅山志久而板爛柳洴重梓首冠明時誥敕附後志一卷皆明人碑記詩也鏤刻不及元本之精然篇次無所改易迨笪蟾光重修而面目盡

易矣劉志仿眞誥體例古雅絕倫張天雨手書楷法渾勁原本尚有存者若好事者摹印以傳并掇江笪二志及近事依原目以續之則善矣北山詩話柳泝遠祖賓王與朱子同年家有當時試錄又有宋刻句容縣志少時與祝京兆倡和盛仲交元牘記云句容隱士若江君者可謂難得矣

華陽洞

古洞陰陰晝亦寒巖花落落鳥關關飛泉噴壑珠零亂莫是神龍作雨還

許　陞

陞字彥明一字攝泉上元人有嘉會齋稿攝泉好法書名畫登臨嘯詠意興閒適陳石亭贊其像曰軒曰嘉會人無泛求居曰惟適身無過求堂曰貽穀後無餘求以觀許子之面目則可以類求矣許石城穀乃其子也攝泉其先明初由侯官徙實京師父榮字怡筠攝泉性孝友伯兄蕩產悉償其逋寡姊無依迎歸厚奉以

終嘗游三茅泛西湖歷齊魯至燕覽昌平諸陵之槪登攝山愛其泉因自號攝泉居士詩務道情不爲奇險語曰作室不固基而繡其梲節非吾所能以子穀貴贈如其官顧東橋爲墓銘葬安德鄉王家山祖墓之次文徵仲書石陳沂篆題孫四恆吉元吉貞吉逢吉

晚泊毗陵有懷張文洲

迢遞毗陵道臨流石閣重西風疎雁陣斜日變山容樹隱前村火風傳遠寺鐘遙思張子野杯酒正從容

張舜卿園亭

綠陰深巷寂無譁小結茅亭玩物華花散餘香來客座竹分新翠過隣家錦袍垂手閑調鶴烏帽籠頭自煑茶況復承平常偃武不妨詩酒作生涯

雨中至牛首山寺

羊腸路轉石梯危丈室門開傍翠微風定松頭花墜影雲來

洞口石生衣山僧留客烹茶坐野鳥驚人度閣飛我亦雨中曾到此詩成醉寫竹間扉

周文銓

文銓字汝衡上元人工醫同邑秦雲字士龍自稱南堂居士爲定西侯記室有詩名不得志卒於彭城客座贅語載其卒後降箕詩

題許昂畫梅上元人昂字世容

漠漠雲低欲雪時幽人策蹇獨尋詩小橋流水孤村路冷淡風光見一枝

劉牖

牖字納齋上元庠生納齋爲劉淸惠長子與弟序事父以孝稱淸惠寓茗上年八十八納齋手製甘旨藥餌寄之淸惠以書獎諭倂勉以言必忠信行必篤敬亦工書法

山中謠

青山吐雲覆我屋更寫清泉滌塵俗青山愛我我愛山酬山
四面栽花竹有酒一壺琴一張明月皎皎窺我堂人生適意
且自得何須馳騁冠蓋場

沈　琪

琪字汝玉一字雪厓江甯人錦衣衛籍有贍雲樓詩
集雪厓始祖仲銘即沈萬三弟萬四元末居長千里
洪武初以富戶安置雲南金齒衛永樂閒釋回其
子榮傳信及沂字石岩生雪厓工毛詩長於篇什事
親盡孝父年八十八乃卒親題扁其樓曰贍雲康海
爲樓記金琮書扁樓爲石岩所建以教子弟居評事
街尤善鑑識司馬西虹垂髫時一見知爲奇才以女
妻焉子越雪厓示以詩云昔時丱角依親後今日霜
髯在爾先雲樹不殊千古色箕裘又見百年傳弟瑋
字汝栗亦有才名吳孺人夢一盆浴二豕遂生
越爲御史又生女適司馬泰亦以御史受封
松陵詩徵編沈貴萬三弟萬三富甲東南豪侈自喜
貴作詩諷之云錦衣肉食非爲福檀板金樽可罷休
底事子孫長久計瓦盆春酒木
棉裘後隱於終南山不知所終

駕入南都

鑾輿南幸擁旌旄，爲念高皇創業勞。虎踞西瞻春色早，龍蟠東望日華高。巡行慶讓遵先典，詔諭官民肅列曹。遊豫定知同夏諺，侍臣應不惜揮毫。

聖駕出獵

犬逐鷹擒合四荒，驚天鉦鼓打圍忙。將軍扈蹕尊黃鉞，猛士當先射白狼。樽斝百官時進御，旌旗千騎夜飛揚。金陵風景金臺異，遙望慈宫水陸長。

貝仁

仁字靜齋，號小坡，一字澹然，上元人。欽天監籍天文生，授漏刻博士。貝氏之先有立本者，仕南唐爲常州刺史，賜緋衣魚袋，入宋流居定海。溥仕宋爲浙東轉運使。明初可常居士名可，字恕菴，好善不仕。子永阜。孫琳，字宗器，號竹溪拙叟，始居金陵官賢街從太僕卿廖義仲靈臺郎臧珩司歷何洪學精天文占象以天文生仕至欽天監監副與弟珙搆新第於武定橋西絲瓜一本正室之東翠蔓延覆滿庭中一蒂相連而異瓣者色瑩而形鉅倪文僖公爲禮部侍郎致文以美之士大夫多賀以詩以爲孝友之佳兆珙字宗璧自號江村耕釣仁乃琳之曾孫輩也景泰七年舉人貝春官知縣亦貝氏之族性好蘇氏之學爲文筆勢瀾翻不竭人謂其似東坡焦文端稱其晚年謝官杜門手不釋卷

天界寺

南郊選勝愜幽期杖履春風步步吹馴鹿銜來初茁草流鶯啼在最高枝消除塵慮無如酒領畧閒情賴有詩爲問泐公今在否相從已覺此身遲

姚　奎

奎字子東號栝園居士應天學生顧東橋爲墓誌云子東吾江東茂族喜賦近詩意興閒遠作字師古人不好服玩愛藏法書名畫客至鑒玩移日意豁如也父喪盡禮勤毋養

撫孤甥鳳皇臺東有老栝蒼鬱可亭遂購得其地作候鳳堂因自號栝園居士忽自作歌一首竟卒弟子南亦孝友

謝子象有姚子東子南約遊分山別墅步出長干之詩曰霜葉霜花趁野行分知無位得身輕足諳委徑芒鞋穩面拂微風布袷輕水鳥自忘閒裏性山靈應識老來情隴頭拄杖林間衲不似紅塵有姓名

鳳皇臺栝歌

高臺峩兮蔓草生鳳不來兮栝且傾

黃　琳

琳字美之一字蘊眞上元人錦衣衞指揮美之家有富文堂藏書畫有王維着色山水王維伏生授書圖都元敬驚爲未見

謝子象以詩見贈因次韻答之

遠承韻語及鄉書見說殷勤慰僻廬別後雅思惟道合謫來自分與時疎鳳岡疑到皆陳迹淮曲歡知近卜居歸日壺觴

修故事西風卻遂有蓴魚見金陵名賢帖

黄珍

珍字懷季上元人懷季書學九峯能亂眞作花卉有黄荃筆意爲小詩亦可觀

題畫

流水聲中三兩家茅簷不礙短垣遮老翁拄杖橋邊立時有輕風落楝花

陳鐸

鐸字大聲家世襲南京錦衣衛指揮風流倜儻有秋碧軒香月亭詩集雪秀亭稿以樂府名于世大聲有秋碧軒七一居精潔絶塵勝流過從談讌山水傲沈啟南自爲詩題其上成化中江陰卞華伯序其香月亭詩以爲用意和平不務雕刻廣陵張佐曰嘗見可齋樂府有甲乙交义之句謂出於珞琭子消息賦非但求爲押韻而拾此成語貫之詞意不加雕琢人服其博周暉金陵瑣事載其齋居詩云晚樹低分雲春雲淡隔

城夜行云山月巧窺人影瘦夜涼先向客衣生送毛都督云刁斗夜嚴山月冷旌旗晴散夜雲平皆可誦也黃美之錦衣宴集富文堂秋碧與徐髯仙爲上客美之曰今日佳會舊詞非所用也二公當筵聯句灑翰甫畢一詞即令伶人奏之督運入都門貴人召宴命教坊高名度曲公隨處雌黃之其人拒不服公手攬琵琶快彈一曲諸子弟踴拜曰樂王也所著秋碧樂府梨花寄傲公餘漫興工畫近沈啟南

春晚過程竹溪用韻

春日春盤薦白魚地幽全勝野人居詩篇靜閱新晴後茶白間敲午夢餘花落語鶯還在樹竹深流水細通渠將軍莫厭過從數幾日東橋有報書

春日喜程大祥見過

金石交情老不移尊前重覩舊丰儀淸風竹逕臨茶竈細雨隣牆見酒旗世事且歸蝴蝶夢春情多寄海棠枝西齋兩月無淸興病起逢君一賦詩

題畫送史廷臣

情深此日難爲別相送元方又季方萬里楚江孤棹迴穩吟秋色到維揚

金陵詩徵卷十八終

江浦侯宗海校字

金陵詩徵卷十九

上元朱緒曾編

明九

顧璘

璘字英玉上元人正德癸酉舉人甲戌進士授南京工部主事陞南京武選郎中考察補外謫知許州遷温州同知山東僉事歷官河南副使有寒松齋集六卷明史附傳英玉父緒字廷貴號雙榆有隱德子四璘玕珂琨英玉其長子也官南工部武廟南巡欲擇一通敏有識者侍左右備倉卒顧問衆以推英玉一日上注目久之曰女管船官耶英玉頓首上謂侍臣曰甚爽倜可著充護衛官遂護蹕還京陞南武選奉旨革冗員雖居梓里直行其意不避貴倖嚮自嚴爲司馬亦所不樂考察補外謫知許州遷温州同知山東僉事歷官河南副使居官日用百須取給常祿出納以吏高自負許與物多件與部使者論事不合輒封還移文同官莫不駭之竟以是罷歸

宦橐蕭然無以給昕夕臨街一小樓扁曰寒松訓蒙童數人以自給東橋初闢息園賓朋滿座妓樂雜作所居間一牆招之飲多不赴嘗絕糧華玉餽以斗粟不受霍渭厓爲南宗伯折毀庵院以廢寺田百畝資之堅拒不納隣家二老人舊酒徒也每召之典衣沽酒三人相對盡三四甕而去縱飲窮日夜晚得末疾不良於行作酒隱詩以見志

焦太史序其集子嵒崇欒

夜泊

作客情如何歸心坐超忽舟行苦淹程復此江上月落帆具午炊露坐待星沒市遠燈火微促裝暗中發

遊西山栖廣智寺待月

殘年江上雪猶記別君初回首更新歲相思怨索居長貧知有味病起近何如惟有庭蕉葉朝朝對讀書

曉發沂州

雞唱五更中嚴裝犯朔風苦寒欺病骨勞役減衰容積凍封

僵柳連沙卷斷蓬馳驅還自笑有底太悤悤

隱吏亭雜詩

卷幔青山入抛書白日長苕茵承屐穩竹粉惹衣香病喜譜禽戲貧嗔減鶴糧自堪稱隱吏不用問行藏

乙酉除夕

不恨年華速其如漸老何宦情隨地改鄉夢入春多柳色分金縷江流起碧波當杯應取醉且莫嘆蹉跎

忽看年又盡更問夜如何宦拙青雲遠心危白髮多物情憐歲序世路足風波滄洲終有託吾道未蹉跎

獨夜

相思此夕渺星河絡緯聲寒夜雨多咫尺便成千里隔寂寥無奈五更何熏籠衣漏消香灺篋扇秋塵冷畫羅玉札緘愁

知幾許只應難託戲魚波

再游石門洞

蒼然括東山百里縈青碧石門忽中斷窈窕開仙宅遥窺日月深卻轉烟霞隔中天屹樓居星斗挂几席芳巖眩綺繡叢巘圍蒼壁山鬼不避人驚猿嘯窺客披榛上孤亭奇觀壯心魄穹厓倚天懸瀑水半空射高流橫雜佩直下垂疋帛分作四山喧散爲千頃澤初冬天未寒晨曦映嵐赫重來意彌眷獨往任所適信美愜心期胡爲老行役終然脱塵網高舉淩風翮

游西山宿廣智寺待月

本來游客意欲與月明期碧海深何許清光望轉遲草香聞露墜林暗見星垂幸對尊中酒殷勤坐不辭

聞歌

高樓淩白日前對層城阿春風樓上來吹落燕姬歌縈雲發皓齒迴雪揚纖羅瑶瑟傳柔情想像嚬雙蛾徘徊空庭暮無因駐頹波陽春二三月含意獨如何

碧溪

何處濯塵襟澄溪湛空碧悠然寄眞賞靈境斷行迹雨散灌木陰烟寒孤嶼夕流淙激鳴絃峭石礙輕楫日暮澹忘歸白鷗共分席

遊三巖洞

括蒼山叢紛阻修揭來處處歸冥搜南明勝槩纔弭節探奇復作三巖遊三巖三洞神仙府重門窈窕烟霞古山鬼終天護祕文巨靈何代煩神斧鸞驂鶴駕不可尋飛蘿懸蔦自陰

陰揮杯獨酌巖中水一片清冰灑俗襟丹邱碧海尋常是嘆息終年在城市便擬嵇生著絕交來訪山中赤松子

寒梅

梅生庾嶺北積雪封其枝含芳葆貞素不愁東風遲東風一朝來暗與孤芳期芬香因風發澗壑生妍姿柔條旣璀璨豐幹亦葳蕤凝冽豈不苦榮華當有時向來南枝爛飄落沈沙泥

清明郭南即事

春物紛無際憑高秀野開林光分寺映山勢抱城來羅綺嬌芳甸絃歌醉古臺昇平舊風景重向夢中回

甯陽分司夜坐

秋館明燈夕天涯獨客心月中雙杵發露下一蛩吟短劍風

塵色孤琴山水音匡時吾未遂莫遣鬢毛侵

送彭秀才還襄陽

桃花楊子渡雙槳送蘭橈之子從茲去前期歲月遥江山峴首淚耆舊鹿門招送爾空懷古乾坤正寂寥

送楊生東歸

南雁驚鄉思新寒入客衣故人憐遠別把酒送將歸楊柳暮潮暗蒹葭夕露微今宵江上月何處共清暉

何　遵

遵字孟循一字味淡欽天監籍應天人御史鉞之從子正德癸酉舉人甲戌進士官工部主事督稅荆州諫武宗南巡杖死嘉靖初贈尚寶卿崇祀忠義鄉賢祠明史有傳孟循母夢赤葵而生六歲見日食即號護之公之將諫也貽書鄉人以親老爲

託語不及私廷杖時友人勸令用賄買輕公曰法不可枉囊亦無錢嘉靖初廕子世守入太學旣祀公鄉賢應天府又請於禮部爲祠專祀公宗伯霍公韜名祠曰廉直子世守以蔭爲國子生敘授臨江通判移判永昌定木邦之亂更起補吉安救荒除寇推爲清官孫夢鼎

投詩與江神 續瑣事云味淡何公遵正德丁丑奉命往督荆南稅務莅荆初卽申嚴禁令首竄奸胥數人一時輿論翕然稱快舊弊有丈尺畸零樣木熟抽諸名色悉徵課入官備用積歲不下數千金公悉革去凡徵課過小商貲百金以下者視常額量減十分之三或罹風水耗折幾半者雖大商必盡蠲焉戊寅竣歸行李蕭然登舟波浪大起公投一事詩與江神少頃風浪爲之頓息

兩袖清風歸去好滿船明月順流安此心若與神明悖一任長江有急湍

沈寶

寶字惟善上元人僉事鍾之子楚靖王府儀賓以議大禮加一品服俸後以誣奏楚王顯榕事勘爲民惟善

性至孝迎父僉事於江夏築別室以養之日具酒殽客以娛親僉事不嗜飲任客自酌論詩不倦年八十餘詩興益豪與客坐起如少壯時

未生保 西園雜記云正德壬申流賊劉六輩入擾中原直抵湖廣有司籍民兵捍禦三丁抽一猶不足將不成丁者抵數又不得已僞以虛名塡册曰未生保以塞責閭里驚惶怨讟載道金陵沈寶詩云云見存徵錄

未生保舊册册新供查對了甯死只愁官打拷一丁已作三丁報誰爲里正誰屯老過堂官怪成丁少丁丁研審盡同名此理看來有難曉抱屈含嘑向官道但恨兒孫生不早大半成丁猶襁褓在腹名爲未生保膏血不充官一飽春日隕霜還殺草前年名戶損七分官廪何曾到流殍

姚淛

淛字元白一字秋澗江甯人官鴻臚典客有市隱園

詩文元白祖籍紹興故以瀦名力學嗜古居秦淮上闕市隱圃在武定橋側以顧寶幢爲山林友東橋爲詩賦師日與名流賞詠其中天性孝母病癉封股以進拾遺金一囊候其主不至盡以周貧乏書法松雪寫梅稱逸品弟圻字鍾溪亦能詩子之裔路氏人文略曰姚隱翁洪字用恆仁和人明初以間右徒上元有文玉者弟文俊最良家累萬金號曰三老士大夫稱曰樸庵處士年將百歲又有文敏者名讓景泰間梓南雍志生宗啟以子源貴贈南中都督府經歷隱翁實其玄子植竹於庭自稱侶竹年八十能於燈下作小楷云云亦不言爲元白幾世祖何人按三老乃姚鳳麓之先世見李如眞治城集或鳳麓元白乃一族也典客乃鴻臚卿屬河間紀文達公竟訛爲開貲庫者誤矣

題山陰劉雪湖畫梅

畫梅用墨不用色華光從來有筆力紛紛作者俱不同貌得仙葩似荊棘補之叔雅師此老各占花枝互有得前元博士柯九思愛將脂粉染梅枝王家文章傳墨法雪月風烟種種

奇我明前有陳憲章牧之行之各擅場何如今日雪湖老下筆已覺無陳王披風洗露如玉琢老幹疏英殊渾樸方看鶴膝出弓梢復有椒牙生鹿角烟橫眞覺暗香送水影明月疏痕弄似隨柳眼欲窺春更與梨花同入夢翁來江左兩月饒我有鵝溪十幅綃清溪洗眼憑君掃宛到孤山度六橋同君醉臥不忍去但見滿身香雪飄相逢共有歲寒意別後音書驛使遙此翁心法不師古獨會新意圖作譜我亦年來欲效顰竹葉柳枝慚步武筆端三昧不易傳始信良工心獨苦

徐霖

霖字子仁一字九峯自號髯仙吴人徙南京補諸生坐事削籍武宗南狩召見欲官之固辭賜緋魚服扈從還京後歸里有麗藻堂稿端居咏遣遊紀北行稿

皖湘錄古杭清游稿快園詩文類中原音韻注續書史會要髯仙與謝子象俱以髯行九稱江東二才子正書師歐草師趙徑尺署書師詹孟舉小篆得自異人李西涯喬白巖以爲二才子不能過也名播海外日本安南皆重購以歸繪事亦精妙能文章善詩歌開快園於武定橋東臺曰振衣刻名公題詠下有麗藻堂喬白巖書晚靜閣文衡山書武宗幸其晚靜閣釣魚得金鯉失足落池中衣濕園中乃有宸章堂浴龍池髯仙所塡南北曲競傳都下南巡召見試除夕詩百韻及應制詞曲立就多諷諫武宗稱善午夜乘舟至其家命置酒進蔬筍鮭菜喜爲引滿隨駕北還同在舟中賜以緋魚袋至京將授官禁近固辭後武宗崩近幸皆坐罪髯仙獨超然無累天下高之年七十開宴妓女百餘人稱觴上壽又十年八十終

召命禁直

久嗣豳風學老農聖恩忽漫起疏慵身離陸海三千里目覲天門十二重封禪無書何獻納清平有調幸遭逢臨流久洗巢由耳也許來聽長樂鐘

北固山

丹厓青壁畫難如勢壓中流接太虛鐵鏤尙存梁代物寺門猶榜宋人書遥看暝浦輕鷗下漸惜秋林落葉疏欲了此中遊樂興直須久住混樵漁

獻花巖

遠眺目先豁窮躋心益開青山爲誰好白髮屬吾來幽勝入圖畫留連寬酒杯夕陽促歸騎回首重徘徊

感遇

魯望抱孤介杜門住甫里出遊乘一舟蕭蕭少行李筆牀兼茶竈所載只如此析圭儋爵念漠然不曾起百世凜清風東吳古君子

陳 沂

沂字魯南初字宗魯一字石亭上元人同知鋼之子自號小坡正德丁丑進士改庶吉士授編修進侍講出爲江西參議歷山東參政轉山西行太僕寺卿有遂初齋拘虛館二集明史附傳石亭十歲能詩十二作赤寶山賦少好蘇氏之學自號小坡在翰苑時與楊愼再論大禮修實錄遂忤永嘉出外任歸里築遂初齋杜門著書絕意人事詩宗盛唐文出入史漢喜遊名山水與東橋顧公齊名大江南北稱朱顧陳王四大家朱顧羽翼北地公別出手眼王欽佩與之同調焉生平所著述手自選定存者什一金陵世紀圖考蓄德維楨諸錄不在集中書學長蘇旁及篆籀繪事許穀爲集序顧璘誌墓墓在安德鄉登山所著書有皇明翰林志金陵圖考金陵世紀畜德錄諭俗錄詢芻錄花巖志游名山錄晤言詩談總若干卷詩文拘虛集若干卷又金陵志山東通志南畿總志皆出筆削

石亭長子時萬字孟錫一字東治嘉靖甲午舉人淄川知縣與弟時億時兆皆有才名淄川一分未盡其才時兆字叔行一字丹壑應天庠生與盛仲交顧寶幢爲世外交與長干僧法會興善課元談藝放浪山

水時萬子六宏度宏業宏化宏典宏喆宏訓宏化字衡麓最知名子國賢字惺凡時兆子宏德字紹鑾孫其賢維賢顧東橋云時萬疾諸醫牆立無措半窗羅君任其託議凶事許君彥明引金君載陽至曰脈未絶延周君鍼醫治之而愈

石亭從子時伸字元晉晚號兩峯老農嘉靖乙卯舉人官敎授陞上猶知縣順天府通判廣平府同知有南華百篇稿遂開堂集子宏周跋云先大夫生平多玩世遠生之意乞骸歸林壑者十三年嘗曰一生被服南華每得一解輒成一詩蓋皆天籟也宏周字士成號寶麓爲廣東縣丞子朝賢孫日介善謨啟洛石亭有弟浚涫潮未知元晉誰出也又宏世字延之庠生亦石亭從孫有延之詩集金陵古蹟詩與陳環金陵百詠章恩金陵攬勝謝雒白門新詠並傳今皆散佚

秋日遊靈谷寺

禪閣空山裏鐘聲何處尋徑穿幽樹沓門積古苔深丹殿揚朝彩雕廊下夕陰鍾陵有佳氣秋盡未蕭森

北極臺春望答方伯邵思抑

崔嵬臺榭接高城影落平湖一鏡明宿雨菰蒲新水漫夕陽樓閣亂山橫朱闌合共題詩倚畫舸還隨載酒行故國江南渾在眼不勝春日望中情

與顧華玉汞興寺避暑

南山蕭寺晚來過自啟柴門坐薜蘿滿徑涼陰生樹早一庭月色向人多逢僧似有空緣在避俗無如世事何同是愛閒閒未得不須空寂問維摩

重別行送李川甫

帝城門外揚車塵盡日勞勞行路人人生離別重繾綣況復送君當暮春昨日花開復欲落黑髮幾時不為樂我今向衰君少年我少年時亦如昨燕臺黃金照日邊古人已往今誰賢世事多悲更難語繫馬躊躇樽酒前

志士行

玉鏡在匣不掩光寶刀在鞘長吐芒古來神物不自閟雷電守護終飛揚商山采芝定漢計傅巖版築能興商志士不求名蘭蕙不逞芳六翮不修大鵬不翔弩無發機五步不强請君何爲不自愛將身委地他人旁一人見知十人疑十人爲祥百人殃如何一足蹶頓令五内傷羣醫集如堵不出一奇方雖有扁鵲功不能雪洗腸寶刀甯折玉鏡毁首陽之巔甘餓死

對月贈劉按察元瑞入滇南

憶昨看月與君同月在蕭臺烟樹東桐花香吐石壇冷松枝影落溪堂空可憐今夜高城隔況復蟾光漸生魄照我爲君欲斷腸照君向我天涯别天涯雲霧何茫茫千山萬山途路

長從知馬上看圓缺相逐君行漸異鄉

觀音山江閣與顧英玉中秋看月

鷲嶺宿龍宮凭欄一望中天遥滄海盡月小大江空亂石穿寒溜虚廊度晚風只疑雲漢渚偶爾客槎通

夏日雜興

下俯江流百丈深上臨山殿樹陰陰中原正朔回天地聖祖高文照古今過雨輕雲虹未斷浴波餘彩日初沈尊前散髮疏狂甚轉席移觴風滿襟

楊柳微風岸口生青溪泛舸月中行空驚宿鷺迎橈起卻放流螢入幔明大計劉琨惟坐嘯偏安王導亦垂名當年燕樂陳魚藻豐鎬由來是帝京

水邊樓榭晚風和香送陂塘十里荷隔浦船回紅豔淨滿山

蟬響綠陰多居人不省前朝事溪女猶爲子夜歌飛鷺浴鳧俱自適老翁相對意如何

南巡舊京歌

橫戈八駿戰功收夾舸雙龍水面游紫蓋風雲過沛上錦帆烟月下揚州

南都父老忽驚聞五百年來見聖君内殿尙存眞氏傳山樓還有閱江文

迎鑾驛下萬艘齊白浪排空赤岸低總謂北來天塹隔豫章城只在江西

城南幕府作皇居宫闕依然古帝都燕子不來王謝宅烟花還繞莫愁湖

六龍神運起江淮五馬歌聲再渡來千古金陵王氣盛彤雲

重繞鳳凰臺
大勝關前列萬夫指揮諸將坐平吳帳中銀燭花千樹萬歲
堯樽夜半呼
山櫻江藕薦時鮮況有嘉魚出錦淵聖體從誰問行在朝廷
北極是幽燕
大駕夜出南郊于端門內奉送書事
輦屬前旌盡香聞後殿來寶韉千騎合金闕九城開天象乘
微月皇衢隱薄雷但知心目眩無復賦昭回
華蓋殿入候
侍從趨中禁天閽夜暫開星辰宿飛棟風露下層臺設炬人
初動傳香駕欲來聯行肅裳佩未敢更徘徊
憶昔

兩朝稽古備詞臣上逼仙班壓縉紳避路火城傳衞士具餐晨館候庖人春深玉署翻紅藥日晚金河出素鱗莫爲涼飇惜團扇向來供奉受恩頻

宫詞

翠荇紅蓮水殿香不知簾外易生凉夜來許賜金莖露明日驚看玉樹霜

後庭仙樹是誰栽春盡重門鎖緑苔聞說翠華籠燭過上陽宫裏看花來

宿達公房

舊地人重宿勞生夢一醒亂峰明積雪虚殿納疏星僧髮老逾白佛燈寒更青翛然生道念對坐説金經

宿花巖寺

吉臺秋晚客閒凭，渺渺寒原思不勝。嚴日乍沈鳴遠磬，野烟初暝出疏燈。山分僻路惟聞鳥，寺轉空廊不見僧。入境已離人世界，此身還宿翠微層。

過吉山永泰寺

亂峯迴絶澗，荒殿掩空扉。當路草盈尺，遶垣松數圍。定僧離世久，驚犬見人稀。午坐同齋供，山厨煮蕨薇。

歌舞美人圖

雕龍護日香雲薄，綺樹重重宴香閣。九曲屏開翡翠裳，雙鬟鏡裏芙蓉萼。膾翻玉筯黄金絲，櫻盤錯落珊瑚枝。酡酥酒釃暈不散，坐傳小字呼蛾眉。夭桃對對顔色媚，曲寫琵琶度笙吹。飛燕身輕舞態柔，初鶯語澀歌聲膩。攏挑按擊十指鮮，玉掌應拍猶堪憐。裙飄袖裊錦鴛蹴，細草芳茵時正妍。初日房櫳罷梳洗月光照席猶未已金樽瀲灩手不停未解歡娛倦肢體晝長復晝夜長夜光續蘭膏香續麝今年爲樂復明年不記春花有凋謝張禹堂深到者稀季倫金谷忽成非江南誰識韓熙載嬴得街頭百結衣宣和畫史能追憶粉黛丹青塗石壁音聲意態皆宛然能使生歡亦生戚豪華文采俱寂寥何慕近代思前朝京師能事多畫者傳寫關東一幅綃

漫興

獻璞當年出今懷白玉歸尙餘松檜楫未老芰荷衣林靜鳥無語山閒雲不飛此中空寂久那復問禪機

王暐

暐字克明一字子誠句容人正德丁丑進士戶部尙書明史附傳暐同榜進士孔麐字福宜江浦人荆門知州陞平樂府知府有遊玉泉寺詩玉

泉志誤作句容人李傑字伯奇六合人官南京刑部員外郎擢廣西按察使僉事在南曹絶私謁有關門李之稱粵西值土酋岑猛作亂王文成公守仁爲總制委伯奇監督軍營往來給餉文成上其功賜金帛後與中貴忤罷歸隆慶元年督學耿周檄採入世宗實錄有傳

感懷

蕉鹿身俱幻浮雲慨是非所嗟難立達誰復戀輕肥白髮不相恕青山久勸歸舊栽松幾樹解帶可成圍

李言恭

言恭字惟寅號秀巖應天人岐陽王裔孫襲封臨淮侯留守陪京有楚游稿貝葉齋稿明詩人小傳臨淮位元戎列師保累年而後卒李氏自岐陽父子已好文墨親近文士惟寅沿襲風流奮跡詞壇招邀名流折節寒素兩都詞人游客望走如騖詩風氣婉弱時有韻致送安茂卿云夢回芳草遠人去落花多藝苑至今稱之穆敬甫云臨淮詩清遠有調一庶幾大歷中語胡元瑞云敬美序臨淮詩郭定襄後一人咸謂實錄予以惟

寅文雅尚當過之朱竹垞詩話李惟寅詩如四姓小侯僑門列席雍容韋帶叱咤彭鼂之氣都盡岐陽武靖王嘗從金華老儒葉儀范幹執弟子禮上表奏每館客具稿能指摘瑕纇而潤色之代祀泰山賦詩十一章雄渾而温雅有古人之思嘗兼領國子監事子景隆嗣曹國公以罪錮曰佑曰亭皆歷宏治五年始以佑之子璿爲南錦衣衞指揮子濂嗣嘉靖十一年乃封濂之子性臨淮侯傳子沂及庭竹言恭沂字盱山

訪楊逸人山居

野人高臥處只在白雲顛絕壁疑無路深林忽有烟門開千樹上犬吠一峰前爾亦揚雄輩山中獨草元

山居樂

夜靜白雲鶴睡春深紅樹鶯啼若問幽棲何處胡麻流出山溪

漢江城樓

樓閣依山出城高逼太空帆檣入烟霧波浪過簾櫳燈火深林裏星河流水中人家半漁者蓑笠挂秋風

旅況

旅舍生芳草羈懷感歲華幾年常作客千里獨思家斜日江門雨春風渡口花逢人問歸路一望渺天涯

花朝

二月寒猶峭燕山雪未消春來無草色病裏又花朝鴻雁鄉書斷關河旅夢遙武陵溪上約今已負漁樵

李僉憲招飲黃鶴樓

勝地慚非作賦才清尊今向大江開當年黃鶴雲中去何處梅花笛裏催一作來風起一作卷潮聲喧島嶼日斜帆影上樓臺相逢俱是他鄉客衰草涔陽漫復哀

西甯侯宋忠甫園亭

蘿深偏爽氣支枕夢魂清謝客常扃戶看山不出城淺溪隨徑曲流水抱花明已足西園勝還高大隱名

爲翠山宗侯題中泠館

幽築轉溪梁春流帶草堂捲簾散飛瀑支枕聽滄浪花發關疑閉苔深徑自藏酒徒俱白幘應不減高陽

送康裕卿山人南還

臺上黄金事有無荷衣歸且著潛夫青山何處開三徑落日扁舟下五湖白髮自甘吾道在片雲應共客心孤尊前芳草連天濶腸斷燕關舊酒徒

張幼于卜築石湖卻寄

野人移家流水邊開門鷗鷺時翩翩天目晚鐘憑檻外太湖

秋色把杯前不妨花裏飛雙槳更有杖頭懸百錢溪山到處可買醉長嘯白雲清興偏

喜王敬美至

秋老天涯長白蘋綈袍寒色自相親星辰忽動雙龍氣肝膽驚看萬里人薄俗未須論舊雨中原誰復和陽春青山别後俱無恙最是蕭蕭兩鬢新

送郭麓池方伯之貴陽

萬里褰帷瘴癘清送君秋色滿西京風雲不淺乘軺興霄漢曾高抗疏名起草夢回金掌月題詩春在夜郎城卽看曳履星辰畔暫爾旬宣借此行

送汪子建山人

萬里逢秋色何堪送友生濁醪能不醉衰草若爲情曉夢揚

州月輕帆建業城還家書可著人自識虞卿

贈胡山人

已著三都賦還爲五嶽行良田無二頃白璧有連城滄海逃名姓浮雲慨世情風塵甘病渴何意望金莖

請假歸省留別都門諸君子

褰帷朔氣暗銷魂上國風流爾輩存十載綈袍淹范叔五陵芳草怨王孫故人忽讓分龍劍有客仍期在鹿門萬里長江歸櫂足不知何物勝青尊

暮投伏城驛

柴桑行漸遠何地可青尊亂水斜穿逕空山曲抱村秋風萬木落夜雨一燈昏因羨龐公足經年在鹿門

贈劉宗明山人

誰似江湖裏能將世事疏窮途餘片刺華髮倦長裾阮籍愁工酒虞卿老著書太行千里足竟爾負鹽車

還山中

伏枕中原鬢欲絲五湖鷗鷺好相隨非關鄉思逢秋起但覺青山與病宜雲物可堪論世態藤蘿聊爾慰心期歸來謾結三生社紫氣豐城敢自知

夜泊黃河

短棹清秋夜黃流古水灘空林雙杵斷斜月一燈寒薄宦慙雞肋幽盟負鶡冠風濤驚不寐高枕羨袁安

過寶應湖同友人分得歌字

十年猶汗漫萬里復關河落日飛樓櫓西風入芰荷孤城秋色滿野戍晚烟多念有應徐輩誰能不醉歌

治河功成歌贈大司空朱公

黃河東駛何湍忽浮天蕩日洪濤立八年胼胝六府修萬古咸稱神禹績嗣聞瓠口復奔騰野溢山平艱粒食漢帝憂勤事濬通寘薪楗竹蘇民疾國朝定鼎燕山陽四方貢賦趨宸極烟火嗷嗷百萬家枵腹皆需輸輓力狂瀾忽走徐沛間峻岸高城盡吞蝕蛟龍飛舞日月昏村居深作黿鼉室阜陵爲島人其魚濁浪排山壓潮汐轉輸共切廟廊憂宵衣日爲元元戚求賢俾乂任獨艱僉曰司空伯禹匹司空夙抱濟川才況視生民猶己溺璽書朝銜閶闔高戴星蚤夜無安席親乘四載不憚勞履涉艱難詎遑恤旁搜幽討極毫芒萬壑千區盡區析河伯效職陽侯濳蛇龍驅逐桑苗植懷襄今已成安流帆檣絡繹來重譯四百萬石輸天朝七十二泉通上國拯

救俄看慰九重疏鑿何須煩八麻功同神禹錫元圭禱陋漢庭沈馬璧

題横厓畫竹

陳君畫竹若動摇高標直上青雲霄長溪大壑烟裊裊千枝萬葉風蕭蕭滿座寒氣逼人骨六月冰霜入茅屋坐久始識爲畫圖振衣彷彿棲林麓嶰谷隱隱雲霧裏萬里瀟湘開眼底若教爲杖投葛陂化龍千尺應飛起

送姚敘卿左遷桂陽

十日燕關共酒壚風塵慷慨自吾徒愁邊華髮看長劒醉裏悲歌擊唾壺投杼亦教慈母去賜環誰謂逐臣孤祝融峯上偏秋色綵筆員憐漢大夫

送何仁仲鴻臚還楚

尊前寒色滿吳鉤相對西風解敝裘明日蘆花湘水闊天涯何處問孤舟

送陳玉叔督學四川

落日長歌意轉殷尊前嗁鳥總愁聞樓船夜渡巴江雨鼓角春行劍閣雲萬里故人方把袂五陵芳草復離羣莫論千載文翁去美爾應同化蜀勳

秋日邀黎維敬少參歐楨伯國博季龔美明府劉仲脩觀察蔣少翼吳仲周滕晉生朱汝脩陳湛訓李惟仕六徵士過集小齋得宮字

門開三逕蓼花紅不羨談天碣石宮把臂中原來舊雨放歌燕市起秋風地疑沛朔尊堪滿客有荆卿氣自雄縱筆一時俱作賦當年鸚鵡定誰工

喜胡文甫因懷胡元瑞殷無美李伯遠即席同朱汝脩分得山字

別來雙鬢竟成斑，冰雪逢君一破顏。握手未遑論舊雨，入門且自說匡山。吾曹豈在形骸內，世事眞歸感慨閒。更有美人期不至，滄江何處聽潺湲。

送御史大夫曾公之留都便道歸里

秣陵臺殿漢西京，旌節翩翩自上卿。雲氣夜浮鳷鵲觀，江流春繞鳳皇城。還家不淺浮湘興，開府曾傳化蜀名。列柏遙含霜露色，登車南國見澄清。

鎬京還借郢中豪，雙闕回看北極高。劍履暫違金掌月，風烟遙下廣陵濤。湖邊芳草迎征斾，城上春雲對法曹。六代繁華應可弔，空知白雪滿江皋。

強銳

銳字止之溧水人有鹿莊稿考槃集止之以詩畫名與同里蔣珙齊名家屢空未嘗干人筆墨清遠絕塵富人子求不可得然時以貰酒無慍也珙字國信正德丁丑進士桐鄉知縣蓋漢瓜亭侯蔣澄後裔云

題畫

瀨江昨夜一尺雨濤曉開門春水生霧逕小橋人不見隔溪風送賣魚聲

季維

維字光濟六合人正德戊寅貢生官襄陽訓導光化教諭狷介不苟取有兩都詩珠泉集子涧亦能詩

江頭哀黃少參

人生誰無哀所哀在知己我哀黃少參一朝徇義死竊國者

何人貪天紊綱紀衣冠諸俊良囚戮肆兇宄安有忠貞心肯試狂悖餌或以舌擊賊不辭碎肢體或以頭觸柱罔顧流腦髓桓桓三四公棄生如棄屣精氣化列星丹心照青史在漢爲龔勝在晉爲周顗平生學何事文章今見矣逆濠旋就擒梟磔等羊豕惟君享不窮廟食垂萬祀巍巍吾聖皇褒功及遐邇容臺千丈光常燭覆載裏老親勿痛悼忠孝本一理有兒能篤論含笑入松梓天眼自古明不爲國士眯前徽未云沬書香更孫子九原如可呼吾當叫君起短些招君魂歸去渡江水滄波浩且深濯骨誓無滓茫茫霄壤間生死是者幾君既免愧怍有喙孰敢訾凭棺一沾襟激烈固難已

春日江上

輕舟出瓜步浩渺春江瀰鷺起若導予前飛值花落桃李誰

家牆烏嘑傍幽郭鍾山紫氣高神京正寥廓

吳　惠

惠字仁甫江甯人正德己卯舉人昌邑知縣北山詩話吳仁甫博學工文宰昌邑留心民瘼以清直遭忌爲權勢所構遂以憤卒士民哭送之同時有尹賢太醫院籍字復之正德八年舉人精經術晚出宰海邑再更平樂與上官不合以憂勞卒

感懷

丈夫志天下焉能掃一室狂瀾迴未能空使操不律嶽嶽漢朱雲折檻忠無匹強項令董宣願死不屈膝蒼松秀寒巖雪霜氣憀慄慨念古之人清白慎勿失

王文光

文光字有孚一字竹墩上元人正德己卯舉人定海知縣敘州知府

尋梅

踏雪覓寒梅斷厓止半樹隔澗横一枝冰滑不得渡

沈恩

恩字復之江甯人正德己卯舉人授深州學正遷德化知縣北山詩話沈復之拾民寬和對上官侃侃不屈罷歸貧窶意甚晏如嘗云只知爲士貧不料爲官後更解貧耳輿論賞其品司馬西虹云復之爲人意到即屬筆工樂府

偕王時升金子有南郊小飲

春雨欣初霽尋芳到近郊青山僧舍映碧草屐痕交小飲醺初上微吟句待敲忠魂埋十族杯酒帶雲澆

蔣繼蕃

繼蕃字巽之上元人正德己卯舉人北山詩話蔣巽之性至孝戊子北上抵淮忽心痛亟歸則母已病篤一見而逝人以爲孝感司馬西虹稱爲文行兼美之士爲人重志節

讀書務析微意臨文潛思語不驚人不止

本業寺

古刹猶存天監年空山花落又啼鵑朱櫻帶露村童摘銀杏參雲野衲眠碑記梁皇苔黯黯墓尋謝客草芊芊銷魂誰喚池塘夢許我狂吟續舊編

賈　承

承金陵人明許國誠京口三山志承正德時人同時有林廣亦金陵人同詠金山寺詩

金山寺

崔嵬砥柱屹中流爲訪名山作勝遊漠漠平沙孤鳥下遙遙落日片帆收僧居島嶼乾坤潤水接扶桑日月浮縱目江天無限景凭欄何必望瀛洲

王希皋

希皋字北山上元人濬之子有北山稿北山子堂字時升正德己卯舉人性剛直嫉俗入京都不見權貴庚辰下第卒人咸痛之亦工詩

花林

孤村近傍好山青爲愛嵐飛戶不扃閒逐樵人春著屐夜邀鄰叟醉談經風來屋角搖藤蔓雨後松根斸茯苓石馬黍離梁代冢詩成聊復酹芳醽

趙兌

兌字鷺洲上元人太守俊之子正德辛巳進士官御史罷歸復起爲常州知府至參政鷺洲官御史歸南京父雪巖在堂戒之曰汝還而閒居毋蕩曠業可日課詩文各一公恪遵弗違也久之雪巖年友詠之曰郡且童子試鷺洲侍御令嗣又涵養有日可以出而試矣雪巖大笑乃止顧東橋懷鷺洲詩云鷺洲情坦夷與物淡無競兩世早棄官金緋一門映蕭然就耕稼素業樂清淨生男

眞聖童詩書發天性我生寒徒倔愛君豈面敬弱女雖非才絲蘿託嘉慶匪祗終交期實欲通子姓形骸無爾汝歲月有衰盛願言愼眠食永以娛壽命

題謝子隱畫

峯回溪轉露山家竹槿編籬整復斜中有讀書人靜坐野風吹雨落藤花

徐　京　諒一作

京字禹量應天人中山王七世孫工畫有居雲集吳行浙行稿　皇甫汸墓志云禹量正德丙子就試京兆尹居首選累科不第輒棄去因號居雲子以見志慕吳越山水之勝爲子長好奇之遊與蔡羽王寵黃省曾魯曾定交歸而杜門掃軌覃精邃討力追古人著隱總十數卷成一家言葬雙橋門中山王裔孫又有徐邦甯字仲謐一字嗣軒有習靜稿徐申有東園雅集顧東橋序云東園者中山王孫錦衣將軍徐君申之所築也在南都東城隅去賜第僅數百武許蓋別墅焉

醉吟寄同志諸子

醉來拔劍且高歌回首關山夢若何末路英雄悲伏櫪百年心事競揮戈酬恩敢說銘鐘鼎投老惟堪臥薜蘿辦得閉門眞事業不知風雨惱人多

司馬泰

泰字魯瞻一字西虹晚號龍廣山人江甯人世醫隆之子正德戊寅舉人嘉靖癸未進士官廣東道御史巡按湖廣陞懷慶知府調嘉興再調濟南有南都英華南都野紀風雅會編護龍河上雜言蔭白堂稿四十卷雜識錄西虹視履百錄知次錄山居百詠龍廣山人小令諸集西虹還林下築室方山之麓爲山居百詠其子份寫圖成卷少爲沈雪厓琪所重以女妻焉

西虹按湖廣疏參給事中陳光太監崔文置於法又條陳留都軍民利害七事勘魯王許奏事一日而決特旨奬之爲同官所忌致政歸築園名曰懷洛婚嫁遺孤內外子女十一人藏書極富編次文獻彙編一百卷廣說郛八十卷古今彙說六十卷再續百川學海八十卷三續百川學海三十卷書多祕冊有東坡論語解四卷與羅太守鳳胡參議汝嘉焦太史澹園俱號充棟

西虹三餘雅會錄後序略云吾鄉雖稱都下去輦轂遠宦于此餘者率事簡多暇得遂觴詠之樂天順中翰林學士周公敘始結詩社擇吾鄉能詩士人若賀公確王公士麟羽流邵以誠凡十人與游題曰南都吟社成化間翰林學士西蜀賛齋周公宏謨繼之復與士人沈公庠任公彥常金公晃十二人游題曰清悰雅會正德間戸部侍郎海陵柴墟儲公巏復繼之乃與揮使劉公默士人施公懋謝公承舉凡十人游題曰秣陵吟社予歸田來二稔咸甯盧書庵紳來爲大司徒而西平王公崇谿詰亞焉通州馬石渚紳來爲大司空而餘姚楊東橋大章亞焉未期而爲會者七八冬四會俱有唱和得詩四十八首題曰三餘雅會錄蓋以四公經理有暇仕之餘也予與石村力穡就閒耕之餘也又入冬爲會歲之餘也

山居百詠 錄二

傑閣臨虛靜不譁似聞仙樂逗雲霞情知物外留眞韻特與仙人度歲華山閣十聲

荒塢久成耕鑿計歸來屬意在耰鋤莎牀舊設牛眠被石屋今成種樹書山家十事

通幽區

買得秦淮一段灘不栽桃杏只栽蘭國香自合依泉石卻有幽人帶露看

燕子磯關帝廟

磯頭有廟向江開爲仰君侯異代才英爽久留吳地鎭椒漿時送野人杯庭前老柏雙龍化檻外洪濤萬馬來晚釣巖頭懸落日千山紫翠墮金罍

鄭　濂

濂字師周一字石村上元人南安太守禮之孫嘉靖癸未進士授行人晉山西道御史出爲湖廣按察使崇祀孝悌祠師周以父憂歸乞致仕養母盡孝設榻於母側旦夕候問起居惟謹母稍不懌即長跪以進甘旨母年九十一乃卒里人爲著純孝傳待二弟無間言絶迹公門年八十餘卒弟河字師程一字沙村嘉靖庚寅舉人甲辰進士岳州府推官亦工詩金陵瑣事云鄭沙村爲秀才時夢中得句云城裏青山城外樓夜涼明月五更頭何時了卻心頭事重把青蚨換酒籌及到岳宛然夢中詩句私心鬱鬱遂卒

送友

故人分手別惆悵不勝情尊酒虛今夕雲山杳去程江空秋雁影砌冷夜蛩聲莫遣音書滯溪頭候鯉烹

鄭淮

淮字惟東上元人嘉靖壬午舉人癸未進士授戶部

主事晉郎中出爲德安知府惟東通敏有幹才鋭意改作戶堂長貳多其才委任之由是中忌出任德安乃以部前事免官歸乃究心天文地理兵法河防等書人趨之如歸欲自見諸行事竟賫志以沒司馬西虹爲之傳

古詩

五官侈並用我笑劉穆之彼蒼默無言歲功成四時戴星出而入勞哉巫馬期究心萬物理左右惟所施安然坐廟堂天下供指頤履屐得其任百萬破秦師

管景

景字子山上元人嘉靖癸未貢官布政司檢校署永豐上饒知縣有西浦稿子山署上饒橫峰窑民作亂作勸善懲惡箴示之益悔過殺其魁以獻民塑其像以祀武宗幸南京取縣志縣尹白思齊求子山撰之未浹旬而成又爲葉京兆撰府誌萬歷間汪京兆宗伊重修之同公修誌者徐霖劉雨雨字潤之文最高古名更重於諸公

幕府山

長江千里抱突兀此山椒秋色霜中樹寒聲雨後潮狂歌吾輩在開府昔人遥六代驚雲散閒愁把酒澆

虚園西浦家本無園設爲園名曰虚園

吾園勞意匠静境得優游涉日不成趣經年渾是秋琴從絃外悟山向畫中游金谷誇豪盛同歸一夢漚

武昺

昺字元亮一字橙墩溧水人官按察使經歷以子向耕貴贈參議道崇祀鄉賢有攸好堂存稿周吉甫云橙墩家金陵有族人負碧山王孫千金王孫禁之别室而邀昺飲伴令僕洩其語昺投袂起曰族人被禁索逋而昺高坐歡飲豈有人理乎即代償亦易易耳何見辱之深也乃縱其族人去歸謀諸婦盡以簪珥之屬與王孫曰此可值八百金餘續完納聞者義之嘗宴客失金杯一隻諸僕驚索昺妾蘇氏曰無容覓已收入矣

客去謂扃曰杯實亡失然公平日好客豈可以一杯之故而使滿座不歡乎扃善其言子尚耕隆慶辛未進士歷湖廣左布政參議

沈韓峯云橙墩有俊才能文章詩書六藝靡不精究

登東廬山

路盤樹杪窺吳越寺隱山腰歷古今亟欲攀厓紀名姓東廬山色翠屏深

武昜

昜字元績一字紓溪溧水人有紓溪集惠迪堂詩 紓溪不樂仕進孝友端方年八十無病而卒

石柱庵次韻

土沃禾先熟山深逕曲通高林陰午日落葉響秋風世遠衣冠古年登俎豆豐壺傾車未返夕照愛丹楓

朱宇

宇字子容上元人又朱寶字子元亦有宏濟寺詩細草洲邊吟麗景落花江上送殘春

清麗可誦

宏濟寺

梵宇淩虚近曲隈孤亭落日獨銜杯望中峰翠雲遮斷座裏花香風送來千里飛帆隨鳥沒半空峭壁倚天開南朝舊恨無人問滚滚長江激怒雷

金陵詩徵卷十九終

上元劉文熾校字

金陵詩徵卷二十

上元朱緒曾編

明十

金大車

大車字子有上元人延平太守賢長子嘉靖乙酉舉人有方山遺稿天一閣書目金守有集一卷明嘉靖江甯金大車著同里陳鳳許穀均有敘何世守校刊并識云子有金陵聞人也未遇而卒有人共惜之同鄉與槐王泉石城三先生刻其遺詩百篇守得而詠洗焉不忍釋卷乃命工重刻用廣其傳兄弟四人遺產千金悉推以予諸弟人有負所貸者召讓之已聞其赤貧乃更遺之以金博綜藝文於周秦以下無不研究其文非古弗程也詩尤超軼陳玉泉青溪四子評云高汝州近思雄壯奇拔馬國學承道博雅典則金文學子坤清新秀朗金孝廉子有兼總諸長詞義雙美

歸途雜詩

矯矯元邱鶴求食來人間飛翔愧羣鳥飲啄艮苦艱忽見百尺松偃蹇在空山茂葉寒霜榮孤根厚地蟠願言斂修翮永此相周旋

我昔游齊東數醉村家酒今日經故途訪之寂無有惆悵憩空林偶值蒼顏叟爲言遭歲凶饑寒苦奔走布褐不掩形藜藿不充口溝壑半流離十室空八九我聞涕沾裳佇立不能久寄謝當塗人此意還知否

弱冠理元訓文苑思馳聲奔走二十年饑寒苦躬耕苟祿非所甘忝我遺世情王充論潛夫子雲著元經昔賢獲我心所務身後名勖哉事鉛槧姑以畢餘生

漂母祠

王孫去不返淮水亦東流宿草封遺冢行人說故侯荒祠黄

葉暗寒渚白蘋秋一飯猶懷德空悲雲夢游

祝禧寺訪馬承道

地僻秋堂静琴書此盍簪短檠禪榻暗微雨梵鐘沉絡緯鳴莎徑松杉繞石林擁衾不能寐山氣夜蕭森

道中贈同行許仲貽

扁舟歸舊隱客路幾登樓以我十年長同君千里游愁顔對明燭永夜聽奔流勿覩淩空翼君知黄鵠不

幽居

依依人境外削跡散幽情放棹晚潮至開門春草生青蛉溪上浴黄犢雨中耕長日江村静惟聞伐木聲

述感

枯林辭宿鳥深澤潛游魚潭潭王侯宅肅肅飄華裾志氣獲

所託周旋常與俱朽茇資春育斷蓬藉風噓草元楊氏子閉關常晏如

世網何維縶始願嗟已非進虞世路險退苦生事微駕言涉遠道行行至郊圻流雲麗迴野白露朝易晞中道逢仙人念我將安歸搴衣邀我去去入雲山隈大漠相與旋元鶴相與飛高揖謝塵鞅常與時人違

詠懷

陽谷升羲和㶚晦没濛汜晷度如轉轂冉冉歲云逝振風厲庭階沉憂從中起仰瞻倏鳥翔俯睇丹黄靡零露惜朝凝蕣華驚夕萎渥丹移白日少壯復幾許含志不可爲榮名豈足恃委懷在畛畦庶以窮餘紀

雪夜別陳九皋

我看南浦月君憶北山薇旅館孤燈別寒江一棹歸暮雲懷
李白春草夢元暉莫訶離人苦窮途雪正飛

宏濟寺

大江西拱秣陵城江上靈山逼太清飛閣俯臨秋水濶懸崖
平對暮潮生龍蟠古洞噓雲氣風撼長波雜雨聲晴日更須
移短棹來看海月夜深明

清凉寺

危闌深鎖萬峰攢草樹秋深白露漙華項半空聞鶴唳大江
千里見龍蟠疏林鳥下松陰亂絕島雲蒸海氣寒細雨重陽
歸昨夢黄花猶折醉中看

送張汝益

與君三賦獻長安風雨江湖客夢寒短褐飄零仍故國鬢絲

燈影夜相看

獅子山

百尺重巖草樹齊古藤垂引躡雲梯山間晚霧浮窗近江上陰雲壓樹低塞雁橫空迷北固淮流帶雨入青溪吾徒飛動悲遲暮散髮空林聽鳥啼

徐子堂所藏山水圖

徐君高卧呼不起掀髯長歗深山裏村翁扶藜晨叩門四壁蕭然見圖史山環水抱深復深門前正對清淮水飛泉噴空吼萬牛長川捲浪絶兩涘千章松樹偃虬龍顛厓蟠根勢將圮劃然萬竅號天風隔水笙簧生兩耳江帆逐浪慘不分沙鳥衝人驚復止知君於此養性靈自潄瓊瑶絶泥滓江草江花坐未歸天葩競吐臨斜暉手持南華閲長晝日暮流雲空

濕衣春日潛行春山道羽士談元坐碧草斷橋流水無人過百年身世知者少沈郎系出石田翁尺素橫掃生春風高山流水稱絕調醉來指點丹青中峯回地轉路莫辨踏花更有仙人逢瀟散如游雲門寺突兀疑登天姥峯嗟余夙有耽山癖欲向山中守岑寂世網牽人不可逃滿目黃塵歲華逼銜杯把釣有餘情浼高涉險嗟何及撫此直欲對蓬壺詩成對君三歎息仙源濁世從此分空堂風雨勞相憶

贈別鄭三

鄭家兄弟如羣玉扁舟來遊衛水曲扶笻躧履縱幽尋旅舍蕭條數竿竹伯也獻賦志未酬翻然避世蒼山陬醉中累月忘梳頭熟睡不知春與秋仲也瀟灑炯雙眸粃糠人世乘虛舟道逢仙人號浮邱同騎黃鶴忽天游季也窻前窮竹素況

復冥搜兼妙悟子雲靜草太玄經相如夙搆長門賦江南野客疏且迂騎驢出入常與俱十年別去洛城裏二仲煢煢伯兄死遠道消息眞有無此日逢君在京邸風塵滿目華髮生夢裏相看淚驚喜君懷寶劍猶蹉跎我亦拂枕歸山阿江海放浪幾風波醉來還爲叩角歌強顏干世計亦詭丈夫未遇奈若何呼盧擊筑且縱飲他日相逢白髮多

與舍弟子坤高近思陳羽伯燕集

金陵佳氣鍾豪賢騷人崛起爭後先兩賢並驅何卓犖筆陣落紙翻雲烟吾家令弟策高足短詠長歌匹羣玉晴窗幾出白雲篇巴人遠避陽春曲方山野客非爾儔年侵四十多窮愁騷壇縮手不敢騁銜杯把釣同遨遊天生爾才必有用凡櫪豈即淹驊騮蹇余從此遊吳越靑鞋獨採南山蕨晤言今

夕難可常當歌且醉金樽月

陳九皋飛來山房

會稽山水何盤鬱沃洲天姥紛相逐天際飛來海上山淩空橫跨耶溪曲鳴野山人紫府仙振衣來結山中屋山中石洞晝陰陰丹楓古檜淩青岑石鏡照膽魑魅泣飛泉濺壑蛟龍吟山人欲向山中老風塵不涉長安道朝從海上望神仙暮入雲中拾瑤草山人有田蕪不耕閒伴靈均餐落英山人有官辭不受門前獨種陶潛柳採山釣水有餘歡富貴於人亦何有高詞大篇入冥搜興來揮翰不停手偶然醉語落人間隻字珍藏抵瓊玖近窺李杜遠曹劉始知立言眞不朽前身云是賀知章謫仙風雅今存否今年訪我山鄉中掀髯大叫心神同語我山中有至樂嵳峩一洗羣山空虛疑放棹山陰

道恍惚驅車太華峯嗟余苦被世網縛十年旅食西復東翹首山中不可去劃然長歗生悲風

遊天界寺

淸磬虛岩迴疏燈古殿陰慈雲籠梵刹法雨淨禪心霧溼青林重龍潛碧澗深無生嗟未悟華鬓日相侵

牧羝行

仗節漢關道遠叩單于門朔風吹沙白草沒海浪浴日黃雲昏臣年未老身爲虜此生蹤跡湮塵土大窖牧羝不足嗟未報君恩心獨苦朝牧來青海海水滔滔節常在暮牧遊燕山憑高不見玉門關節旄易落心難變尺素驚傳上林雁壯年荏苒空白頭生還漢闕歲將晏歸來空館閴無人土花蔓草秋復春手持漢節謁明主蕭蕭空對茂林樹長安復覩漢官

儀囘首天山淚如雨嗚呼憶爾黃鵠不同征死生一別難爲情

金大輿

大輿字子坤號平湖上元人延平太守賢次子應天庠生平湖高才困於諸生曠達豪邁不問家產名日起而貧日甚卒後郭次甫刻其遺稿黃湄父爲之序曰子坤詩五百餘首生時既貧不能梓郭次甫曰子坤極有義氣交遊中乃無好事梓行之余囊中僅有一漢鼎若售去可成此舉適吳人以四十金買其鼎次甫遂刻其集大都清新婉麗迴逼錢劉

與文源朱二過溧陽道上

侵星發徂輛悠悠卽長路家人前致詞問我將焉赴躬耕苦旱乾何以貧朝暮衣食事奔走晨寒犯霜露楓林號夜烏宿草棲寒兎輕烟動墟里崩沙依淺渡悽悽浮客心黯黯長天霧逍遙思孔桴濩落嗟莊瓠去去返蓬蒿脫粟安所素

路歧苦奔峭村舍多蕭索遠水明石渠疏雨散林薄唧唧棲鳥喧潺潺油雲幙頳陽即主人野飯開山酌窮途賴所歡言笑解寂寞丈夫江海心何事勞羈縛弭棹息遠遊長歌耕負郭

移居

素心厭囂雜移居入窮巷本無卜宅心所貴寡塵鞅草蟲鳴樹根秋花旅階上三徑竹陰多一尊時獨賞荊扉白日掩事罕絕塵想不見古臺榭今來惟草莽願言謝天公窮居逃世網

塘中亭子初成

抱僻愛邱壑緣厓築幽居雖無墁堊工清曠情可舒陶子樂容膝諸公甘草廬達人貴適意豈必輪奐俱山桃發當戶岸

柳垂前除青柯集鳴鳥碧水浮游魚禾黍被阡陌鷗鷺戲菰蒲高天豁朗霽和風飄輕裾朋徒時枉臨命僕具園蔬一觴自斟酌清言常晏如悟彼蟋蟀詠逍遙百慮祛

幽居

籬落豆花滿階除蒼蘚多微雲翻早雁輕雨滴寒莎負手看青竹牽衣愛綠蘿蕭條楊子宅獨酌有長歌

老去成疏懶詩書性獨偏閑看楊子賦細讀馬蹄篇綠水偶垂釣青山忽在前不愁金錯罄時有賣文錢

沂水道中過敎寺

村落藏孤寺踈松一徑幽經年無客到終日有寒流青壁銜初照黃沙擁斷邱平生江海性下馬一登樓

固城湖

片月挂湖上清光獨夜看山城晴自濕水國晚多寒靜覺鄉心急貧知客路難欲將江海意都付一漁竿

高遠

遠字近思號致庵江甯人嘉靖戊子舉人官汝州知州有飲虹稿

宏濟寺

捫葛入從石壁行入門坐久聽鐘聲江豚吹浪出還沒野鷺得魚棲復驚孤嶺半遮春樹密亂帆斜挂夕陽明眼前似此流光美不用登臨感慨生

劉雨

雨字潤之江甯人嘉靖戊子貢輯有江甯縣志

古琴

古調不合時難諧里人耳攜之入空山默坐深林裏成連不用招天風吹海水

張　昂

昂字時舉六合人嘉靖庚寅貢會昌訓導同邑孫簡字文之嘉靖壬辰選貢潘儒字子學嘉靖乙丑貢長沙訓導性量寬宏言笑不苟卒祀長沙名宦與弟偉以才名有面談嘉客等稿鄭洛字宗伊嘉靖己亥貢漢陽府訓導有蚓鳴稿陳倩字至一嘉靖庚子貢讓產於昆季周恤羈旅時稱義士有詩文稿章璟嘉靖丙寅歲貢威縣教諭

夜宿瓜步山聞風雨有感

夜宿瓜步山風雨陡然至飛石撼庭柯巖壑傳聲厲衾寒殺氣重不覺心中悸因憶魏武閒此是行宫地山前列千官轅門擁萬騎升高望金陵山川亦辟易春燕巢林木嬰兒貫槊戲今夕是何夕寰宇無一事仰荷太平年短詩聊述記

張如蘭

如蘭字德馨南京孝陵衛籍世襲指揮使中武舉第一人仕至淮徐漕運參將以子可大功贈特進榮祿大夫右都督有文章兵法譜十卷功狗集三十卷

方山定林寺二首 戊申春留都妖言有李王糾衆數萬於某日方山誓師大司馬孫公爲憂命蘭往偵之疾馳入山杳無影響於方丈中得楊水部二詩和韻而歸次日返命以詩覆大司馬笑而止

四際蒼烟合重圍曲徑遥狐蹤無可覓鶴侶似相招梵行因僧覺閒情與世超山頭一長嘯螺髻滿靑霄

寒嶺雪不濕荒茅火盡然乾坤自寥落巖壑總鈎連鳥影雲霞外龍精水石邊揭來占氣象幸得此攀援

淮陰祠

天心草草用英雄把釣應難比夢熊宰肉有謀偏躡足分羹

可忍況藏弓謀臣無計留高鳥猛士空勞詠大風蒯徹佯狂欒布少何人哭向未央宫

吴門夜泊

夜暗歸雲繞柁牙江涵星影雁團沙行人悵望蘇臺柳曾與吴王掃落花

謝少南

少南字應午一字與槐上元人承舉子嘉靖乙酉舉人壬辰進士授南刑部主事改南大理評事晉春坊左司直監察御史督學畿輔廣西僉事督學陝西進陝西左布政使有河坦謫臺粤臺諸稿與槐以侍御督學畿輔以僉事督學粤西以憲副督學秦中其門額云三簡文宗文衡山八分書余得與槐所撰全州志七卷有嘉靖已酉至前二日謝少南自序嘉靖十七年獻皇后崩上以獻皇純德山陵遠在楚乃更建陵寢天壽山

大峪之陽欲南還獻皇梓宮而北旣而曰獻皇體魄藏顯陵二十年決意奉慈宮南詣視焉卽以顯陵爲工部侍郎董陵事還至慶都御史謝少南言慶都有堯母墓佚於祀典乞下有司建廟如古帝王陵寢故事三年一祭則陛下至孝達於古初上嘉納其請卽拜司直還京仍命葬聖母大峪已視大峪不如純德山美乃決反葬之議見何晉江何氏名山藏在粵西愛臨桂童生張鳴鳳取兩漢書親爲句讀令五日進院一背其造就人才多類於此後鳴鳳來南京拜墓立碑

府江雜詩

石灘激浪殷成雷輕舸飄飄曲折開水樓韃舍橫矛立山洞猺人負弩回

冬巖卉木未蕭條暫倚蓬窗旅況消樹架緣垂君子蔓岸林紅破美人蕉

落日官軍舉號齊琱戈畫盾障山溪不嫌銅斗通宵擊卻厭斑雞半嶺啼

登石子岡

西岡背郭勢崔嵬江外遥山接翠微新水縈田渾作帶香林吹蘚故沾衣望中秋葉迎風下坐久晴雲近午飛疏散從來宜在野十年猶自與心違

謁伏波廟

老將南征自許身旌旗想像此江濱鐵衣試馬酬英主銅柱分疆輯遠人死後何須明薏苡生前誰見畫麒麟蕭條異代風雲變猶有灘聲動鬼神

左江道中

遠水涵天漾色同草隄沙磧並連空行人獨往迎斜日歸鳥雙飛趁晚風海近潮痕常帶緑歲窮山果不彫紅裁書欲寄湘南鯉矯首徒招塞北鴻

冬雷行

季冬六日次辛丑亢陽囘驕北風吼雲氛蔽天朔氣應震疊霆車走雷部乍疑灘江連陡傾又如風洞崩其口簷窗明滅下掣電屋瓦騰淩激翻斗倉黃籌鼓報四更攬衣坐起百感生由來天地貴藏用太和保合歲乃成祇今纔見一陽復龍潛蛟蟄韜元精雷乎胡此出地奮駭怒宣洩何當平還八刁騷散華髮三年泥翻滯西粵徼域兵戈漫有期朝廷禮樂元無闕自秋天旱不收禾被野卽看多戰骨憂時苦歎官庾空忍令蒼生受顛越今夕何夕仍聞雷眉宇愁對未肯開晶熒自剔短檠燄促戚遍畫寒爐灰奴鼾不奈喚醒顧影無語徒徘徊雞聲咿喔發遠舍東牖復送朝曦來

與祁陽吳縣尹泛舟浯溪尋磨崖碑壁雲僂出觀吳仲

圭模文湖州墨竹眞蹟

拏舟浯溪訪遺碑雪壓叢竹岩前披令君忽展仲圭蹟恍訝風葉搖漣漪吳興豪士渭川興筆底琅玕岩畔映亭亭直榦出墨池灑灑寒枝照石鏡此卷自謂宗湖州湖州格力書法求九疑雲澹下鸞鳳三湘濤冷翻蛟虬顏書元頌稱三絶復對此君更生色摩挲厓石清霜零歎息當年見疏節

九月望夕楊少室憲長攜步月下命酒殊歡走筆作歌

九月南霜不洗月今夕嫦娥儆金闕庾公高興集仙吏我亦因之欲飛越初離東海纖翳斂漸向中宵眾星沒清飇泠泠洒衣袂皎鏡絲絲鑒毛髮咫尺喚起金蟾蜍汝胡來下空庭梧影中桂子近可數階下松枝拾卻無此時歡叫倒玉壺鯨吞鼇吸輕江湖酌成滿斗沁凝露浮動圓景傾明珠我謫西

甌十逢望半是陰霖半嵐瘴生平懷抱向誰開銷落當年舊豪宕因君一爲發高倡奇境難工轉惆悵醉裏攜尊陟孤嶂覽絶西池挹昭曠

柳州謁劉賢良祠

諫議祠堂兩地成湘西柳郡北昌平危言總爲當時計直道何知後世名隔岸墓林圍茂草繞祠江水泛香蘅登科我輩猶顔厚不盡千秋萬古情

寄總制王石岡大司馬

帷中籌箸舊知名羽騎琱戈出塞行嘉谷降番新列堡朔方潛虜盡移營傳烽玉壘秋常靜飛雪天山夜不驚莫道漢家無上策長城今已屬書生

少室赴蒼梧賦贈時有交南之役少室著議文篇及之

幾度鬱江遊憐君得並舟山花春對雨戍笛夜橫秋華髮風塵變離心日月遒今宵孤棹遠愁劇水悠悠

最愛平黎策無論諭蜀文相如元重漢馬季故能軍江外傳烽火關南結陣雲誰知樽俎地制勝萬夫羣

康磐峰少參經略懷遠賦贈十韻並呈魏此齋大參

緹騎發龍城朱明復此行知君懷遠略從古慎佳兵江靜魚龍陣山閒虎豹營雨飄炎暑歇嵐霽瘴烟清荒服知歸命諸夷信不征文身輸禹貢革面答虞誠廢堞稽時築閒田受日耕西甯百年計南顧九重情飛檄傳烏站旋師望禹旌未能驂後乘自笑一書生

楊　成

成字全卿一字水田上元人留守衛籍嘉靖乙酉舉

人壬辰進士南兵部主事嚴州知府以憂歸復補萊州知府晉廣西副使四川左參政水田父寛留守備百戶與趙經劉蒼龔海相砥礪水田初爲武庠生從趙經學以世官襲其弟武嘉靖乙酉大司馬以上等器之命就應天鄉試歷兵部四司有政聲駐節府江御史有法人云公鐵面劍眉不可犯也歸來詠歌自樂工詩多佳句一夕病中得白石清江一酒樓黃花無語對人愁之句自知不起年五十八卒

過上仰堡

津梁疲已久塵土撲征衣山色留殘雨灘聲送落暉馬瘏何忍策鳥喚不如歸薄暮炊烟起田家自掩扉

余　光

光字古峰由祁門徙應天江甯人嘉靖壬辰進士歷至浙江監察御史巡撫廣東有古峰集明史附傳古峰作兩京賦具疏奏上奉旨賦送史館賞賚新鈔一千貫盛仲交亦有兩京賦今俱載存徵錄中又太倉桑悅

亦有兩京賦古峰官風憲特疏請豫選賢良以輔皇嗣又諫討安南皆爲碩畫以事忤嚴嵩嵩劾廣東試錄語多不經命逮與試江汝璧歐陽衢並巡撫余光俱詔獄公遂致政歸古峰集康海爲序子孟麟

遊幽棲寺

路入雲深處叢林倚碧巒野麋驚客走松鼠踏花殘洞溼晴疑雨巖空夏亦寒坐消鐘幾杵夕照下歸鞍

張合

合字懋觀江甯人志淯次子嘉靖壬午解元壬辰進士歷官湖廣副使有貢所詩文集宙載臺閣名言六卷幼異敏甫十歲長于詩兄含攜所作示顧東橋東橋寄贈張童子合詩羨爾伯兄來萬里錦囊詩句爛珠輝今看十歲能長賦何用從前詫陸機麟子鳳雛難可見碧蹄丹喙定堪誇詩源莫倚翻三峽經笥仍須富五車

許穀序云貢所先生詩文已散失若以履影諸什而論遠弗逮難兄禺山矣惟其論詩云後渠崔公向子

言唐人詩郊寒島瘦仝怪俱成一家今人詩皆是描紅未有自出機軸者予對曰唐人詩本於心如太白好酒飛卿好色者言與心符故不可及今人詩與心迥異故格調雖規模古人而意味終不如崔公以爲然愚按此論最當使貢所全豹尚在當有可觀也

履影詩 錄一

嘉靖癸未予由貴州歷荆襄至京師及丙戌由閘河入南都過大江涉洞庭而南歸凡往來於道者將一載所見皆可歎可愕可驚可悲予慮夫見則存而久則忘也乃擇尤者爲圖二十三附以名曰履影詩言身履影也詩不云乎弗躬弗親予之圖與詩皆躬而親者雖君子將取信焉況庶民乎

黃河界燕汴源發星宿海美哉神禹功萬古下猶在我過滎陽時嘉靖紀二載孟春行冬令終朝愁雲靉靆風息驚濤舟子歌欸乃層冰已融釋奔流互相挨大如置山岳小若排鼎鼐蕩漾成方圓旋轉倏汗塊蒼茫浩無際四顧白皚皚吁嗟遠行士傷心自成痗綿單風刺骨兩耳破生瘤塵沙令身皴

飢膚垢膩浼無衣誰同舟賴此若打鐙出門月在天苔布裹雙頦投宿昏黃候誰知刮目待相彼商山翁飛遁榮自呆仳離枉條歔少選未能愷庶幾庥無聽甯敢罪眞宰

題周秀齡尊人繪南國遺賢圖

太學歸來宦況慵徜徉林壑謝塵容書藏奧隱披靑案田墾膏腴享素封茂叔不除庭外草淵明時撫徑邊松郢州眼底多英俊高尚誰追大老蹤

沈越

越字中甫初字麓村號韓峰晚年自稱新亭野老江甯人處士琪之子嘉靖乙酉舉人壬辰進士授羅田知縣調平江擢山東道御史左遷開州通判衞輝府推官終德安府同知有韓峰隨筆録麓村詩草澶淵

雜著新亭漫稿嘉隆聞見紀韓峰爲雪厓之子令羅田令民墾田山谷收流移戶籍祀羅田名宦官御史按江西以風力著裁京衛旗役冒替朋占者數千人疏四上必得請乃已爲分宜所惡改外任自德安同知乞病歸治別業於城南韓山之陰閉戶著書以三錢雞毛筆日抄至數十頁親友亦不數見所纂春秋分國便覽春秋經傳集解宋史詳節諸史撮抄三黨編藩鎮傳西巡紀行詔獄始末聞見錄藏于家南部郎汪公宗伊執門生禮公辭不見立赤日中移時僅一見接之弟起字愚甫以醫名韓峰方孺人無出妾邱劉徐生子十人朝陽南陽元陽春陽秋一陽乾陽其三未名天五列京庠長子朝陽字宗明一字鳳岡萬歷丁未貢高郵州司訓陞池州教諭轉楚府紀善以經學世家淹通諸史編纂甚富著闕里書主教秦郵諸生贈詩曰于令直有沈夫子四海文章屬主盟子登雲字世升致雲字世龍孫子元字君錫皆有名

懷方孔朋

梅風吹雨日綿綿綠漲陂塘已拍天爲念故人生計薄一篙春水種湖田

馬應龍

應龍字承道一字南江江甯人嘉靖壬辰貢官知縣南江工四體書先世西域人父鑑字大昭自稱卯素翁顧東橋稱其居國南之里老而有嬰兒之色隱於醫南江與范一淸張銳俱以同冋得貢

暮春舟次

夜雨瀟瀟斷送春江干孤枕獨傷神推篷曉日看山色如雪楊花亂撲人

吳恂

恂字守信應天會同館籍以孝稱安吉吳氏本宋吳正肅公柔勝之孫名珏者宋亡遁居孝豐鄉入元不仕稱寶匡居士曾孫關字子榮明正統六年以殷戶應南京會同館幹𦵏遂入應天府籍關子玘孫本淸曾孫恂以品學著關弟慶慶子學孫昇曾孫循俱葬焦婆井循子瑾葬石子崗瑾子文燿字晦之應天庠生

雜詩

望舒呈圓璧照我山間屋清影雜巖桂幽光賁庭竹寒空淨如洗珠斗森可掬天樂鳴幽泉風怒號枯木久被塵囂浣未就清泠沐對此怡心神豈惟娛耳目靈輝耀潛圮微響駭深谷蟄龍方驚翔棲鳥未安宿夜漏已傾壺日車將駕軸蹇拙每後人此景諒予獨

陶令日躭酒不能爲身謀舉世譏其非斯人何所求井蛙邀海鼈相從坎井遊左足縶未下徒爲達者憂猶龍固難馴呼馬奚足羞迹異德無爽性全形迺柔相馬失之瘦方皐具神眸知我信足死千載欽芳猷

元風久已泯滋僞日相嬰令色聖人恥餙知愚者驚豈若巖居士終歲抱無營混迹外若穢沖和內含貞玉以石自掩琢

之豈其情蓮生淤泥中葳蕤冒芳英羊質蒙虎皮斑斕失其眞優孟效孫叔譬如沐猴纓形枉影必曲言微響自輕朱紫雖易淆白黑終難并魂怵夢既擾神勞心自縈孰是無目者而欺世上名

孫　瑤

瑤江甯人嘉靖壬辰貢官教諭

游靈谷寺

重向禪林覓舊遊無端風物望中收松盤猿鶴棲霄漢池引蚪龍漾碧流金鐸聲傳千古勝寶輪光映萬年秋可憐昔日談經處野黍離離滿地愁

劉　達

達江甯人嘉靖壬辰貢國子監學錄上元方憲字聽泉工醫趙庠字

西坡官濟川千戶徐識字澄江庠生與郡人翟銑字半村金謀字茅溪府經歷程秀民字習齋兵部郎中嚴榮字月窗官千戶均有遊靈谷寺贈月泉上人詩江甯方東字貞庵世宗方皇后之弟錦衣都督同知封南和伯亦有贈月泉詩明憲宗王皇后武宗夏皇后俱上元人世宗方皇后江甯人世宗即位十年未有子明年與盧氏等並冊爲九嬪張后廢立方氏爲皇后居翦子巷側今名方家巷今盧妃巷即盧氏故里也

訪月泉

秋郊尋野寺寺在白雲岑山色侵衣潤烟光入座深松高清鶴夢僧老淨禪心爲問空門事焚香坐石林

王元坤

元坤字德載上元秣陵人錦衣衛指揮有雅娛閣集

同時王奉字承恩號淇竹應天府增廣生湛公若水在南禮部開講院招學者淇竹自溧陽移家就學湛公重其貧能篤志授一廛於新泉書院之次與世守焉其卒也貧不能葬同學黃牧俞介孫澤胡伯翱掌

教陳九成司訓孫肯堂諸生王職陳訪張沂李堯卿馬軌尹略謝承恩吳之儒等請於督學胡公發學田之儲以賻之應天通判龐嵩爲作墓碣稱其家貧苦學信道甚篤長子體仁字樂泉次子體義字懷竹俱食餼孫嘉相字少泉亦列京庠少泉子世祿年踰九十世祿子道純字穆公道政字言公道直字寅公皆雅才工詩古文棋稱國手

題山陰劉雪湖世儒梅譜

我昔衝寒夜陟孤山巔老梅千樹拏蒼烟玉虬淩風摧巘崿銀鱗鐵骨爭蜿蜒叢梢攫月凝寒魄湖面平吞萬頃碧一林繁影競横斜十年香夢成乖隔邇來放棹遊鳩茲邂逅山陰老畫師山陰畫師雪湖叟青瞳緑髮烟霞姿對我濡毫披絹素自言慣寫先春趣須臾一枝兩枝出寒芳拂座驚相顧冰葩雪萼信意生巧因神運隨經營春光祇詡筆頭洩卻疑重向孤山行我謂阿叟何能此叟云參得此中旨若惟寫意不

寫形得意忘形乃能爾古今名筆凡幾人寫來未必皆逼眞惟叟足可稱獨步落筆儼與花傳神人疑阿叟有仙骨混跡塵埃自超越還疑叟是老梅精不與凡卉同消歇我聞叟名二十年神交已在相逢前何意追隨向途路等閒傾蓋非徒然明日離居悵揮手爲贈長歌情見厚秋風有約過都門展圖共醉秦淮酒

陳芹

芹字子野一字橫厓上元人羽林前衛籍嘉靖癸巳舉人官崇仁教諭奉新甯鄉知縣有鳳全堂稿子野集忠孝說義和寒山子詩思古吟

子野系出交南國王永樂中避黎氏亂來奔遂家金陵子野十歲能詩才藻蠭涌傾倒坐客乘興寫竹枝酣墨欹斜沾溼衫袖文徵仲嘗戒門下士往南京愼勿畫竹彼中有人也弱冠舉於鄉六上南宮不第爲崇仁學諭崇仁令峻刑急斂衆大譁

誣二生以鼓衆揭之諸司子野執不發與盛仲交諸人結青溪社讀書郊野間逾二十年謁選知奉新縣調簡得甯鄉之官九十日謝病歸又於桃葉淮清之間起邀笛閣結清溪社每月爲集遇景命題即席分韻姚鳳麓評其詩有陶韋王孟風度小楷則鍾太傅入室弟子畫長於寫生而於竹特妙門生金華太守豐城黄焯序其集比之元紫芝族弟藻字子文一字蒼厓庠生金陵瑣事云貧窮嗜酒一日囊僅一錢市酒飲之作詩自嘲

和寒山子詩

野日沈蒼烟樵徑斷人語衆山木葉下颯颯飛寒雨

焦先

焦生眠雪處江鳥入雲微一徑藤蘿合千秋鴻雁飛屢辭綸綍召日翦芰荷衣漢季應多故先生獨見幾

憶寶幢居士

顧生不可作遺墨重南金野水蕭條色雲山淡泊心貝文藏

故篋鶴骨瘞空林倘是寒山子天台倘可尋

吳　珦

珦字艮瑞一字主泉應天會同館籍嘉靖中歲貢福建綏安教諭綏安諸生偶以事忤藩憲學使者欲盡加黜治力爭乃已晚賦歸耕詩二十四韻徑歸輯警行錄七卷

和陶飲酒

誠悔昨者非安知今者是我本不求譽何必更辭毀為善無近名實境自爾爾世人競聲華土牛被文綺

鈞化適賦茲如物方含英苟能貴吾寶奚虞溺俗情隨分得所安有酒何弗傾山花自開落候鳥任飛鳴曠然天與遊允矣稱達生

知我不善飲無復移樽至我原不厭客家釀可共醉去留總

不拘頻復豈論次既爲世外人忘形良可貴我飲不在多陶然有餘味從來嗜酒人求之常不得渴時顛倒想罔罔如狂惑偶然恣一醉志願亦已塞何處問太古不如生酒國非遇同心儔茲意且緘默

景卿

卿字夢弼上元人善小景花鳥同郡廉心遠有游蔣山詩須瀾有項王廟詩鍾晟有昇中寺詩劉世延襲封誠意伯有題劉雪湖梅譜詩張鈍庵隱德不仕性嗜書史尤善草書有課子詩何良俊有白下春遊曲嚴動有和沈啟南題畫詩

寫杏花自題絕句

晴園紅粉護春烟彷彿江村二月天記得踏青回首處一枝斜拂酒樓前

馬光靈

光靈字一卿上元人同邑吳國賢字一所庠生遂於易嘗四中式皆被乙例得貢不就盡以生產付三子以一老僕自隨讀書吉祥寺受業者四十餘人所得束脩皆市書貯大樓中任弟子取讀以餘錢給貧士之膏火不繼者有白土山房集又郡人高鵬字南溟一字雲程官至太原左參將嘉靖己未四月赴太原任所甫十餘日巡撫葛搢家丁左右圍繞偪公傳令謀反曰此撫臺意也公奮然舉刀傷二人眾家丁擁入殺公葛搢嚴分宜黨也事詳續瑣事

漫興

小園閒策杖竹徑豁雙扉疏雨長虹斷遥山積翠微草生防屐滑花落逐風飛疏拙逢時懶軒車到此稀

陸艮

艮字長康金陵人同郡羅夢暘字明父有候潮詩朱稔有望騶驪山詩程一中有薛城詩孔愼有禪林寺詩陳汝超有永慶寺詩彭木正字大方有可溪日稿劉溯字孟堅有雪澗稿謝薏字如

愚有土苴集胡瑛字廷燦有梅屋稿陸元泰有詠破書詩金陵瑣事稱之又姚福定軒詩話載王世豪過故家園詩王子成贈鄭元沖詩陳廷暉嘲鄰人石海詩嚴公茂夜宿龍江驛贈驛丞朱華詩端木鉤溧水人有題山陰劉雪湖梅譜詩

琅琊寺

屐印蒼苔破幽詩過澗谿巒層窺竇小嶂合覺天低逕霧蒲牢吼荒林杜宇啼野樵能指路選勝到招提

張正蒙

正蒙字子明江甯庠生有蓬蒿集明詩人小傳云子明世居通濟門外之醫彎臨河結廬柴門晝閉帶索拾穗未嘗俯仰於八年踰九十隱淪終老今體詩幾萬首顧鄰初選其什一爲之序顧太初云隱君年九十餘猶能日行數十里無倦不多飲酒而善飯如壯夫詩法中盛唐饒王孟韋柳之趣

雨夜宿王孟起山莊話舊

山堂聞夜雨隔牖灑長松漬草悲蛩語侵苔冷鶴蹤林喧和
葉下澗響雜村春不倦連牀語憐君意轉濃

立秋夜溪聞笛有懷程孺文

相思意不盡迢遞且登樓玉笛梅花夜銀牀梧葉秋開簾片
月上傍水一螢流今日蕭條色憐君萬里游

秋日王孟起山莊

天末商飈起家家聞擣衣砌蟲經候響籬豆及秋肥自是機
心息寧知世事違鄰僧有高致日暮扣巖扉

秣陵館夜對張山人

秋風山館夕一榻近燈前共話忽深夜相看非少年斗垂天
末樹燐出雨餘田亦有茅簷下飯牛人未眠

秋日卧病

隱几荒齋寂深知偃卧情新方隨藥簡久病喜秋清掩徑流雲色穿林響葉聲無人見惆悵白髮一重生

冬日閒居

僻居心遠矣閉戶日蕭然一水帶寒月孤村幕夕烟貧惟尊酒在詩豈衆人傳郤憶蒙莊子冥搜內外篇

江閣

寂寂重扉掩悠悠倦客情江深當五月閣迥接層城細雨鶯聲潤微風水氣清科頭坐長日詎羨世間名

溪閣坐雨招胡國珍陳用甫二丈

背郭衡門迥棲遲一徑幽隔簾風挾雨虛閣晚生秋水鳥日堪狎村醪客可留不嫌成簡略煩爲過溪頭

姚之裔

之裔字佐眉一字幼遐鴻臚典客之子江甯庠生幼遐爲典客元白之子年十六補弟子員五射策弗售輒棄去修古文詞特嫺詩律雖產紛華之俗能以澹泊養心尤恬於聲利戶絕綦履庭滋帶草晏如也爲樓於市隱園中懸父像徘徊瞻注過者望而歎曰生子當如姚伯子矣生而沉毅寡言笑即燕私居或墮行家人未嘗見其有喜慍之色或勸之游曰動靜由性向懷五岳謝耽一邱各從所適也弟延甫亦有名長洲張獻翼爲之傳姚太守敘卿爲之墓誌子履旋履素

溪上買得小舟因賦

世路崎嶇甚翻思駕短篷蒹葭環一水蓑笠傲三公倚棹歌明月隨鷗泛晚風沙棠吾計得千載慕張融

顧源

源字清甫一字丹泉自號寶幢居士上元人錦衣衞籍有玉露堂稿顧氏有名昱者自越徙金陵貲雄里中傳傑及迺至銘號北麓居城南有

日涉園城北有北麓別墅故自號北麓生二子長卽清甫嘉靖癸酉夏龍西谿顧東橋羅印岡羅半窗嚴鶴邱暨清甫出郊門由燕子磯關祠宏濟寺梅花水蒼雲厓幕府山徧歷北山諸勝宿於顧氏北麓草堂三日乃歸人賦詩七首東橋北麓草堂留贈之詩曰谷口花冥冥井上梧桐清山人築岩戸避俗兼逃名種黍牛犢長養蠶桑柘成野外無別儲濁酒貯甆罌上以奉墳墓下以延友生客來欵茅簷山犬了不驚大兒富文史楚楚解將迎藥院共游衍松林屬經行三宿竟忘返屐齒徧已平乃知隱淪客祗在王都城詩蓋贈北麓翁者卒于嘉靖乙丑享大年多厚福云日涉園之勝甲於南城內有成趣堂翠虛亭駐鶴山房澄懷閣印玉池三代彝鼎珍石奇花清甫素性高雅入耽圖史出愛山水中年以後棲心内典杜門掃軌治靜室甚精題曰四松方丈殿秋溟爲之傳日少喜丹青後專水墨善爲烟雨茅屋雲山遠樹之景又能詩善草書飄洒自得焦澹園輯其遺文子令庶有癡癖次以庶官訓導婿倪有光字仲實亦有才名族弟鈴號青嶼由進士出爲御史

本業寺

石壁瞻龍象香林踏虎蹤雲中開殿閣烟際織杉松日月三

天逼乾坤一氣封此心隨物化長嘯倚諸峰

題明善摺扇南京摺扇名天下成化年間李昭竹骨王孟仁畫面稱爲二絶今明善此扇迺王畫也詩以志感

李昭竹骨王郎畫三十年前盛有名今日因君覩遺墨卻思騎馬鳳臺行

崇化寺北山瞻眺懷鶴邱秋澗丹壑三子

古洞陰厓駐烟霧四山合沓生天風新蒲密竹意自好高雲白日心相同殘霞旴旴映虛壁鳴泉落落來蒼空故人不見動遐想杖藜徙倚青林中

西園

西閣冥冥白晝昏日轉風回雲出門梅枝雪片動春意石苔蘭葉交冰痕龐公幸有鹿門計務光不戀金堂恩良人何處

阻幽覿碧山悶對虛清樽

雲山小幅乃山人昔時所圖於摩登伽之室今爲仲交所得顧此宿雲寒樹秋聲滿空半山殘夢已破乃更爲題一言以洗之

塵土勞生四十年白頭今已卧蒼烟山中野鳥鳴琴筑都勝春風舊管絃

顧　澄

澄字淵甫一字淨泉居士源之弟庠生淨泉爲北麓次子爲博士弟子文譽稱高等生篤志好義友人勞某自東粤南游以重貲託之越數年封識宛然無錫周太學以千金寄其家周死無人知者呼其家還之有杜裕老乾没澄金以鐵石鎔匱給之弗與校也子九德字常卿隆慶元年舉人陽穀教諭遷袁州司理甫弱冠膺鄉薦及壯解綬菽水盡歡隨侍杖履人稱其孝有哭賓幢伯父詩

遊宏濟寺

蘭若臨無地山腰架佛堂水花分藻井巖翠拂虹梁海月臨
空濶天風動渺茫洗心皈淨業白首事空王

楊　穀

穀字惟五上元庠生上元尹以役困穀之父兄穀往訴之尹心輕之以衣巾生員爲題令其作詩穀援筆立成有草中射虎心猶在天上屠龍事已非之句尹改容謝焉穀有宿大城山莊云隔樹林穿暮披榛徑轉微又云敗壁青苔應蔕雨寒潭碧水似澄霜

落花次石田韻

月缺良宵尚半規飄零非復昨看時隨風入座沾衣濕無語
回簷點額遲銜曉馬蹏先踏破趁晴蛛網漫縈垂雕紅刻紫
都成夢一段春情欲訴誰

伊　澤

澤字紹先上元人有九峰樵唱集同邑庠生嚴賓字子寅一字鶴邱亦工詩書法南宮善畫蘭竹家有籐床藤椅棗根香几精於煮茶茗具皆佳妙爲顧東橋所賞又嘗得王荆公此君亭詩碑置亭覆之遍搨贈人

暮宿吉山田家

村路依山曲柴門野趣生牛邊芳草滿鳥外夕陽明樵唱沿坡下炊烟隔樹橫濁醪燈畔飲蟋蟀助吟聲

顧　巒

巒字悉功一字松山瑮之第三子嘉靖乙未貢貴池司訓陞於潛教諭未赴卒松山長厚接人如飲醇酒世其家學以詩名子端祥鳳祥

樓頭暮酌

相對無尊酒其如旅況何繡生雙劍短霜入二毛多心事搖

飛絮年華逐逝波厭厭同夜飲斜月任垂蘿

早秋

涼滿虛庭秋氣清木葉未脫山峥嶸天高白露酒初熟虹斷滄江詩未成靈鵲忽移河漢影賓鴻相送塞門聲老翁枕書睡不足怪爾西堂蟋蟀鳴

吴汝紀

汝紀上元人官福建理問同邑謝黃鐘字元聲庠生盧綱庠生陳選均工詩又郡人萬勛字公著有柳溪吟稿趙子鳳字西津駙馬輝之後錦衣衛指揮與盧綱同詠遊靈谷詩

初夏登鼓山四首錄二

春融時煦結軫維寅陟彼岸嶨披雲拂蓁飛英薦醑相忘主賓寂闃靈源巖花笑迎

暫拂塵網薄言時遊褰裳東谷探奇討幽峭壁若削洞古雲

留遐想先軌睠茲湧流

盛鸞

鸞字德輝自稱養拙翁上元人有貽拙堂集盛氏明初居金陵其先有名全者以蘇州富人徙京師全生榮榮生經經生鸞永樂九年進士盛衍宣德七年舉人盛璟皆其先世族人也養拙翁宅心淵平賦性朊實交遊咸高其品莫敢欺之沈韓峰贈以千秋歲詞云共羡君才如斧藻有樂府二卷長子時春字啟元嘉靖癸亥舉人太僕寺丞亦時泰尤有名

庭竹

渭川何事營千畝牆角蕭疏只數竿月寫精神雲弄影此君風味愛單寒

金陵詩徵卷二十終

上元羅運經校字

金陵詩徵卷二十一

上元朱緒曾編

明十一

許穀

穀字仲詒，一字石城，居士陞之子，上元人。嘉靖乙酉舉人，乙未會元。授戶部主事，調禮部，轉吏部文選郎中，拜南太常少卿，改江西提學，陞南尚寶司卿，致仕。有省中、武林、外臺二臺、歸田諸稿。石城初生，大父怡陛歿，哀毀不出。春秋佳日，奉母強太安人徜徉臺榭間，子婦孫曾次第爲壽。母年八十七終，石城年亦逾耆，白首盡哀，至萬歷乙酉重赴鹿鳴，碧眼長額，白鬚飄然。家居凡三十餘年，四方遊宦至留都者，無不敬慕。每投轄款之，然竟不報謁，曰：「林下當如是也。」徵文者屨滿戶外，受其贄金，投一竹篋中，客至命探取之沽酒。酣飲達旦，不廢里人宴飲，不知其官列卿者。然涇渭了了，不喜苟合，凡游博鑽營之技，不敢至其門。

年八十三卒子恆吉號龍江上林苑監錄事元吉光祿寺署正年八十餘長孫天敘字伯倫萬歷己卯舉人裕州知州行書師孫過庭亦工詩次天慶國子生天貴早卒曾孫延祿延禕

送湯世登

萬里攜家上海船到時黎蠻拜車前鯨濤蜃霧圍官舍鋏樹瓊花照酒筵驗歲土人占草節採珠波客候龍眠遙知問俗經過地停旆常投飲馬錢

贈何翰林致仕居金陵次文太中韻

金馬來時動鎬京銀魚焚後別西清才人豈厭承明地高士原多谷口情買得曲池堪鬬鴨種成芳樹好藏鶯秦淮亦是機雲宅鄉夢休過白苧城

初夏偶成次薛考功韻

少日彈冠非貢禹老來學圃似樊遲平生愛我無如酒凡事

輸人不但棋一畝舊臨佳麗地四言新和考槃詩炎風朔雪
年年轉裘褐無心總不知
題印岡圖贈羅丈
名山突起都城南屹如天印留人間青霄在上星斗近白日
欲落烟霞邊下有層岡若平地見説丈人開别墅三花燦爛
搖天風五柳芳菲滴巖翠已看花柳媚長薄更有龍蛇藏大
壑牛頭吐霧涇荆扉鍾阜流雲映溪閣閣内文章錦繡光少
年曾獻天子堂朱幡領郡播甘雨白節當朝飛烈霜芳名久
入山公啟閑情苦憶柴桑里闕下空懷諫獵書谷中早曳游
山履谷中鸞鶴終可依闕下衣冠有是非辭榮豈愛朱丹轂
避地惟求薜荔衣即今雲卧已多年修眉一似崑崙仙近報
靈旗岩下落定有人傳玉笈篇

哭金子有

拂衣長謝辟蘿居白日乘雲朝帝廬覽勝止留靈運屐憂時空抱洛陽書浮生結友憐同志造物生才忌有餘望斷方山人不見城笳隣笛總愁予

石岡示述懷之作走筆和答

榮名眞外物山水即仙鄉對客但一醉爲官無寸長湟中俄夢鹿道上各亡羊世路皆如此浮生莫漫傷

春日病起雜詩

掃石安茶鼎緣階置藥欄雲歸松閣暝月照石牀寒芝草閑頻采陰符老倦看綸巾元自好不換鵕鸃冠

登宏濟寺

結駟出北門初日照林薄遙登江上樓散睇對寥廓崔嵬百

丈巖何年構飛閣長流萬里來近在尊前落日月起波中帆檣下天末洪濤遞奔撞神龍任潛躍金陵本佳麗此地更宏闊選勝得大觀壓襟倏超豁嗟彼六代英遘運恨頽弱酒淚向新亭愀然不成樂于今際明時金湯抱城郭一統萬年基豐鎬配京洛吾儕況同袍休沐去縶縛委蛇好徜徉云何廢巖壑勝會難屢逢萍蹤豈常託願引天塹潮泛滿鸕鷀杓

畫鹿行

古來寫鹿誰最賢耶律以後皆無傳吾鄉近推快園叟毫端物態俱天然快園野叟氣豪蕩此圖全得山林象疑從靈囿翻然來走入君家錦堂上元圃平開藥草生靈泉倒瀉溪流清溪邊伎伎似求侶草畔甡甡如有聲野叟風流不可見緑筆貽君足珍玩霜毫豈羨芙蓉園銅牌未數宜春苑朱門駿

馬金埒重內家鸚鵡棲雕籠何如豐草任幽性虞人不得彎長弓憐君自是全生者百年意興惟原野世路逃名不受羈雲厓結伴甯相捨予本江南一散人悔將書劍誤風塵披圖便欲捐簪珮共采苹蒿樂性眞

訪朱山人子元二首

其抱尋幽興言尋處士家竹溪流野水巖菊吐霜華石几王喬傳金鐺陸羽茶翛然坐終日眞是隔塵譁

卜築知何歲鍾山只自青門前元武澤天畔翠微亭靜夜聽猿嘯清秋數鶴翎自今思結隱敢負草堂靈

山中述懷

老驥無遐志驚禽能遠騫閉門車不整當坐席俱穿山月飛孤鏡松風韻七絃講堂絲竹少不是慢彭宣

積雨歎

節臨驚蟄忌飛雨雨破四旬飛不止我聞此言初不信未必農家識元理胡爲今春乃驗之占年之信有如此二月已去三月來陰雲壓霧何曾開流鶯在谷寂無語鳴鳩登樹聲何哀雷霆薄響號令緩日月匿影陰陽乖曉起扶筇過南墅積水徹茫上溝澮二麥低垂未吐花五柳凄涼欲飛絮愁多甯是惜花心憂深祇爲謀生計天道蒼蒼不可窺幾人推測能前知乾坤早入智巧手造化不得藏靈奇皇穹有意定無意我欲披雲一問之

苦雨歎

去年江漲水亂流洪濤滾滾浮高邱稻花將吐忽沉沒魚龍總向田閒遊後來水退暑已過況復泥深不能播塲虛宇罄

一粒無八口垂頭半饑餓今春麥穗紛紜生田家歡喜餅在鐺豈知久雨更浥爛向來滿目空青青三月滂沱今轉甚秧針未插蒔將盡誰倒天瓢不肯收葢高信遠憑誰問郡中亦有祈晴文尺疏告天天不聞豈是九關多虎豹精誠未達雲中君何當斷蛟出杲杲轉眼豐登卽温飽江湖廊廟諒同懷莫致愁殺東山老

送內弟汝明南歸

去年憶爾來相訪長安雪片沾衣上今年送爾江南歸薊門滿地楊花飛天涯骨肉稀見面忍使分違隔歡宴可憐南雲不共還一曲離歌淚如綫爾去懸知慰倚閭弄孫老父正含飴天運悠悠不可問百年但上黃金卮君不見高車終誤蘇季子扁舟甯負范鴟夷歸到故園親友問爲言淸興遶東籬

洲上小屋新成對酒作

黄蘆白葦繞汀洲小結茅蘆也自幽樹色近從仙島出江光遥帶斷雲流沙邊亂集漁人網門外時停估客舟風景滿前杯在手百年天地復何求

鍾山下與蔣徐二子飲

誰家結屋鍾山麓湖上春雲莽作堆高冢歲深麟偃卧小堂春到燕飛回冠裳偶向花閒過尊酒俄從竹下開試聽居人談往事此中曾見翠華來

偶成

新作魚鹽吏遥辭龍虎都乾坤無棄物江漢有潛夫短笠三山雨扁舟八月鱸茲懷何日遂把酒意踟蹰

新年次金白嶼韻

新年行樂欲何之新闢楊園老最宜青帝光陰青草覺白頭心事白鷗知愛分賢聖頻嘗酒怕見輸贏懶著棋七十九齡頑健在不須鳩杖且支持

市隱園十八詠

吾鄉姚元白氏闢園於秦淮之東東橋顧尚書題曰市隱蓋取大隱隱朝市之義厥趣遠矣余與元白投分最久暇常游衍其中乃其結構則菌閣與文軒競爽樹藝則椅桐與莞柳齊芳山水咸得之目前魚鳥總呈於檻外蓋地當廛井之間而寓目殊遠躬處喧嚻之境而抒興稱幽城市邱樊此眞獨盛者矣其視玲葩接徑乏之清曠之觀雕棟連楹失沖元之味豈不雅俗殊調哉然余謂景自外得樂由内生苟中罕超朗之襟性匪虛恬之稟雖靑蒼迭覩何益凡悰水石交臨無關逸抱乃元白則博古談元游神道壤摛詞振藻標美藝林蟬蛻汙滓之中鴻翔寥闊之表蓋内觀取足游方之外者也以故散睇怡顏放歌招隱此焉永日不求其餘豈非景緣情會象與意諧者乎又何必買山而隱入林之深然後匿采埋光乃稱高蹈也近嘗各即所經系以絶句凡十有八首貽之中林俾學士聞而和焉

檀欒千挺竹，色比青琅玕。散髮坐林下，清風生晝寒。玉林

瑶林瀉神泉，芳香淡無色。汲來煮雲芽，一飲蠲眾慝。茶泉

陪京勝名園，豈不恣延賞。何如此堂中，開簾見泱漭。中林堂

梵香開密館，獨坐自含靈。聞道張平子，思元賦已成。思元室

春雨滿平畦，蔬甲總抽綠。登盤有餘清，早厭廟堂肉。春雨畦

大化日夕流，生生滿寰宇。靜坐觀有生，因之究無始。觀生處

落日幽興發，登臺獸徘徊。拂衣空翠落，散睇夕嵐開。容與臺

片月生東海，照此池上樓。呼酒坐良夜，清光搖素秋。海月樓

書成換白鵞，昔賢亦高蹈。今日閣中遊，彷彿山陰道。鵞羣閣

晴波綠堪染，白鷗自來去。想見中林人，年來絕機事。鷗波

臨池有清況，灑硯苔磯傍。朝來拾魚藻，獨帶墨華香。洗硯磯

長隄垂弱柳，綠影照清流。莫遣通淮浦，漁郎來繫舟。柳浪隄

涼月散梧陰空亭人復靜佇立候攜琴乍覺衣裳冷秋影亭

花開銀漢落水面玉虹浮此日觀魚處應同莊叟游浮玉橋

虛館秋風起紅芳偏照人不將搖落意惆悵豔陽辰芙蓉館

幽逕調孤鶴飛鳴時近人未須懷緱嶺即此可藏眞鶴逕

開軒聚三益解帶探羣書不道深巷中而有長者車萃止居

中歲偶聞道頗亦壓塵俗避地倘同襟爲借青林宿借眠庵

陳鳳

鳳字元舉又字羽伯一字玉泉上元人太醫院籍嘉靖乙酉舉人乙未進士授南陽推官改彰德擢刑部主事歷江西僉事四川陝西參議有清華堂擇存欣慕編玉泉官刑曹署中有白雲樓暇日與僚友倡和凡二十六人盛仲交刻之於蒼潤軒謝與槐曰如王名曰西臺雅集著欣慕編載梁宮保至顧副使練齋之風節梅損齋之博雅李飲虹之能諫金赤松

之交翰編中豈可少其集楊升庵批點馮少公評之日五言古初啟唐人扃鍵後入晉魏閫奥七言歌行豪逸雄俊眞得盛唐三昧五七言近體雅秀清暢王孟之流惟五言絕平淡古人云字少意多薄有讓焉升庵曰陳君清華堂摘存稿學古而不蹈襲

雨中酬諸君見過

久雨空堂靜高人載酒過布袍同濩落長鋏任悲歌水氣浮高柳秋容入敗荷明朝是九日無菊欲如何

始至郡

予本澹蕩人十年滯空谷偶逢純熙運釋擔荷甄錄浮沉金馬門日飽太倉粟恭承紫宸詔持法佐明牧此邦古帝邱在昔號滑樸所嗟末世僞浮雲忽反覆秋荼網何密棘林夜多哭折獄媿惟良受命如集木雖乏淑問貲尚希士師黜

同孔孟彰秋日偶然作

久緣朱紱累夢斷白鷗羣幾對宛城月遥憐鍾阜雲開簾看
秋色散帙坐斜曛絡緯催寒急凄凄不可聞

謁崔文敏公墓

遺藻猶傳座右文寒烟空鎖澗西墳談經豈獨如劉向作賦
由來傲子雲霖雨竟虚天下望樊籠高謝世人羣新宮歿業
青山裏時有靈風起夕曛

白溝河懷古

平沙蔓草血痕斑十萬征人半未還千古忠魂招不起白溝
河上望鍾山

攝泉居士許公

玄度邱壑奓投册事閒寂治生不願餘取足在帷適作詩謝
雕繢青山恣游歷平生所交親白首共欣戚子也青雲器才

任萬人敵文采照當世藝苑樹奇績耿耿少微星氛祲胡遽覿悵望攝山泉悽惻山陽笛

贈别孫子請告還山

會合良匪易胡爲輕别離送子出都門悵悵不忍辭子歸故鄉縣道路方逶迤憶昔分曹署壯懷阻光儀矧今隔山川會面未有期回首平生歡乃在天一涯雖有盈樽酒憂來無解時欲行更延佇繾綣申此詞

丈夫各有志所志在千秋臨路送將歸解贈雙吳鈎子有高世才行矣善自謀盛年易就衰去日安可留努力萬里途及時須好脩君子懷獨往宵人甘薄游還望車輪轉立馬空夷猶馳驅京洛塵方貽靜者羞

田居雜詠

貧家無夙儲代耕藉徵祿所至與願違與言侶耕牧亮乏善鳴分且養不才木結廬傍崇岡時送千里目爲農偶在田有書正還讀祇覺野性便羞與世人逐翻思少時事長嘯偃茅屋

曾忝觀風行媿乏理人策憂居謝軒裳爲農隱阡陌晨興天未曙暮歸月流魄眷彼兒女情頗諳生事迫農談偶隣叟書遣謝朝容偃仰恣所歡毋爲久煩嘖

一官白雲司高卧白雲樓結交盡賢豪帝里恣遨游開筵發高倡走馬探名邱賓朋盛一時德業期千秋一朝各散去出處不與謀或化爲異物或遂乘扁舟吾衰亦云甚闊井甘沈浮諸公好自愛努力垂勳猷

山中無與言五十始學易天道識盈虛人事悟損益日昃方

中時冰堅履霜夕金柅貴時繫白茅思自藉犢牛欲先牿亢龍戒偏劇十翼衆理備六畫萬事核因懷今日事危機如黑白毋謂涓涓流金隄潰螘隙毋謂大廈安突焚勢方赫吾言固早計聖訓垂在昔

老氏有遺誡治國如烹鮮如何今此時法制日紛然令甲載方冊聖謨星日懸率意恣改爲甯復詢遺編致令村野民不獲常于田終歲半道路農務多棄捐征求盡骨血竭澤殊可憐國計旣稱詘民力亦靡前公私兩匱乏空茲逢有年

九月八日諸君過予草堂酒酣放歌

天柱山人湖海氣弱冠跌宕游詞林數奇三十守甇獨著書閉戸秦淮陰閉門永日無車馬採菊東籬正盈把傲然長嘯綠樽空剝啄驚傳叩門者相過喜值平生親命酒坐君池上

亭塞雁一聲海天碧楓葉滿樹秋山青我愛金家好兄弟橫礪詞鋒萬人避迴如天馬不受羈崛奇更羨高常侍嗟我沉冥人棄捐草堂勝日對名賢酒酣仰首視霄漢擊楫一和陽春編

惜別行送朱子平甫使江南

惜別復惜別四牡行行徂吳越長安有客正思歸因君夢遶秦淮月通籍金門今幾秋長安共卧省中樓相逢日夕各傾倒劇談大笑輕五侯予本澹蕩人君亦跅跑士感君意氣爲交歡豈識人間別離事九重天子念蒼生二月春和議緩刑作解宏敷雷雨澤泣辜深軫下車情命使新從諸道去尹亦遙辭白雲署手持黃紙到江東倘識平生宦遊處盛年藝苑擅風流況復經過六代邱江上停舟應弔古爲予先賦白蘋

洲

吳偉笙歌一派圖

朝朝度新聲，日日理妍粧。玉面青螺黛，珠翹翡翠裳。鳳吹鸞歌和錦瑟，更撥琵琶弄明月。促柱調絲若有情，一曲秦箏彈未歇。羯鼓聲喧動地聞，玉簫宛轉遏行雲。横吹羌笛折楊柳，樽前泣掩湘羅裙。移商換徵入笙管，妖態羞容嬌更緩。追歡調笑夜復朝，斜嚲香肩渾是嬾。謝公東山妓，石家金谷園。豪華一旦有窮盡，翠鈿零落空荒原。

黄紹文

紹文字道甫，六合人，宏子。嘉靖丙申選貢，晉江教諭。

道甫修身踐言，表裏如一，博物洽聞。六合令董邦政聘修縣志，典雅可觀；又修廣德州志及徵忠錄。弟紹武，庠生，亦能詩。

登黃重山

秋淨乾坤萬象新寒泉一派出雲根雨餘遠近添山色水落高低見石痕牧豎獨穿松下徑老樵自閉竹間門歲餘豐稔家家樂禾黍離離又一村

廖文光

文光字士龍上元人嘉靖丁酉舉人淸江知縣歷廣信同知晉戶部員外郎都水司郎中有萬歷統天賦位宜集廖士龍父經廣安州同知有淸譽士龍令淸江捕治嚴分宜橫僕爲直指所薦郡有商被盜夢神呼之曰曷不告之廖青天商投告卽獲盜自工部郎罷居家二十餘年嘯咏自樂年八十子希元隆慶辛未進士貴州副使

宸藩叛至安慶將順流下金陵守備楊公銳登城詬之宸藩怒盡力攻安慶令其家人持書入城諭降楊公

手斬以投城下楊公余里中人也今老矣詢以當日事甚悉

老濞狂思僭無端甲冑興不敎攻皖水竟爾下金陵堅壁中流截危城大敵乘至今談詬賊怒氣尙飛騰

甘　節

節字可貞溧水人嘉靖丁酉舉人官通判又甘永昂溧水人正德丁卯舉人官臨江通判陞武昌知府甘永昌字世陞江甯人官濱州州判住蒲臺北鎮亦似兄弟輩均能詩

謁始祖于湖敬侯墓

酹酒南原上苔碑鬱紫蒼雲山思晉代風木拜高崗莘處紛千族離居且四方願言懷祖德遺烈振丹陽

盧　璧

璧字國賢一字玉田金吾右衛籍上元人嘉靖戊子舉人戊戌進士南戶部主事陞彰德知府改漢陽晉苑馬寺少卿有治漳備忘錄關中集雨山墨談客中閒話東籬品彙等集玉田家世指揮獨業儒父病以身爲禱終身不媚一人僚屬亦不假之詞色子孫必正衣冠然後敢見性好菊旁宅有隙地緝而爲圃手藝其中廣求異品花發招好友宴賞累日奇常國寶之才以其弟之女妻之著菊譜家貧不能刊國寶解所佩劍刻之年七十有八

過後湖

水國微茫路不分紅香引入白雲深平生剩有烟霞癖宦海何當慰此心

梅恆

恆字石橋純之子孝陵衛籍嘉靖庚子舉人官汚池知縣石橋能世其家罷官林泉修損齋遺書樂而忘倦子肖石亦京庠生有名恆爲舉人路子儀謂

爲純孫又云鄉試不第皆與郡志不合路云字石齋明季有名蔡者亦京庠生又有梅闇公家古半山園乃景福之支裔

遊靈谷寺

乘興來靈谷松花滿地黃蒼烟連石徑修竹遶僧房樹密禽聲悅山幽客思長吟餘無限好春色正微茫

吳棟

棟字隆吉一字白灣應天會同館籍嘉靖癸巳拔貢辛丑副榜庚子舉人授廣州府同知有白灣集白灣自廣州歸湛若水送以詩曰上客多黃金下客無黃金利口佩相印長者乃沈淪白灣抵家無復宦情當途招之起答詩云伊呂好憑公等在漁樵合伴老身閒兄柗字盛吉一字石巖有送隆吉弟北上詩

晴郊漫興

宿雨斷朝晴西山豁青嶂明湖澹須眉含空生幽曠故吾今

復存頹然且自放倚杖過石橋徙倚平疇望秧針新刺水黄鸝囀絕唱樽酒餞殘陽綠紅堆萬狀憶昔揭陽遊濤驚海門上日坐瘴江烟腥風薄翠帳豈無濟世才鐵漢誰分謗豈無祭魚文韓亭半淪喪逝者已如斯鬱陶心悲壯卷懷歸去來林泉終無恙人懷千載憂枉殺陶元亮

邢一鳳

一鳳字羽伯一字雉山原姓林龍江右衛籍嘉靖丁酉舉人辛丑進士第三人授編修累官侍講遷太常少卿有雉山集

雉山家居留意民瘼上元首附京師民隆慶初京兆靖江杜公別駕西津趙公訪時弊蠹政害民者二十件奸蠹十四人陳於巡撫張公巡臺向公治罪勒石蠹黨復洶洶悉仍舊貫京兆遡川楊公邑侯東瀛林公按其陳牘悉裁以法雉山言於後京兆少泉汪公刊碑上元縣永絕其弊雉山爲之製文

雅山尤工篆隸書法少讀書朝天宫既貴猶與道士執布衣交道士没爲之治喪從子有都不治舉子業好讀奇書見郭忠恕佩觿遂熟其序楚辭尤精熟兼考音韻切字法尤善星歷算數登友人姚允吉樓望長干浮圖日此影可射而入也遂閉窗戶塗塞諸竅止留一隙斜對日光塔影果宛然入焉

登茅峯

暮春三茅風日清飛飛白鶴天際鳴野人偶來得至道老翁何處鉏山精華陽洞口青松古錦石峯頭新月明仰天倚劒發長嘯不知身世登蓬瀛

殷邁

邁字時訓一字秋溟自稱白野居士留守衛籍江甯人嘉靖辛丑進士除戶部主事晉郎中出爲江西左參議進貴州提學副使致仕歸起爲浙江提學副使四川右布政復致仕又起原官歷布政南太僕卿萬

歷初卽家起南太常卿陞禮部右侍郎管南祭酒事致仕崇祀鄉賢有懲忿窒慾編逍遥訣測言停雲館野語山窗漫錄宦蹟自警秋溟曾祖福祖晃父倖俱有隱德兄遷字在亳官訓導秋溟習陽明之學喜屏居山寺默養多所自得自浙歸年四十有七題其齋壁云浮生歲晏是元城斷慾之年盧館雲間正叔寶閉關之地官南少僕始得休沐居里萬歷改元江陵當國使操江都御史王篆致欵曰公幸俞此言暫出當以大司馬相推默然不應篆曰坐久矣我飢公幸有以啗我公亦默然篆不懌而去其子慶曰何介介如此公曰江陵終當有禍篆非人何可與作緣也

秋溟子序字汝明一字尙白嘉靖辛酉舉八有瞻東草堂集嘗築室近謝公東山盤桓著書顧文莊有贈瞻東草堂詩慶字子餘一字元洲開封府經歷有北山草堂集爲沈韓峯之壻自少緝學工文詞美筆札與韓峯諸子朝陽乾陽才名相埒乾陽多與元洲倡和序子士龍士驥慶子士繩一名觀頤字念祖一字晉公庠生少承祖父訓究心良知嫡母沈早卒生母周守志砥節晉公以孝聞士繩子宗琥宗璿琥字虎玉列京庠能文

病懷

城闕秋生爽氣還空堂木榻對衰顔簾前花落常疑雨樹裏雲過忽見山朝隱暫隨朱紱後心齋時住白雲間湖南草緑浮鷗浄愛爾忘機盡日閒

阮　㕓

㕓字德載一字鳳墩京衛籍嘉靖庚子舉人辛丑進士授浮梁知縣入爲南京兵部郎中改九江僉事北山詩話阮鳳墩宰浮梁禱雨暘無不應爲職方郎大璫夏綬盜孝陵樹按坐如律璫挾重貲求解太息曰三尺法安在哉拒之卒不撓生平深於易歸杜門著書年逾八十乃卒顧文莊謂其宜祀鄉賢子鳴韶

過小孤山

拳石臨江峙神祠古木蒼中流懸砥柱四面出風檣浪静鷗眠穩天空雁路長客心潮水似一夜到潯陽

張鐸

鐸字鳴治一字世鳴號秋渠上元人嘉靖乙酉舉人辛丑進士選庶吉士陞監察御史按遼東有秋渠集海岱集范氏天一閣有海岱集嘉靖甲辰有事岱宗東巡海上既返得詩若干卷白世卿序云意精以明句悲以壯格高以古此唐人詩也

秋渠按遼東積粟六萬餘斛後數年遼大水繼之疫癘賴此倉以濟祀之名宦子汝璧孫國治

登岱

曲坂縈迴翠蘚滋瓊宮貝宇碧參差長天斜倚峯紋坼寒日遙隨岳影移香火何年傳漢畤風雲終古護秦碑卻驚身在層霄上絕頂翻憐雁度遲

河上送人遷謫

忽忽意不愜遙遙日相望宛彼客行子邂逅訴衷腸十年厠

高第宰邑近湖襄一擢柏臺榮遍歷關隴長彭蠡貫名北昔
歲省遐方今也偶屯滯先事失嚴防鴻私惘勞勩薄宦近河
陽風雲稍離析天地遽摧藏攜持念家室俛俯履周行朝發
嶧山隈夕濟汶水旁肅肅生厲風慘切不可當篤言此行邁
信宿越江鄉欣逢閭里人慰解舊銀章榮替不足陳況復鬢
毛蒼晤言未終竟遠涉增徬徨去矣莫延佇鬱鬱西頹光

官舍

公餘寂寂坐春早細葉滿階閑不掃青松蒼蘚趁清虛宛轉
黃鸝數聲好垂簾羃歷井槐香官舍依稀旅夢長好是月明
銀鑰合忽驚蹤跡滯他鄉

讀童玉沙壁題有感

舊業依蘭署才名不忍聞尚留鸚鵡賦時憶鳳凰羣楚思憐

芳杜吳歌依暮雲川原經歷地靈靄尚紛紛

寄鄉中友

清溪昔與故人違悵望關河舊路非海上放歌移短棹天邊聞雁逕征衣地臨齊魯饒荒甸家在秦淮掩故扉樽酒相思何處是風塵歲杪欲言歸

聞警寄曾石塘

風塵此地接天驕萬里沙場匹馬遙組甲竟分中閫將簡書猶畏上方朝白狼河北聞秋雁青海城西掣皁雕共喜中原傳捷報祇應重數霍嫖姚

甯海諸山

海勢斜侵古驛樓亂山重疊帶荒州數聲殘角遙天外淅淅淒風灌木秋

候吏逢迎海日西亂山寒色正淒淒向來別館無人到愁聽鷩烏繞樹啼

張　祥

祥字元吉一字考堂南京錦衣衛籍嘉靖丁酉舉人辛丑進士授鄢陵知縣入爲工部主事歷郎中遷知萊州府調楚雄陞苑馬寺卿陝西按察副使北山詩話張元吉宰鄢陵繕城濬河守楚雄土官爭襲拒賄判牒年七十歸林下二十年絕口不問有司事不赴宴會但從所厚善濁醪豆羹懽然道故終其身無他營獨嗜書卷丙夜不倦耄齡猶燈下作小楷既老事女兄惟謹曰吾不逮事吾母唐恭人事吾女兄郎事吾母也卒年八十七余孟麟爲墓誌祖浩父春弟祉嘉靖辛酉貢官教諭子五人次子照萬歷庚辰貢禹州學正孫十八人藩最知名字茂楚有渡江蘇田桐君集

訪王丹邱隱居

策杖叩君戶鞋痕草色添遠山懸畫幰好月映書籤小飲深

情洽清談往事兼作詩非關險隨意韻同拈

章　慈

慈字義之六合人嘉靖壬寅歲貢龍游訓導義之經明行修攝龍游邑篆不妄取一錢歸老讀書別墅取棠故事作私考邑史二書又著學基學統以闡儒理

題陸純仁先生遺事並贈其子漳先生名榮黃副使肅銘其墓曰孝之篤行之穀宜介爾景福家之肅族之睦爲六峯獨

人間眞處士天上少微星孝友敦根本鄉邦企典型彥方應比德貞晦共流馨唐陳融棠邑人謚貞晦東平呂溫爲墓表仰止歌無替棠城岫色青

向　黌

黌字序伯一字二淮上元人嘉靖癸卯貴州舉人官興國知州有二淮稿二淮聽訟明決雪羅二之冤稱爲神明先世舞陽隨宋南渡爲

上元人父芳隨祖父璽賈歿於滇序伯幼尋父墓因與貴州鄉科以父骨歸葬籍金陵子德象原名辰參字惟共萬歷辛卯舉人官甯洋知縣會試草一疏論建文當祀通政匿之不報太學生莊若華著信心草千餘言與惟共議同惟共少師事萬夢桂爲京兆弟子從鄒南皋耿恭簡遊入南雍爲司成鄒定宇所知於有司無牛刺干謁里中如戶部之庫役兵部之斗級十八批解與布絹之改折挺身上書當事改庫級爲顧役易民解爲官解清軍納絹諸弊應時而改甯洋在萬山中尋條十一事上之兩臺議倭者一議兵者二議清軍積穀入計學官典試久任貢市部使者改容嘉納以病求改教以行甫抵家而卒內行甚備世父覺弟二宸柳鏴爲納室子明菘明淵孫延耀焦太史爲誌父二淮夢閱應天鄉試錄有向德象惟共艱於童試憶父夢遂改名入庠亦工詩

登下鍾寺

撥雲登峻嶺古寺眺清秋危磴苔封滑虛壇草色幽谷深鐘易響石怪水爭流蠟屐頻來此僧房半日留

黃炎杲

炎杲一作彥杲字用晦江甯人嘉靖癸卯舉人工書陳鳳欣慕編用晦少爲諸生與許太常同聲價試輒入高等張少師柄政謂郡邑貢士非人著令惟試其文弗以年限用晦首膺其選後中順天鄉試詩文藻思湧出字亦清勁可愛

偕許石城陳子野閒步南岡

一天秋色好緩步帶微醺古柏岡前路長江郭外雲嘯歌惟適意登眺自成羣聯袂尋僧舍逍遙茗椀分

沈九思

九思字天啟一字頤貞上元人僉事琮之從子嘉靖癸卯舉人崇祀鄉賢有頤貞堂稿沈頤貞先世名福戰歿鄱陽湖祀康郎山錄子庸爲旂手衞百戶庸生彬彬生理理生紋紋號西園即頤貞父也父病頤貞籲天請代居母喪哀毀骨立私居整衣冠而處言動以古人爲法呂司成文安公以爲畏友賀黃門涇亦心折里中勳貴爲賀所持橐千金謁頤貞峻拒之不受賀適至一言而解頤貞居石城門內學者指其里曰沈舉人巷至今

名焉
子鳳翔字孟威旗手衞籍萬歷丙子舉人壬辰進士
蕭山知縣以內憂歸起服補戶科給事中遷右給事
奉命冊封襄府還至家卒孟威少承父訓讀書勵名
節除蕭山令邑濱江圩田以畝計者九萬餘隄決淪
入稻田悉腐嫁賦他腴田孟威曰吾不能令瘠者腴
而可使腴者瘠乎乃築隄隄成巨浸皆沃湘湖故產
蒲用以糞田而侵没於勢家悉歸其侵疆官給諫遼
東稅璫高淮詭言敵闌入自調千總射殺之上疏曰
奄人不典兵祖制也極論其無臣禮粱永監稅關中
秦人怨之刺骨御史余懋衡將疏論之永銜御史因
膳人而置毒事覺以聞永懼嫁禍咸陽令滿朝薦誣
其縱劫供御物遣緹騎逮之乃力言薦無罪而永可
誅薦得末減奉命至襄府所至必有詩草土風民隱
可備詩史子懋滋懋睿懋衷俱京庠生懋壥孫欽繩
欽矩欽律焦
文端作墓誌

題顧寒松遺居

讀書人已往荒址抱寒流野雀行空案秋螢入破樓自甘泉
壑老不作子孫謀依舊松風響清名罕與儔

甘觀

觀字國光，上元人，嘉靖甲辰進士，大理評事。觀同榜進士許彥忠字汝敬，句容人，荆州推官，擢禮部員外郎，睢陳兵備道，左遷湖州同知，復爲廣西參議，崇祀鄉賢。北山詩話云：汝敬懸車二十餘年，杜門課子，睦婣任恤，鄉里戴其德，壽踰八十，囊中惟圖畫數卷而已。

題先御史公遺像諱霖

慷慨成仁易，從容就戮難。但知臨大節，何事辱高官。汗簡心猶赤，奸臣膽欲寒。青山留句處，遺恨滿江干。

蔡銳

銳字宜山，一字抑之，留守左衛籍，上元人，嘉靖丙午舉人，通許知縣，改杭州教授，襄府紀善。宜山少端介，杭州有去思碑在學宮，以不能俯仰當世，歸家愈貧，年八十卒。

過方惟素鄉居

幽居塵不到山遠白雲橫古木寒鴉集溪橋老衲迎秋風尋竹杖夕照隔柴荆欲共南㳂語黄昏到赤城

劉安節

安節字承道江甯人嘉靖丙午舉人常山知縣南京工部員外郎崇祀鄉賢

題王丹邱建業風俗記

丹邱不習世俗文手掇明月棲野雲黄農虞夏既已邈但述近事蒐傳聞借馬闕文亦掌故欲挽頽風敦樸素烏衣子弟守此編何須更作京都賦

張邦直

邦直字草窗江浦人嘉靖丙午舉人葉縣知縣崇祀鄉賢

重陽後十日游響鈴庵

林泉共擬作遨遊狂興攀躋苦未休翠壁帶江浮遠靄丹楓倚石弄高秋菊花節後還生色蛺蝶尊前莫浪愁九日未能拚酩酊何妨今日一相酬

蔣山

山字圻鎮上元人太醫院籍嘉靖丙午舉人官通判

山與正統十三年進士蔣郎中敷景泰五年進士蔣太僕敵皆恭靖之裔也

漁莊

斜日方塘柳拂絲微風吹動水參差依蒲頗有江湖意猶恐蒙莊未必知

梁楹

楹字汝直府軍後衛籍上元人嘉靖丙午舉人鹿邑

知縣遷眉州南郡同知移湖州終荆府長史以俠稱父八老汝直任眉州修玻璃江虆頤堰築隄斜截大江導使中流長八十丈有奇不二月遂成歸田後與南宗伯袁洪愈結詩社有洛陽耆英之風

陶隱居宅

挂冠神武去寓意在雙牛蘿月仍三徑松風自一樓沉機釋軒冕妙墨寄林邱縹緲神仙侶遺蹤不可求

李春芳

春芳字子實一字石麓句容人嘉靖辛卯舉人丁未一甲第一人進士累官少師中極殿大學士贈太師謚文定崇祀鄉賢有遺安堂集明史有傳文定始祖海一世居句曲朱楹村曾始祖渡江僑興化父鏜復返句曲官禮部尚書疏請歸養敕獎馳驛有司月給米六石夫人名其敕諭云由狀元爲執政馮京不愧乎科名以宰相而養親王溥見榮於當世占今盛事今乃兼之

可謂功名成全孤標寡偶矣年七十五卒子茂年尚寶司丞茂材尚寶卿茂德山東運使茂功輿化知府孫思謨思誠思敬思訓思聰

題金山

誰將一拳石點破江心碧如彼浮雲起太虛生障隔我欲遣五丁鏟此磈然迹頓令如掌平悠悠無湍激

韓叔陽

叔陽字進甫高淳人嘉靖丁丑舉人丁未進士浦江知縣陞戶部郎出守嚴州擢湖廣副使崇祀鄉賢進甫守嚴礦徒劫諸郡勦之殺傷轉劇進甫謂宜絕其餉道可不煩兵而罷遂分捕諸餉者適某御史弟與焉按之不貸徒黨盡散有黃冠誣士子殺人又有殺母以誣富人者皆廉得其情

彰教寺憶雪峯

湖南山寺鬱嵯峨棟宇猶傳宋政和禪榻獨聞春燕語講堂

常有白雲過衣冠時入談元社桑柘遙連讀易窩惆悵遠公何處去淵明詩興近來多

戴　愬

愬字遠之江陰衛籍嘉靖丙午舉人丁未進士楚雄知府移家六合子調元字易門有戴仲子集西湖紀遊

宿瓜步

瓜山戍鼓報初更蟾影東方尚未明風奏荻蘆聲斷續浪翻星斗氣峥嶸驚寒宿鳥渾無定失侶寡鴻也自征三十年來無限事縈紆不斷愧愁生

尹　鳳

鳳字德輝一字在竹上元人嘉靖丙午武解元丁未武會元殿試武狀元累官都督僉事提督京城內外

巡捕告歸明史附傳德輝武科三元討海寇許朝恩捷聞賜金與倭戰尚興東洛七礁外洋戰梅花笠中竿塘捷聞復賜金討巨盜曾一本平之捷聞凡三賜金萬歷初勞以宋幣年甫踰艾固請歸歸日以詩栖禪誦自娛逍遙林壑者三十年焦弱侯云公爲人施予無所靳而非義則毫不以自點進數避不就而退則一拂袖而決威行蠻夷而與士卒呴沬精意韜鈐而以詩書爲干櫓家白下橋西子邦憲萬歷丁丑武進士邦富邦定俱以文名孫心裕心祥心禛俱爲庠生

金陵武科尹在竹三元外嘉靖壬辰狀元周乾嘉靖庚戌狀元袁吉嘉靖癸丑科狀元文質萬歷庚辰狀元董永遂萬歷癸未狀元解元崇禎戊辰榜眼解學熊郎元之孫萬歷丁丑會元田應元萬歷辛丑會元黃越會元李豔陽解元周時信張如蘭均不詳其年分路氏子儀所載如此云此外探花等不得其名今不載武科故附及之此外武會元董汝梅見乍浦備考

崇因寺題壁

昔人冠蓋處寂寞剩招提雲影依巖靜江流繞樹齊風暄花自放日落鳥空啼疲已津梁遍禪關久欲棲

張應亮

應亮字汝龍高淳人嘉靖戊申舉人授餘杭知縣以偏師禦倭有功調慶元陞貴州道御史出爲四川僉事左遷鄱陽知縣晉嘉定知府平蠻有功

過再興寺

獨卧菩提靜山窗萬籟空愁深侵夜雨夢亂向明鐘鶴唳微窺曙松濤遠趁風禪關欣再造規畫六朝同

黄甲

甲字首卿一字鳳巖自號盩南山人上元人嘉靖癸卯舉人庚戌進士官吏部驗封司主事晉郎中左遷運判歸有鳳巖編年稿獨鑑錄子四祖儒戊儒方儒復儒皆負雋才

東吴山人

高卧北山春憐君意獨眞興來長得句老去不知貧汲水雲生舄探梅雪滿巾卻看今夜月不見剡溪人

靜海寺與觀頤夜坐

落木亂山巔江樓雪夜船山川千里外風雨一燈前白髮翻歧路青樽共昔年浮生奢望盡今昔故依然

馬汝徯

汝徯字誠望一字鷺汀上元人錦衣衛籍嘉靖壬子舉人官慶元知縣誠望宰慶元歲值攢造率胥吏盟諸神纖毫不假檄禦劇賊李文標滅之入覲過家遂謝不赴買地城南瘞暴骴千餘副貸邵氏無券邵殁其家不知也必致還之工書法年八十二善詩書法學右軍刻意聖教兄汝鷸字誠履一字春汀嘉靖癸卯舉人桂東知縣

新秋

井梧一葉報新秋紈扇拋殘溽暑收明月半窗能自至白雲

滿榻似相留蟬聲斷續林閒寺螢焰高低水上樓最是夜涼

侵枕簟銀屏靜坐待牽牛

黄　驊

驊字德遠六合人嘉靖壬子舉人官豐城教諭陞曲

周知縣南昌同知德遠父肅字敬夫成化戊戌進士

官廣西僉事土官趙源妻岑氏以

賄謀立假子肅倡議竟立其姪思明又平黄紹岑濬

之亂進湖廣副使年八十六有静庵集孫三策萬歷

庚子舉人縣志　侯

作丁酉亦能詩

遊靈巖寺

春晴遠上碧山遊與客攜樽到上頭縹緲樓臺靑壁映芳菲

林谷翠烟浮草茵就石移盤核花氣乘風入酒甌一醉眞成

文字飲淋漓詩墨壁閒留

尹繼皋

繼皐字玉涵上元人嘉靖壬子舉人玉涵天性孝友苦志讀書家貧
以課訓生徒爲業四方來學者多掇科第嘉靖戊午
應天解元余毅中廣東解元崔完山東解元李學詩
三人皆其
受業弟子

飲馬鷺汀溪亭

陶令歸來日田園尚未荒相尋松下徑同醉菊邊觴樂意魚
能悟機心鳥亦忘莫嫌歌管寂月影照溪長

何汝健

汝健字體乾一字龍匡嘉靖己酉舉人癸丑進士官
濮州知州陞工部營繕司員外郎禮部祠祭司郎中
授浙江温處道參議崇祀濮州名宦有竹素園遺稿
龍匡祖籍常州無錫祖岳字畏齋偶夜行拾遺金不
使家人知次早攜至原處待其人還之館某宦家某
宦入京寄一箱數百金於畏齋處數年絕音信宦姪
以他事至金陵不知有箱也畏齋堅託以寄去龍匡

喜獎拔後進濮州馮祿冀州李再命皆于髫年識之為之延師買田復延醫使成名士李與龍厓子湛之己丑進士同榜馮聞龍厓夫人死偕妻南來哭於墓下

牛首

牛頭高處白雲居與客乘春爲探奇山色有無朝雨後江光隱見夕陽時支離歲月雙蓬鬢偃蹇行藏一酒卮老衲坐談廿年事松風蘿月不勝悲

王可大

可大字元簡一字少冶又字曉山上元人郎中鑾之子嘉靖辛卯舉人癸丑進士授刑部主事晉陝西司員外郎福建司郎中忤嚴嵩出守台州罷歸嵩敗起爲興國州佐轉黃州通判擢承天府同知晉南戶部郎中未行授瓊州府知府致仕歸有三山彙稿續稿

國憲家猷白雲稿懸筒集 少治在比部嚴嵩欲陷人重辟執不可遂左其官在台州禦倭功有花街白水洋之捷分宜惡之左其官在瓊州平李茂之亂後剛峯海公語公孫曰乃祖在瓊止飲一杯水耳罷郡閉戶高自位置得簡貴聲著述甚富書法鮮于伯幾非所愛索一字不可得顧文莊公其婿也跋所書七憶詩謂有駿馬就羈兩轡如組之態嘗批李于鱗集七律言其律細而調高然似吳中新起富翁局體止是華俊若杜工部如累世老財主家中百物具足即陳朽間錯愈見其爲富有也弇州好用古奇字奇句終不似古之大家無意爲奇而卒亦未嘗不奇獨王文成不能道其胸中所欲言娓折暢快是第一流人物子肖徵嘉靖乙卯舉人文徵早歿

門有車馬客行

門有車馬客欲入愁見嗔低頭向蒼頭宛轉不厭頻幸一顧顏色捲舌但隨人出門見故知滿面生陽春既矜旦夕貴又謂不復貧歸來見妻子但說多苦辛爲問從何來嘆息不敢伸

送歐明山還雲南及過楚

憶昔南山下坐君盤石旁放舟隨風去淮水正洋洋與君七載別無由訴衷腸山高倚長江把酒黃花香水遠市鼓喧言笑隨夕陽念此平生歌已復雲海長高車自南來握手重嗟傷君但正目視予亦口若囊相對各脉脉徒感夜燭光君今滇中去望望在桄榔分袂都門側秋風薄我裳秋風日夕吹涼露轉寒霜浩浩楚中水高雲滿瀟湘君毋滯軌轍徵書方在望

送王穉川任南太常

北門辭鳳闕南國向龍蟠一自河汾去應憐太室寒旂常周日月禮樂晉衣冠悵望江東客何由生羽翰

捉搦歌

洌洌西風野草黃征衣無絮妾無裳海頭紅日朝朝出不照深閨瓦上霜

寄懷王鳳洲

白雲憐下榻黃鳥別知音數枉瑤華問慚無綠綺琴恆山多鹿侶滄海動龍吟同首關河路愀然楓樹林

白紵詞

明星歷歷夜未央皓月流輝照綺窗吳姬當戶理羅裳天風習習鳴輕璫金刀玉尺佩鏘鏘皎若霞中垂素光我欲從之河無梁

王可立

可立字丹邱上元庠生可大弟有小桯史引睡稿建業風俗記丹邱脩然塵外視名利漠然七十後猶手書所纂小桯史數十卷御子弟嚴整有家

法建業風俗記尤有老成典型

溪上

鳥道蒼厓合面迎叢篁風亂雨縱横老夫总卻衣都溼貪聽溪橋水漲聲

謝一桂

一桂字芳孺一字天聘金陵人有鷇鳴集一名蚓竅集天聘居高橋門周吉甫嘗問以石馬衝石馬何代墓前物謝曰石馬四蹏皆龍爪乃陳武帝陵神路前物也地名萬安營史云陳武帝葬萬安營可據也又云蘼蕪澗在青龍山亦可遊覽惜路遠人無知之者又云雪浪宏恩言金陵諸寺佛像獨祈澤寺像爲諸寺冠工人最爲高手

俯仙亭遠眺

孤亭危峙振衣輕一片江光照眼明洲渚微茫雲黯淡鷗鳧出沒雁縱横投鞭擁眾嗤秦寇擊楫臨流羨祖生俯仰古今

如逝水白頭功業竟何成

王逢元

逢元字子新一字貞侯晚號吉山上元人太僕少卿韋之子子新博極羣籍書畫詩詞各擅其妙不應科目超然富貴之外世以南原爲右軍以子新爲大令又曰王謝至今不衰子新族父翰者字欽晦以商於汴南還李空同送以詩又作秋林歌四章壽其父秋林翁顧東橋屬事書室屏幛必子新之詩與字有丐文者輒命以其潤筆物送子新嘗作過秦樓詞以美之曰虎卧天門龍騰鳳閣書法王家原妙畫爛衣襟磨乾池水透得舊來關竅更狂僧醉聖探奇掇雋從橫顛倒愛青年方盛高名欲起萬人稱好歎拙手勉强挑戈依稀撥鐙那識就中天巧欲取金丹並攜洛賦子細從君論討只恐揮毫遲留迅疾時肘腕不禁衰老判千金買紙如山倩渠長掃又跋其所書蘭亭卷云吾子新或議其直書稍肥余謂莊厚沈著脱去佻巧獨得鍾繇遺法故令工磨蘭亭石本四索子新悉書詩文其上眞行雜出自發天趣實無摹仿于前人也子新嘗作松塢高士圖以贈東橋大設色大山頭下有長松數株一人趺坐其閒神檢出塵表何栢湖言其無畫家谿徑可愛蓋風韻骨力出於

天成也

對酒

抱病逢春亦暫歡芳時對客更加餐即看乳燕雙雙入無那飛花片片殘潦倒不忘桃葉句蕭閒應戀竹皮冠莫論往昔淸狂事且醉花亭苜蓿盤

金陵詩徵卷二十一終

上元劉文煜校字

金陵詩徵卷二十二

上元朱緒曾編

明十二

姚福

福字世昌一字守素又字定軒上元人世襲錦衣衛千戶有風樹亭稿青溪暇筆定軒詩話窺豹錄避喧錄構屋扁曰青溪精舍每俸入輒以貯書訓諸子姪里中多從問字喜談不倦有求詩若文者輒應之博學洽聞留心古今之事金陵之文獻也

風樹亭稿惟桐鄉金氏文瑞樓書目有其名余至武林訪其書十載不獲見丙午正月至四明盧氏抱經樓始見其抄本十二卷即金氏物也盧氏書不許出樓因手抄十七首以歸如祭忠臺歌足稱詩史又於武林書肆得定軒詩話自云嘗選古人詩爲詩範以擬文章軌範青溪暇筆二十卷明人類書僅刻四五頁

閶闔篇

巍巍黃屋深九重明堂帝座儼居中泰階華葢法天造青陽白虎居西東帝仁如虓載萬國萬國衣冠朝聖躬夔龍滿庭天意悅南風卿雲昭濬哲麒麟在藪鳳來庭囹圄空虛斷縲紲萬歲君王日萬幾莫訶頻年遊幸稀四海黎民但耕鑿誰知旰食與宵衣

祭忠臺歌

王振用事翰林侍講劉球疏之下獄死餘姚儒生成器義而哀之率同志登山祭之名其陳俎之石曰祭忠臺

祭忠臺上愁雲結一片忠魂消不得祭忠臺下江水渾千秋不洗忠魂冤刑奴攬權天意怒忠臣切齒惜天步綠章未得達淵衷身殞圜扉竟無訴豸冠相視舌盡箝輿論何能免尸

素豎兒又欲竊侯封丹書誓不與無功一朝敵騎犯邊徼遂挾六龍離九重九重震驚六龍杳從官肝腦塗秋草傾臺白簡始交陳救失扶危何不早哀笳嗚嗚邊馬嘶四郊殷殷聞鼓鼙羽檄星馳將臣死重城落日陰霾低聖恩如天垂四裔弁髦感恩浹肌髓五雲遙捧六飛還萬方舞蹈臣民喜臣民喜旌忠烈從來曲突無恩澤黃金卻用鑄刑奴淒斷祭忠臺上月

翠雲亭爲金德潤進士賦

沈沈密竹森無數白晝霏微團翠霧參天不受雪霜侵爲霖欲逐風霆去茅亭小結當其中入窗晴影摇玲瓏但見清氛潤衣袂豈知赤日行虛空隣老不來參玉版夢破滿牀閑汗漫山人躡屩步青雲野鶴循階啄蒼蘚

題自作雲山樓觀圖

一峯𡾰𡾰插天表，兩山翩翩飛鳳小。桃花深澗路窅然，中有幽人劚瑶草。我生讀書還好仙，眼看富貴如雲烟。便欲巖前鑿丹井，大蘇疲困扶顛連。

鍾山

王氣龍文散鬱葱，山靈常護大明宫。甘泉下繞祇園迴，瑶草斜分輦路通。天近平臨星拱北，地高先見日生東。鼎湖龍去烏號在，瞻仰橋陵氣象隆。

石頭城

虎豹關門控上游，旌旆高揭彩雲浮。開基地勢雄吳楚，分野天文燭斗牛。黄屋萬年安九鼎，朱旛千里走諸侯。康衢甲第連雲起，今代長安是石頭。

秦淮

渺渺晴波帶石城朱衣當日費經營埋金術陋天應笑持璧人來讖可驚估客帆檣衝暮雨驛樓燈火出寒更俛懷載酒東游日一路哦詩泝月明

初夏漫興

一歲無如首夏清扶疏繞屋樹陰輕香銷幽夢出孤枕睡起流鶯時一聲貼水小荷初展翠出牆新筍乍開綳年來習懶成眞懶贏得閑門少送迎

遊石城道院

曲徑縈紆石髮新仙家樓宇淨無塵松篁繞屋門還掩只聽棋聲不見人

成化十年江滸居人言一日有一婦人抱一骨亟至江

滸謂舟人曰吾欲葬吾夫於江中舟人曰骸骨不與生人同渡懼蛟龍焉婦曰我有百錢遺子請勿渡他人舟人曰諾乃登舟至中流仰天而嚎遂抱骨俱沉救之不可得也竟莫知其鄉里姓氏岐山張翀約予爲詩以悼之福乃作一律三絕以備好事者之采擇且以勵世之風教云錄一

兩娥尋父古雖少一婦殉夫今更奇萬里長江如白練不須黄絹寫穹碑

天印山

一自六丁開混沌天章分得鎮江東丹光已逐葛元去王氣不隨嬴政終雲作雨還藏岫黑花知春老照巖紅莫安鴻業千年固何止青山似洛中

胡汝嘉

汝嘉字懋禮一字沁南上元人嘉靖壬子舉人癸丑進士官編修山西參議有稿園集沁南稿劉覺岸存徵錄云胡藩參在翰林時以言事忤政府外調文雅風流不操常律隸書師鍾元常草書師張伯英崔子玉常取三人書之在閣帖者手摹刻之較今所傳閣帖神檢殊勝張草中耳字長尺餘今此本在中州明詩人小傳云藩參所著小說數種女俠韋十一娘傳說程德瑜云云託以詠當事者今皆不傳于世其集西亭中尉爲之序

沁南稿二卷萬歷三年汴山朱睦㮮序稱太史秋宇先生胡公懋禮毓秀中嵩蜚聲白下兼總羣才命令當世歲甲戌以少參分守覃懷意與景會輒成著作釐爲二卷題曰沁南稿余往評騭白下諸賢之作華玉秀而整魯南婉而麗伯時醞而鬯欽佩雋而質應午俊而雅元舉清而曠沁南先生則兼總羣材命令當世誠淸廟之韶濩詞林之冠冕也

子夜四時歌

黄鳥鳴深林往來疾於織非無機杼聲其奈不成匹
湘筠織成簟瞥眼便相親漫將心附郎别有簾外人
蠨蛸網朱戶露葉藏暗螢與君幾日别忽地秋風生
起來不梳頭冒冷弄冰雪儂手原不寒郎心爲誰熱

渡江舟中自嘲

十年幾度渡江水世路馳驅殊未已若言本自無宦情何事
匆匆戒行李我生自是湖海心年來時復隨華簪虞卿漫誇
雙白璧季子豈爲千黄金黄金白璧世間土二子高才誰比
數若非奮翼横九霄便應著論驚千古揚子江頭柳乍黄南
船北舸爲誰忙今朝客送過江浦明日書來自洛陽

汝府故宫

璇題畫棟鎖層城十載緱山罷鳳笙野鴿寄巢行殿廢古藤

延蔓曲池平苔侵敗壁丹青暗塵掩陰房熠燿明惟有舊時花鳥在錦香猶護管絃聲

嘯歌

高人舒嘯地路入薜蘿深仄磴披蒼蘚平臺控碧岑澹雲千里色落日半巖陰天籟蕭蕭發疑聞鸞鳳音

朝發覃懷

微陰翳華薄草露零以溥長風吹空林蕭蕭生輕寒結軫首修途僕夫戒晨餐修途將何之霧樹相鬱盤太行竦高標洪河揚驚湍黄鵠飛且鳴矯翼浮雲端客與雙白鷗沿迴弄清瀾冥心既有契撫景能無歡巢父戀深谷莊生寄微官邈矣達士懷世累何足干

會盟臺

沔水日東注高臺蒙榛荆憶昔戰國君此地會會盟矯矯藺大夫一怒千乘輕趙瑟甫罷響秦缶相繼鳴龍戰方自此誰云已銷兵入言挑虎狼詎匪馴鯢鯨俛身望彼憐無乃授之情將相驩同心敵國未足驚向非馬服子何由困長平懷古意邈然寒日下孤城

蘭坡集 集係黃公自書皆古字

有客惠我蘭坡集滿紙墨氣散蟬翼讀之不覺心淒然展轉咨嗟淚沾臆區區詞翰何足悲但恨古心無與識龍穗法遠誰能明麝煤塞眼徒縱橫鍾王姸妙逐時好體貌雖具無章程須知天地有至理圖書秘自羲皇始包羅萬象文字生千古流傳誇盛美翻騰篆籒變楷隸此道浸淫似波靡李斯之後程邈前就中肯綮何人傳譬如箕裘出弓冶要見源流有

自然黃公古學世希有不足入閒供覆瓿我生躭此幸一遇似見殷彝及周卣伯樂未遇冀北羣高山復絕疇堪聞當時未必有鮑叔後世豈應無子雲知音難遇有如此顏駟馮唐俱偶爾荆山抱璞不敢獻何但黃公數番紙吁嗟乎何但黃公數番紙

沁橋行

沁河湍悍地本沙土不堪爲橋而入冬水涸又不可以舟濟有司每爲浮梁春末即撤之亦其勢然也

沁水深深幾尺一夜霜風見沙磧行人欲渡苦無梁地脉虛疏不勝石津吏喚人催作橋旋伐竹木繩荆茅繩荆茅縱復横竹木相拄橋已成橋成宛然偃月勢跋涉不妨來往利大車小車入唱歌何異垂虹七十二明年春水漲桃花此橋依舊隨浮槎

閲衛郡讞牘有感

生民本有欲所賴禮教持禮教日以薄民風日以頹草野伏剽劫市肆競刀錐片言性命輕尺布骨肉離德喪妹邦飲防決桑間期一朝法網中欲悔奚可追所以古聖后下車對之悲雖有欽恤心奈無平反詞譬彼菑翳木雨露將安施撫牘一悵然言念此嘉師

齋居漫興

千里晴光野望同浮雲消盡太行東淸時吏隱依河曲故國書來問桂叢山鳥下階衙鼓寂松陰覆地訟庭空一官寥落無裨補稍喜閭閻有素風

石幢歌

幢刻顔魯公八關齋會記在歸德城南祠中從川樓公索一本驛使遞至而西亭洪溪亦有此贈感而爲

歌併呈三公

客使遥從宋中至貽我顔公入關之文字開緘挂壁風雨生凜凜猶存英特致摩挲鋸鋙截冰鐵琢削巉巖驅贔屭格磔横披蒼兕角慘澹半拂霜鵰翅趨蹌冠珮肅清廟整㸃旌幢森武備天邊雲錦盛鋪張海底珊瑚人排次我觀有唐書學舊稱美文皇首建斯文幟貞觀能者僅四人藝業相推等昆季魏晉世遠法漸渝易匾爲長競新異未應逸少甘北面只恐羊欣愁位置顔公之法本自張顛來草稿因之變楷隸頭面盡换骨脈存此理難言須默識有如陽燧能致火火在日光不在燧若將神解逐形模驪黄之外無騏驥如錐畫沙印印泥卻是宗工口傳秘專門先後兩禿翁咫尺康莊各攬轡惟公正氣見心畫直以端嚴代遒媚邇來遺札滿世間俗眼

誰能辨眞僞就中三昧出形袁一鶚騫騰欺百鷙田氏臣節初未純信都始著勤王勛千里提兵解賊圍州人盡荷更生賜爲求福利託僧戒事本不經心匪貳是時藩鎭多陸梁四海紛紛苦兵燹公也天子之三公齋會豈容同屬吏要因衆志託以風祇爲朝廷作忠義我昔南行渡瀟湘艤舟曾上浯溪寺當年故物盡消沈獨有半壁磨厓存寃巋萬丈光焰猶燭天谷暗林深無鬼魅螭拏虬踞自不乏屈指穹碑見僅二常時呵護藉六丁終古不爲神物祟行人見碑如見公風采尙令人辟易小夫豈無翰墨傳奈爾厭厭何異曹蜍與李志我生好古久成癖爲感百朋光篋笥如公更愜景仰心不覺臨文發歔欷君不見蔡州一語孤臣悲怒氣猶凌大梁使吁嗟乎文章不朽誠勝事顏公顏公千秋萬古節義同天地

濠上篇渡淮望莊子祠作

我來濠上遊緬思濠上仙似見蒙莊翁揮手使我我前蒙莊豈長生我心益精專憶昔漆園稱散吏寓言傲世非眞詮混沌日鑿元氣死別有一竅通虛元晉家小兒苦饒舌談空說有皆徒然我昔愛斯人寤寐紆千年千年一遇等旦莫魚兔落手非蹄筌要知吾意了不異便當焚卻南華篇東風吹淮水淮水淸且漣泛泛波上鷗容與逐我船懷賢弔古意不盡落日欲下濠梁烟濠梁眞樂誰與傳一聲嘯對蒼茫天

盤谷道中

碧樹亭亭不作林平疇秀色雨餘深野雲過溪結高蓋山溜遶田鳴素琴千楓歷亂駐晚照萬壑慘澹生秋陰計日授衣寒食節誰家村巷聲橐砧

寓懷

客有迂疏者千金學屠龍技成信奇哉欲試將何從誰知不龜藥乃取裂地封人生處世閒豈不在所逢周遊未蒙賞立談或見庸術業詎必殊運命會有鍾所貴君子行無爲變洶洶先民有遺言吾願希高蹤

大道資重輔萬類各有屬鵬鷃俱逍遥烏鶴匪黔浴睢盱何爲者飾僞驚末俗道失得親譽畏侮更相續至人杜其機羣目若爲矚不見所有餘伊誰知不足要令下士笑正恐小言毒洞然見吾宗爲謝忽與儵

邵原里在濟源西有大棠樹云是邵伯所憩者按邵公分陝當在西而西伯時巡行亦未必至此據志當是畿内采地耳

驅車濟源西稅駕邵原里聞昔分陝公曾此駐高軌棠樹有遺愛居者尚能指豈謂棠久存人心有如此古人重旬宣利病得所理況當竭澤時王室正如燬二南肇西周大統自兹起薇芾有遺歌萬古勤仰止

曹存

存句容人嘉靖甲寅舉人嘉興教諭陞沔陽知州嘉興府志曹存倜儻有大節諸生初食餼舊有贈金悉卻不受月課鎖門如闈人稱爲嚴師句容志甲寅進士三人曹存外有經儒江西上猶知縣周易廣西思恩同知呂府志無曹存經儒名只有周易在乙卯

示諸生

讀書鄙章句吾意殊不然文字尚未徹性道何存焉煌煌六經訓韋絶常鑽研直抉古人心矻矻窮吾年力耕自有獲踐履在所先妄意希青紫毋乃羞昔賢

金鑾

鑾字應祥一字九梧又字在岐上元人嘉靖乙卯舉人官知縣

過姚元佾海月樓有懷秋澗鴻臚同集陳隱居晴窗諸君子

海月樓初建臨流眼界明喜逢秋日望正值晚山晴蒼翠青天闊雲霞落照平窗疑逼霄漢坐已在瑶京金谷空誇勝蘭亭可並清池塘還舊觀棟宇詠新成今古心千載留連酒一甖頹齡遺二老佳會屬羣英浪湧冰輪啟憑欄一慘情

姚汝循

汝循初名理字汝循後改字敘卿居近鳳凰臺又字鳳麓嘉靖乙卯舉人丙辰進士官杞縣令南刑部主

事大名知府降調桂陽州同知轉嘉定知州有錦石

山齋稿鳳麓先世順明初以永康富戶徙實京師富冠南都稱姚三老子元玉洪武中以女侍內庭入錦衣衛籍再傳生林林生昇昇生慶慶生鎬字隱泉郎鳳麓父也鳳麓嘉靖乙卯小試入京庠郎領鄉薦明年成進士蓋列青衿者未一月也官杞令年甫弱冠以簡御煩與遊客謝茂秦顧聖少郎席分韻詩名大振遷南刑部主事有姦僧不法置於理都人快之華亭徐公當國疏拔異才得與首列遂擢守大名擒大盜蔡伯貫境內安堵別駕某為公鄉人蒙重訴為直指行提公解釋之人稱長者郡故土城公命伐石開陶以遏漳流高倍昔屹然雄峙後河水溢不得入於是建生祠去思碑會宦族子坐人命公抵之法其黨沸騰京師隆慶改元擬以浮躁降調杜門十年著屏居集以見況桂林呂公執政起公於家補湖廣桂陽州同知明年夏轉知四川嘉定州時越雋用兵餽餉千石瘴癘乘之道殣相繼公潛以一吏齎銀往糴遂省千金全活甚重撫按交薦值入覲之期江陵相國以公三過其故里不入門銜之又夷陵王操江嘗遣舟送入楚責不相謝搆之遂以驛符事免官歸卒於萬歷丁酉年六十三以兄埠之子景春為嗣李如眞為作行狀載其事鳳麓嘗選金陵人詩為金陵風雅四十卷載焦氏經籍志

鳳麓留意學問先是羅近溪至金陵論明明德鳳麓曰德猶鑑也匪翳弗昏匪磨弗明近溪笑曰明德無體非喻所及且公一人耳爲鑑爲翳復爲磨者可乎緒曾按近溪拾禪家菩提非樹明鏡無臺之餘唾不如鳳麓所言乃儒言實功也

鳳麓留心鄉里有丁糧議

咏懷四首　錄三

直道有三黜傷哉柳下言羣酣忌獨醒竟爾沈屈原嗤嗤獻玉子刖足將誰冤不見沮溺徒躬耕邱隴閒四體雖云疲食息有餘閒秋成國稅辦濁酒開心顏虛名果何物而以博憂患此意向誰陳坐望孤雲還

默坐觀天意悠悠未易窺誰憐耿介士常爲巧佞嗤崇侯擅高爵夷齊苦恆飢公孫佩相印董公空下帷丹轂一何榮執戟一何疲自古非一朝歌之令心悲善惡云有報聖賢或我欺松柏具本性終不爲此移達者任其達詭遇非所怡窮者

任其窮清風良足師
陶令罷官歸躬耕在南畝王通策不售著書守環堵志各有所存榮華等塵土安步以當車何必前驅弩晚食以當肉何須羅鼎俎放浪林莽閒麋鹿相爲伍雖無當世業高風被寰宇歎息今時人胡爲不如古

和王孟起閒居感懷

大化久已頹世道日趨薄悠悠閭里閒澆風散淳樸胡秦興骨肉戈矛起杯酌嘻咍談笑中險過呂梁壑德義棄不用智巧相傾奪赫赫金張宅車馬紛繹絡寂寂草元居門外堪羅雀此風廿載前雖有猶不惡不知邇歲來何人煽其虐一日甚一日燎原不可遏舉世愛唯唯誰能憐諤諤惟彼墻東生卓爾雞羣鶴雖處刀錐閒混沌猶未鑿古心覩時態瞿然驚

以愕衷曲寄毫端示我感懷作展讀再三嘆欲答筆還閣無力莫能挽有足將焉托不如偕白鷗煙海相娛樂

同爾瞻遊白山謁王襄敏墓感而有作

白山名夙著登覽予今始色分天闕青氣類鍾山紫崔嵬勢何雄環列屏相似下有名世賢埋玉元扃裏我欲薦蘋蘩沈眠呼不起勳業滿邊陲長厚稱閭里一朝大夢破萬事隨流水憂來倚樹吟淚落不可止生時分榮悴既没俱已矣自非得仙術誰能獨免此超然造化外吾慕廣成子

贈倪駕部出守撫州

留都國根本軍民相倚錯歷載二百餘民困軍亦削軍削事伊何豈惟行伍弱更有篙船役其害爲尤博自從兩都建供輸歲繹絡舟檣日月修差出敢停閣費用豈天降總是私囊

槖歲久弊益滋諸奸乘閒作指一乃科十越外悉需索十室九爲空如魚遊鼎鑊往役固大義皮毛奈俱落四海徒云廣有足何堪托仁哉倪駕部覩此心惶灼飛章叫天閽誓欲除其虐創爲免役法徵銀歸掌握修造與差遣官自有矩矱十中省五六功德一何卓閭閻寂無擾始識生人樂如何捨之去分符向天末羨嘆彼士人從此沾恩渥而我獨何辜慈母遽見奪天門渺霄漢無由叩閶闔安得歲九遷頓綰陪京鑰重展經綸才永滌軍民瘼斯願終應遂吾望如飢渴

古松障子歌贈薛承南 乃錢叔寶之筆也

國朝以來畫古松筆蒼氣秀稱沈公陶成尙奇多變化意態雖殊皆大雅後來崛起有錢郎清灑扶疏亦其亞幾時寫此古松圖枝幹虯龍葉虎鬚老蛟爲皮根作石岱嶽甯誇五大

夫懸之高堂世罕有耳中彷彿風雷吼吳生持此爲君壽願君壽與松同久從他海水解揚塵歲歲常傾松下酒

延陵行贈吳幼安

延陵才子金陵客骯髒乾坤今半百千秋推讓有家風奕世冠裳稱閥閱鵷雛出㲉自奇彩騏驥爲駒已汗血先皇選士開棘闈鄧林一枝早曾折名高豈料造物忌才大翻招俗眼白更逢虎吏忝吞噬魚網欲爲鴻雁設丈夫處世貴知幾神龍豈可輕羈紲飄然便作萬里遊北過燕趙南楚越山川處處留篇翰交遊往往傾豪傑邇來金陵始定居誅茅近傍姚生宅生也較君一歲長命宮卻訝同磨蝎君卽常膺羅網虞生亦屢遭蜂蠆螫由來同病自相憐況復同情更相悅談禪日訪長干社賡詩每醉鍾山月人生幾何須快意卽今雙鬢

俱生雪坎坷未必皆愚蒙峥嵘豈盡爲賢哲升沉顯晦各有分天道悠悠難可測頗聞西嶺饒靈藥更道南山足薇蕨采薇煉藥養吾眞逍遥知足光巖穴他日能令道果成同把芙蓉朝玉闕

與孫俞二山人及金大令忠覺義小集雪浪禪房

言訪招提客因過祗樹林閒花苔上落疏磬雨中沈妙供分香積清歌寫梵音同看城郭者役役果何心

秋日登白鶴樓小集

江天新雨後仙閣白雲閒偶爾一樽共蕭然萬慮閒長風送虚籟落葉滿秋山欲問前朝事東流去不還

春暮同爾瞻詩朋雪浪禪侶過宿陽山别業即事五首

老去惜年華春來野興賒聯輿背城郭攜手入煙霞路夾芳

菲草山連爛漫花任誇金谷勝眞趣讓田家

數畝桑麻地深藏山水閒墻頭見蒼翠池上聽潺湲覆屋花枝亞棲梁燕語閒不因來二仲盡日閉柴關

鳥道披江雨鳩藤掛白雲共懷麋鹿性甯畏虎狼羣山翠重重合泉聲處處聞幽攀殊不厭歸路任斜曛

禪客清標迥詩人俗慮稀青山俱不負白首此相依歲稔香秔美春深野蕨肥飽餐茅宇下閒坐看花飛

風雨蕭然至琹尊一室幽濛濛度山靄汩汩瀉溪流短炬寒相對清言夜不休陰晴聊任運未暇動春愁

牛峰禪院遲同游諸君

策杖欵禪扃垂藤交石路卻顧後來人蒼蒼隔煙霧

柏坊驛題壁

風雨蕭蕭滯客程荒亭獨宿峭寒生今宵羈思知多少聽盡千山墮葉聲

淨業堂聞蟬堂在雨花臺下

野寺偶尋幽禪關逢出定虛堂倚喬樹古蘚迷來徑已憐清晝永況復羣囂屏忽爾一蟬鳴逾覺千山靜聲塵信假合情空總真性緬憶雲光師雨花那可更講臺儼似昔妙語無由聽惆悵指歸途殘霞閃餘映

夏日齋中讀書

首夏時景好雜卉紛以榮茅齋午睡覺禽鳥相和鳴涼風何處來虛室含餘清門巷寡塵鞅几案多閒情緬想元中旨流觀老氏經沖襟日恬曠世欲安能嬰長日漫無營空齋聊散帙探道尚精微得意遺糟粕自古聖

賢人誰不期竹帛所遇既殊塗安能齊軌轍伊余始從仕抗志追前烈十載空歸來徒令寸心折軒冕豈不榮苟得非所悅何如讀我書樂道棲岩穴

雜詩

青山既當戶流水復成渠農圃值多暇茅齋讀我書蔬食以代肉緩步當安車笑傲林莽間天地一蘧廬眾人苦不足我視恆有餘豈能聲利場動為文法拘身榮心不展何異魯爰居

解饑必以食療渴必以飲口惠實不至甘言何用騁蕭朱結綬初自謂堪刎頸銖兩一乖意參商起俄頃昔也膠投漆今焉萍遇梗乃知勢利交相期皆畫餠三復嵇生書令人發深省

夏夜對月

落日暑暫歇微風蕩靈襟囂塵淨庭宇竹樹森繁陰皎月牆東來照見石上琴揮手一再鼓悠然生遠心鍾期久不作千載誰知音

曉發涿州

朝驅范陽坂引領睇神京神京不可見西山縱以橫獨鳥東南飛浮雲西北征須臾兩隔絕洒涕沾冠纓豈伊去國憂天王誠聖明微芹阻未獻空令負平生

郡齋詠懷二首

巴江清且駛日有東歸舟凜凜歲復暮而我何淹留才不瘳民瘼位固忝邦侯負擔過所任跼蹐增煩憂南山有薄田猶堪具膳羞棄捐久不理稂莠將盈疇至道貴兼濟豈固爲身

謀十羊方九牧雅志悵悠悠安能逐時態坐取素餐尤捧檄莅疲郡朝乾夕更惕磨礪朽鈍姿勉供繁劇秩夙懷憫人念安敢自休息秉燭理文案犯星事行役四體豈不疲所冀民蒙逸緬想黄虞前垂衣臨八極上不煩科條下亦忘帝力刻吏期不對畫牢且憚入皞皞太和中人人私願畢此風何當返感歎增於邑

省慾詩

人生各有分踰分亮生慾炯哉止足戒老氏垂元銓曰予不自度早佩兼善言因懷拯物情曾不炳幾先直木豈堪輪方枘豈納圓脂韋久成俗疆項安得前宏濟竟莫就放逐還歸田阜彼商山翁翩翩巖壑間元纁不肯顧塵纓焉得牽所以千載下嘖嘖稱其賢

白帝城歌

古城崒嵂空江上巫峯十二森相向公孫躍馬氣何雄非才竊據終傾喪瞑烟漠漠露華白我來正屬淸秋節洪濤三峽鬪雷霆丹楓幾處啼猿狖傷心欲問前朝事立馬傍徨不能去井蛙之子無足齒赤帝龍孫胡亦爾天心已定三分業軍壘空連七百里永安宮內託孤時士馬悲號呼不起只今野鳥似啼愁甯知往事隨流水江上孤城城上祠君臣凜凜虎龍姿運移勢去人無那長使英雄兩淚垂

江上對月懷古

木葉脫已盡靑山望不窮手持一杯酒自送江流東江流東去何時歇人世浮漚遞興滅憶昔詞林李供奉錦袍片舸浮江月一時意氣薄烟霄俛首入閒同螻垤風流文采今焉往

岸柳潭楓日空長夕陽欲沒海西頭暝色蒼蒼生暮愁長風萬里動地至石走江翻雲氣流欲覓古人何可得舉酒酬江汀水白沈吟罷酌不能去寒月橫空猿歗樹

雨雪歎金口鎮阻風

北風一夜雨爲雪四顧山光慘無色漁人蕩槳疾若飛我乃有舟去不得前叫禿鶖後老鴰饑鷗翅溼蹲空梁牀頭酒貲嗟且盡獨擁重裘歌慨慷

晚泊荻港

扁舟臨荻港落日下高舂烟暝前村樹風傳何處鐘途窮悲作客宦拙羨爲農負弩遥相迓而今豈再逢

自橫梁渡放舟還郡

解纜橫梁渡鳴橈濯錦川秋山初遇雨夕漲欲浮天四野明

殘照孤城合暮烟愧無仁者政竹馬亦橋邊

舟次犍爲吳小南郡倅酌我蘭溪美酒

逐客東歸日扁舟野泊初高江臨暮急古木帶寒疏夢破行柯蟻生全脱網魚逢君薦芳醖不醉欲何如

林三庭美才放逐歲暮過予道舊即復别去輒成悲歌對酒悵不絶别君當歲闌孤帆凌雪迴一雁入雲寒殘臘愁中盡新春客裡看世情多按劍長鋏莫輕彈

答李襲美自京師見寄

錦江秋色帶三娥萬里懷人一雁過擊筑難同燕市醉開緘空誦郢中歌淸時敢謂知音少直道由來謫宦多未解御溝隄畔草春風肯許共鳴珂

過夔州任雲門留飲郡齋談藝歡賞欣然竟日不知身

之並在謫所也便值七夕佳辰感時卽事漫成

憶昔朝天馬並驅萍分早又十年餘一尊且喜同今雨萬里誰憐共謫居江上楓林凋白露天涯秋色逐征車旅懷正賴詩篇寫況復逢君重起予

寄懷康山人裕卿

我已還山尋舊盟悲君猶自滯神京貂裘誰復憐蘇季狗監何當薦馬卿索處又經黃葉候相思不盡碧雲情江臯剩有桑麻地願且歸來學耦耕

寄懷陳元晉金應祥朱子謙陳子野鄭謙之諸社友

薄遊今日喜抽簪夙昔鷗盟尚可尋世路何妨少知已溪山幸自有同心春原並馬花交路秋寺連牀月滿林投訊欲煩青鳥使抽毫先賦白頭吟

黄牛峽阻風

清晨放溜下巴東薄暮衝風滯峽中石壁倒垂疑覆地浪花高捲直翻空行人正自愁家遠久客何堪值路窮徙倚船舷增感愴幾回遊目羨歸鴻

同青神陳明府遊中嵒寺

勝槩清江上幽尋屬早春諸溪泉脉動萬壑柳條新俯檻潛魚躍登臺憩鶴馴居然來洞府邈矣出風塵寶殿龍宮接丹樓虎穴隣雲梯迴窈窕霞壁鬬嶙峋突石眞如筍蒼松盡結鱗絶無雞犬鬧惟有鳥猿親握手逢仙令攢眉異昔人池邊陳綠醑花下醉芳辰心事同流水生涯憶角巾一邱堪送老半榻可容身轉覺官爲累逾看道足珍簪纓果何物世路總迷津未若來兹地誅茅結淨因

謝客

門以科頭懶出榻因謝客常懸戶外從教屨滿林中獨枕書眠

同張惟守山中夜酌

天高野曠夜蒼涼萬疊秋山片月光醉卧盤陀呼不起風吹松露滿衣裳

潯陽夜月

夜泊潯陽月滿船蕭蕭蘆荻冷秋烟孤臣此日青衫淚不待琵琶已泫然

巴中驛題壁

翛然十載卧烟霞已判衡門老歲華何事塵緣未能斷星軺三伏度三巴

舟泊松溪聞簫

倚棹松溪落日斜故山悵望隔天涯紫簫吹出江南弄那得行人不憶家

朱　賢

賢字及泉江浦人嘉靖丙午舉人丙辰進士永新知縣陞江西道御史巡按貴州

偕同年張邦直遊白馬書院

野寺尋幽縱目觀江天霜樹倚雲端水光淨影青霄近山氣侵人白日寒濁酒漫勞同我醉好花還許對君看他年匹馬長安道更向尊前握手歡

李　曉

曉字子晦一字鶴山江甯人國學生授嵊縣丞遷潘

陽衛經歷有賓柳堂稿鶴山母病侍湯藥不懈師蔣某旅卒逆其喪以歸而葬之同舍生姚某遺其袖金得之候而歸之時有趙秀才善繼上元人字白石嘉靖末民苦坊甲之役傾家殞命者相繼趙奔走陳訴達於撫臺方巡按黃給諫郭京兆呂郭公具奏得請悉爲蠲滌善繼卒之日遠近來哭者千餘人從祀惠澤祠李鶴山盧玉田俱有碑記

滄州道中

一鞭羸馬出京華席帽難遮撲面沙斷靄斜陽迷去雁平隄古木集寒鴉名場自笑如雞肋民俗何由息鼠牙歸計五湖思未得不禁兩鬢上霜華

李宗城

宗城字汝藩應天人岐陽王裔孫臨淮侯言恭之子汝藩有文事東封之役奉使不終家於金陵賦詩結社徵歌選妓有承平王孫之風以敏捷自詡其佳句如秋夜云醉後晚鐘頻入枕夢回寒月半當樓贈汪子建云夢去月明秋水闊愁來霜逐鬢毛新

汝藩爲秀岩次子其兄宏濟嗣侯明末有甯儉者官永崇知縣號曰瑞巖博學工詩字晚年目盲猶拨銅圈作楷尤工康熙初有邦鑄者守溫州没於海上王襄敏之曾孫壻也

和吳叔嘉客懷兼贈別

風流天下士千里忽相過世事銜杯盡人情拨劍多黃塵迷碣石白日走滹沱不淺綈袍意匆匆奈別何

未作窮途客誰知雨雪深疏砧千里夢孤棹五湖心已自開三徑何須乞上林驊騮聲價重原不借燕金

怪爾鬚如戟愁余鬢欲絲可憐千里別又是十年期肝膽非時態文章自故知拂衣滄海去好自伴鴟夷

送陸華父游楚

七十江湖客揚帆下洞庭輕裝原陸賈濁酒自劉伶楊柳愁邊折驪駒醉裏聽芙蓉秋水闊何處問湘靈

送沈孺休還華亭

去矣苕爲情青山送客行西風吹海樹寒雨暗江城游自梁園倦名從鄴下成尊鱸今正美不美五侯鯖

孫　政

政字秉忠金陵人官參軍同郡高棨字仲顯官助教同和張商英詩佳句如寒氣逼人飛夏雪泉聲落澗響晴雷見僧鎭澄清涼傳

和宋張商英五臺詩

獨攀蘿磴上南臺一笑塵襟得好開閒過松門敲落月漫題石壁剝蒼苔雲封古洞仙何在光湧浮圖佛自來他日得辭微祿去投閒歸老此徘徊

朱竹坡

竹坡以字行上元人隱士沈韓峯竹坡圖序云金陵坡山在都城北隅竹坡朱

翁世居之翁少有俊材常取友京華探奇楚越晚年歸田乃卜築高峯結盟耆舊爲香山洛社之會嘗曰物之耐久者惟松柏然必貫四時歷冰雪自拱把以至合抱若竹則暢萌解籜不旬日而干霄入雲尤草木之異者也乃手植萬竿因自謂竹坡暇日焚香鼓琴於修竹之間爲疏篁搴翠之曲再絃再鼓爲松喬蘭契之曲於是琴竹雙清天高日清乃移宫换羽爲琅玕啄鳳之曲琴罷瀹茗賦詩婆娑長嘯年七十有一其子江村繪竹坡圖同時又有丁松軒葵軒兄弟俱年八十亦爲韓峯所重惜俱不詳其名

疏篁搴翠之曲

扶蘇兮茂林環珮兮清音望美人兮横翠衿耽于樂兮怡吾心

松喬蘭契之曲

天晚兮歲寒偃蹇兮如盤誓心虚兮結金蘭願萬年兮春平安

琅玕啄鳳之曲

桃實兮三千梅實兮鼎鉉惟茲實兮鳳皇饘鳳皇來兮鸞鶯連

黃尚質

尚質字宗商一字龍岡水軍左衛籍上元人嘉靖戊午舉人劍州學正峽江知縣攝巴州知州陞饒州通判龍岡高祖保曾祖勛祖隆父鋭嘉靖十一年貢邵陽教諭有師法居近國子監北山詩話黃宗商居官郤羨金漁人緉篋金千以獻弗視曰此天所以賚貧民也萬歷初詔雪練子甯覓其遺嗣復其姓立祠買田居家布糲如寒素李維明曰不以身涉仕宦而二其操不以中更坎壈而變其塞今見之宗商矣年七十八子應登以博洽名應仕應升登仕有名京庠

莫愁湖

渺渺烟波望裏明六朝芳草亦多情荷亭坐擁千花豔蘭槳舟橫一葉輕白鷺低飛搖鏡檻青山倒影漾簾旌放歌不惜

尊前醉莫趁殘曛便入城

朱雲鸞

雲鸞江浦人嘉靖戊午舉人長沙同知

贈李如真

刧歷塵寰八十春老來蓮社好棲真詞章經濟名山業載酒江亭信有人

祖一麟

一麟字仁甫一字石岑應天庠生徵君儁裔孫石岑詩附刻丹湖集後明嘉靖間諸生乃逸溪從子也

徵君舊隱

隱君居倚石湖隈喬木千章手自裁書纂國朝貽大典官辭元老賦歸來雲封吟榻詩魂杳春到荒齋鳥韻哀我亦腐儒

鮮世用緬追先迹愧非才

韓邦憲

邦憲字子成高淳人叔陽子嘉靖戊午舉人已未進士衢州知府有韓衢州集子成天資英異覽書日至寸許終身不忘嘗重刻宋潛溪方正學文集著有高淳事宜議四則守衢州有惠政衢人鑄銅像立常懷祠四時致祭卒年三十五子仲雍字璧哉萬歷丁酉舉人甲辰進士福建按察副使崇祀鄉賢有在魯堂集同邑張著字一明嘉靖丙戌歲貢授順德府判遷均州知州性孝友歲薦次在兄先讓兄先貢有大山詩陳九齡字愛之嘉靖丁已歲貢宜春知縣崇祀鄉賢視繼母以孝聞業師某浙人死于淳躬扶其櫬還浙在宜春積穀數萬石以備賑究心聖學尤精易義孫調鼎登天啟壬戌進士有詠花山石隙牡丹詩孔貞慎字用禮庠生品高行潔湛深經術有古文詩集詩經便覽三書論目史綱私議春秋闡微諸書孔一望有四書毛詩日知錄徐濟世字紹川有周易講義孫維明字克明有易學統此諸士升字顯我陳一科字汝進陳達字可珍邢有聲張司穎俱名重庠序陳泰交字汝同兩中副車文名尤赫諸陞庠生嘉靖中知

縣劉啟東重修邑志邑人朱珩周卿諸匯夏甯助成之皆滇邑詩人惜篇章散佚

九日鄧明府招游固城湖

湖上欣逢令節開舵樓秋不減登臺蒙茸樹色紛欄檻瀲灩波光浸酒杯山客尚留靈藥在謫仙還着錦袍來他時故事傳人口一代風流屬上才

章瑚

瑚字汝器六合人嘉靖庚申貢嶧縣訓導有詩集同邑孫可久字西陽隆慶戊辰貢壽昌訓導有西陽集北山詩話孫西陽書法清古如千尺寒松自然蒼秀先是鄭獻字道宗永樂中以貢生廷試書法稱旨賜同會試遂登第黃縉天順己卯舉人黃州通判逼真蘇米孫裔翁工楷法劉標精篆隸皆棠邑以書名者也

夜雨

紙窗風嗡雨侵廬小屋如舟浪蹴餘不惜披衣連次起牀頭

恐濕昨鈔書

殷康

康字汝錫留守後衞籍邁之從子嘉靖辛酉舉人仕至潭州府同知有雲棲集汝錫爲殷邁之子與從兄序同年舉人明時兄弟同年者成化丙午陳鎬陳欽明年同捷進士正德丙子江鋭江鎮萬歷丙子何湛之何湝之皆親兄弟殷序殷康則從兄弟也

題傅公緒畫傅名禮上元人

綠楊陰裏黃鸝囀紅藕花開白鷺飛一角風亭餘夕照主人小坐已忘機

朱潤身

潤身字海峯江甯人嘉靖己酉舉人壬戌進士吏部主事進兵部郎中官雲南按察僉事有海峯稿海峯忤嚴

嵩欲致門下以鼎元餌之公拒不應以部郎中出仕滇南平土酋鳳繼祖之亂罷歸築室天關山植滇茶名卉至今名海峯茶孫應昇字允升崇禎己卯舉人寶慶府推官有聽壯蝶庵彈琴詩曾孫其玉

天關種茶

宦海歸來兩鬢華傍山築圃立生涯慙無遺愛留栽竹剩有閒情比種瓜嫩掇雨過光宅寺香烘火借嬾融家旁人若問滇南事笑啜雙峰一椀茶

朱衣

衣字正伯一字杜村上元人嘉靖甲子舉人官臨淄知縣以憂歸終服補房縣知縣遷沅州知州崇祀鄉賢有兩山編先世由茌平徙實南京父怡松有隱德杜村調房縣斥訟師鋤强猾月完積案七百有奇民有巨堰爲有力者據壅水專利侵害民田公多方疏築歲灌千餘頃五年遷守沅州將離任會礦徒作亂撫臺檄公率民兵治之公輒往下令持鐵者賊空拳者民不得妄戮乃獲倡亂者戮之餘黨

解散沅近土夷防守兵以餉不時給揭竿鼓譟爲變報至公曰非反也迫于饑耳先遣牌撫之期以翌日予餉衆疑信閒而餉果至亂遂息擒其首四人寘之法舊鄖守忌之銓部議調遂歸備名書畫古玩蒔花卉以自娛長於詩詞嘗與顧㲄菴李如眞姚敘卿熊翁侯吳韞菴遊城北諸山敘卿爲記名其詩曰雨山編子之蕃梓之

游嘉善寺一線天

驅車入香界尋幽歷青嶂羊腸觸足旋鳥道緣巖上嵬峩峻莫升崎嶇險難狀雨積苔蘚封風輕蘿薜颺山腰竹叢生洞口松爾望枇杷翠欲流梅萼森相向仰窺一線天支頤九節杖攝衣躡其巔周覽神益暢臺殿玩雲亭壁龕大士相熒熒石燈明郁郁曇花降旋坐大白浮行厨玉盤餉而我忝清游多君脫塵鞅金谷未云奇蘭亭那足讓名區信當紀磨厓待宗匠

松麓禪房聽雨

奼花風雨多春陽强半去兀坐意寡營門枉同心侶挈我宏濟遊遵途達江渚冉冉雲再興霆霆雨作楚芒屩苦衝泥籃輿怯不舉香茗聚精廬松窗傍孤嶼開尊敵輕寒秉燭聆清語酒酣道古今情眞忘爾汝夜久竟忘眠塵襟淨如洗側耳簷溜聲淙淙協鍾呂

鄭宣化

宣化字行義一字獅南上元龍江衛籍嘉靖辛酉舉人乙丑進士授袁州府推官入爲南工部主事榷蕪湖關改南吏部服闋除兵部武選郎中出知邵武府崇祀鄉賢有成趣園集三華館集瞻紫堂灌月亭漫稿 行義官武選時王少宰欲以其甥百戶冒襲千戶力覈罷之時相出片紙以錦衣某官掌衛事獨固

陳不可知邵武多惠政祀名宦閩中賢書强半出其手直指使者心賞之同齒錄序特假筆于公弟宗化勤學行義家于儀鳳門獅子山下號獅南卒於邵武家人攜一樾子樹植于獅子山房後其子元煒移居南門併移而植于庭中高出簷牙數尺靑翠可愛顧文莊序其集俊語亮節爽朗英發類其爲人

子元煒太學生字羹楹婿姚履素

夏日集韋公寺

落日荷亭上移尊亭影斜徵歌風度曲催酒醉拋花石繡青蒼合池紋紅紫遮留連渾未極蘿月滿歸車

市隱園贈元允主人

園隱秦淮一徑開虛堂曲樹靜無埃羨君仲蔚能高卧老我馮唐亦許來載酒狂移花外榻彈棋趺坐石邊苔相看不厭杯頻舉池面鵁鶄逐隊回

伊在庭

在庭字維美上元人侍御敏生子嘉靖辛酉舉人乙丑進士南京兵部員外郎有讀易筆記

丁孝子棫樹果圖丁名穗祖瑄天順初錦衣衛都督賜葬石子岡穗襲指揮使性至孝年五十拜塋冬日棫樹生大果妻啖之生子宏潮

丈夫五十似商瞿隴樹頻看集孝烏棫果味含冰雪氣頓敎奕葉蔭門閭

金陵詩徵卷二十二終　　溧水朱紹亭校字